KB271335

아침은 희망으로 인생은 긍정으로

아침은 희망으로 인생은 긍정으로

정년 없는 전문 직업 보험인의 가치와 행복

아침은 희망으로 인생은 긍정으로

김 상 기 지음

도서출판 도훈

긍정과 열정의 삶

박 민 순 (시인 · 수필가)

21세기는 산업사회 구조의 다양화와 100세 시대라는 노령화가 보편화된 사회다. 따라서 한 번뿐인 소중한 생명을 위협하는 각종 사고와 건강을 갉아먹는 환경과 질병에 노출된 채 하루하루를 살아가고 있다.

불교 용어에 수처작주(隨處作主)라는 말이 있다. '어느 곳이든 가는 곳마다 주인(主人)이 돼라.'는 뜻의 고사성어다. 오늘도 많은 사람을 만나 예기치 않는 사고와 소리 없이 건강을 위협하는 질병에 대처하여 '유비무환(有備無患 미리 준비하면 근심이 없다)' 정신으로 살아갈 것을 권유하는 사람이 있다. 그가 바로 삼성화재 안전벨트대리점의 든든한 보험맨, 김상기 씨다.

그는 전남 광양시 진상면의 두메산골, 부유한 농부 집안에서 태어나 공무원을 꿈꾸며 살았다. 그러나 뜻대로 되지 않아 회사원, 자영업자를 경력으로 우연한 기회에 보험인이 되었다. 지금은 이 직업이 천직이라는 사명감으로 어언 26년을 이어가며 '보험인'이라는 자부심과 행복감으로 살고 있다.

오로지 삽과 지게에 의지한 농사꾼으로 7남매를 잘 키워 낸 아버지의 건강과 부지런함을 이어받은 김상기 씨는 1년 365일의 일과를 다이어리에 기록하며 일에서는 철두철미한 계획과 실천력을 보여주는 열성파이다. 남는 시간은 등산과 여행, 댄스스포츠, 재능 기부 등으로 건강을 다지며 인생도 즐기는 실속파이다.

인연을 소중하게 여기며 사는 나와 김상기 씨는 1990년대 중반 오산 문인협회에서 회원으로 처음 만났다. 그때 회원으로 다부지게 활동하는 모습을 보면서 철저한 계획 속에 빈틈없이 사는, 속이 꽉 찬 사나이라는 인상을 깊게 받았다. 그의 가슴에는 언제나 삶의 에너지가 활화산의 마그마처럼 뜨겁게 끓고 있었다.

이 책은 김상기 씨가 청소년기인 학창 시절부터 인생 2막이 시작되는 현재에 이르기까지 치열하게 살아온 삶의 기록이며, 세상 사람들에게 '긍정과 열정의 삶'을 살라고 권하는 간절한 메시지이다. 뚝심으로 살아온 한 남자의 모습이 파노라마처럼 펼쳐져 있는 이 책을 통해서 우리는 이 세상을 아름답게 바라보는 또 다른 눈을 뜨게 될 것이다.

긍정맨(YES MAN), 이 시대를 살아가는 청년(靑年)

최 준 규 (삼성화재 오산지점장)

지점장이란 직무에서 R.C(Risk Consultant)라는 직업을 바라볼 때, 가장 중요한 덕목들이 무엇일까 많이 생각해 봅니다.

업(業)의 가치를 정확히 이해하는가?
진심으로 고객 편에서 고민하고 노력하는가?
명확한 목표 의식을 통해 도전을 위한 실천을 하고 있는가?

물론 위 덕목들이 사회생활에서 큰 무기로 작동되기에는 가장 중요한 부분이 긍정적인 생각을 가져야만 가능하다고 생각합니다.

그런 의미에서 김상기 R.C(안전벨트 代)는 나이와 상관없이 긍정맨(YES MAN)이자, 이 시대를 살아가는 청년(靑年)이라고 생각합니다.

만 25년이라는 절대 짧지 않은 시간 동안 한결같은 마음과 자세로 고객을 섬기고, 오산지점이라는 일터에서 일궜던 한 편 한 편의 스토리가 책으로 만들어진다는 사실을 알게 되었습니다. 현재 함께 근무하는 지점장에게 추천사를 부탁하기에 기쁜 마음으로 글을 남깁니다.

본인의 꿈인 "아름다운 보험인"이 되기 위해서 지금도 한발 한발 성장을 꿈꾸는 R.C(Risk Consultant)가 되고, 인생도 늙어가는 게 아닌, 서서히 익어가면서 성공하는 전문가가 되기를 기원합니다.

삼성화재 R.C의 귀감이 되는 선배 보험인 그리고 이 시대를 살아가는 청년으로 삶도 계속되길 희망하며, 본인의 꿈을 한 페이지씩 곱게 엮은 책 발간을 진심으로 축하드립니다.

목 차

긍정의 에너지를 충전하면서

'나'라는 존재는 부모님의 둥지에서, 탄생이라는 축복 속에 울음을 터트리며 이 세상에 나왔습니다. 아들이냐 딸이냐의 성별 결정은 오로지 신만이 알 수 있는 영역이었지요. 나는 아들(남자) 김상기란 이름으로 우주 속 지구촌에, 한 사람으로 살아갑니다. 내 스스로 걷기 시작하면서 '선택'이란 숙제가 놓이게 되었으며 한 발짝씩 성장하면서 '희망'을 안고 꿈을 꾸며 살아왔습니다. 그리고는 화가가 하얀 백지 위에다 그림을 그리듯이 나 또한 인생의 백지 위에 선택의 연속으로 한 점 한 점 찍어가면서 어제와 오늘, 내일을 향해 가고 있습니다. 현재까지 '어제, 오늘, 내일'은 멈추지 않았고 지금, 이 순간도 지나가고 있습니다.

그러나 이 속도가 점점 더 빠르게 지나가고 있습니다. 이 순간을 느낄 때는 과거의 끈이 앞으로 다가오는 미래의 끈보다 길어지는 순간부터였습니다. '고장 난 벽시계는 멈추었는데 저 세월은 고장도 없네'의 노래 가사가 마음속에 다가옵니다. 인생은 짧고 예술은 길다'라는 선인들의 말씀이 이해됩니다. 인생은 왕복 길이 아닌 편도 길임을 그동안 잊고 살았는데 내 인생 반세기가 넘어가니 인지하게 됩니다. 옛 현인들이 한 말 중에 공수래공수거(空手來空手去 빈손으로 왔다가 빈손으로 간다)라는 말이 서서히 가슴으로 파고듭니다. 이런 마음을 느끼는 나이에 그동안의 삶, 그 시절 그때의 마음을 글로 적어 모아둔 내 인생길 『아침은 희망으로 인생은 긍정으로』를 이 세상에 다시 태어나는 마음으로 내놓게 되었습니다.

내가 태어났던 그날부터 60대 중반을 살고 있는 오늘에 이르기까지 내 소중한 생각과 추억들을, 첫사랑의 연인을 만나 데이트하는 심정으로 담아 보았습니다. 부모님과 형제자매들이 함께 살았던 어린 시절과 학창 시절은 추억으로 가슴에 묻고 어느덧 인생 2막이 펼쳐지는 나이가 되었습니다. "아버지", "어머니"를 부르던 소년이 자라서 결혼하여 가정을 갖고, 두 딸을 낳았는데 그 딸들이 출가하여 또 가정을 갖고, 자녀를 낳아 손주들이 나를 보면 "할아버지!" 부르며 재롱을 떨고 있습니다. 어린이는 천진난만하게 놀고 있는 모습이 아름답고, 학생은 단정한 교복 차림에 자기 꿈을 향해 공부하는 모습이 아름다우며, 성인은 자기 하는 일에 열정과 사명감을 가지고 최선을 다하는 모습이 아름답게 보입니다.

내 서재 책꽂이에 자리 잡고 있는 국민(초등)학교, 중학교 일기장은 색깔이 변해서 누렇게 되었지만, 그 지나간 추억의 순간들이 파노라마처럼 펼쳐지기도 합니다. 1985년 직장생활의 첫 시작부터 오늘에 이르기까지 매일, 매년 기록하여 해가 지나면 차곡차곡 보관되는 다이어리의 모습은 내 삶의 발자취입니다.

나는 국가 경제 위기였던 IMF(국제통화기금), 1997년 10월부터 보험인의 길을 선택하여 오늘에 이르기까지 '든든 보험맨'으로서 고객과 맺은 인연으로 삶의 가치와 희망, 보람으로 하루하루를 엮어가고 있습니다. 이러한 일상은 어느덧 26년째가 되었고, 내 친구들은 정년퇴직이라는 시기를 맞았지만, 나는 정년 없는 직업이기에 지금도 행복합니다. 정년 없이 일할 수 있고 도전과 희망의 성장을 멈추지 않고 걷는 것은 수많은 직업 중에 내가 선택한 길입니다.

어느 직업, 어느 사업이든 쉬운 일이 어디 있겠습니까? '실패는 성공의 어머니요, 포기는 자멸이다'라는 두 격언의 깊은 뜻을 알게 되었습니다. 수많은 거절과 수없이 다가오는 포기의 마음을 참고 뚜벅뚜벅 걸으면서 '할 수 있다는 의지 앞에 불가능은 없다'는 긍정의 에너지를 충전하면서 오늘에 이르렀습니다. 지금 내가 하는 일이 즐겁고, 가치관과 사명감을 가지고 시작하는 하루하루가 행복합니다. 소중한 믿음과 신뢰 속에 맺어진 고객님들이 있었기에 여기까지 왔으며 오늘도 내일도 더불어 살아가는 가족사랑 마음으로 내 발걸음을 재촉합니다.

학창 시절부터 시작하여 지금에 이르기까지 그동안 일기장에 기록하고 감춰두었던 글을 모아 여러분 앞에 내놓고 보니 매우 부족하고 서툴러서 부끄럽기만 합니다. 그러나 도전하고 실패하고, 또 도전하여 일궈낸 내가 살아온 소소한 일상이기에 누군가에겐 작은 도움이 되었으면 하는 바람입니다. 이 책이 만들어지기까지 세심한 배려와 큰 용기, 지도 편달을 아끼지 않은 박민순(시인) 선배님께 깊은 고마움을 전합니다.

2023년 이른 가을,

김 상 기

제1부 나의 길

내가 태어난 억불봉 밑 산촌의 계곡 어치마을

1. 농촌에서 태어난 운명

누구나 인생의 출발이 있고 떠남이 있다.

이것을 생로병사(生老病死)로 분류해서 표현한다. 오늘은 맨 먼저 불혹의 나이에 펜을 잡으면서 '나는 누구인가?' 나라는 사람은 이 지구상에 어떻게 왔는가? 어린 시절은 어떻게 보냈는가? 내가 태어난 고향은 어땠는가? 엄동설한에 이불 덮고 함께 잠자며 자란 형제들은 지금은 어떻게 살고 있는가?

농촌에서 태어나 어린 시절을 보내며 일하면서 자란 추억이 싫고 원망스러웠는데 인생 2막을 살고 있는 지금은 어떤 마음이 들고 있는지 마음을 열어젖히고 한 줄 한 줄 적어보련다.

내가 태어난 고향은 전남 광양시 진상면 어치리의 두메산골이다. 이곳에서 7남매 중 다섯 번째로 태어났다. 지금도 아련히 떠오르는 큰형님, 작은형님, 큰누나, 작은누나, 아래로는 여동생이 둘인 가족이었다. 지금 돌이켜보면 다섯 번째로 이 세상에 태어난 것이 행운이었다고 생각한다. 지금처럼 '아들딸 구별 말고 둘만 낳아 잘 기르자'란 사회적 분위기였다면 나는 이 세상에 태어나지도 못했을 텐데 태어나서 이렇게 살고 있다는 것이 고맙기만 하다.

여덟 살 때의 사진

    지금 와서 어린 시절 사진을 찾아보니 다행히도 여덟 살 때 고무신 신고 빡빡머리로 집에서 찍은 사진이 최고 어린 시절의 사진이다. 그 시절의 검정 고무신이 지금의 운동화라는 신발로 변화되었다는 현실을 알게 된다.

    어린 초등학교 시절을 기억해 본다.

    깊은 산속 마을의 국민학교를 다녔다. 지금은 명칭을 개정하여 초등학교라고 하지만, 그때 그 시절을 생동감 있게 표현하고자 국민학교로 표현하겠다.

    주변의 동네 이름은 신점, 댑수, 공꼴, 신황, 구황, 어치, 지게, 회계 등이 아련하게 기억난다. 학교명은 진상북국민학교다. 학급은 한 학년이 한 반으로서 정원은 60명에서 70명 정도이다. 전교생이 400명 정도로 기억된다.

    학교에서 1년 행사 중 가장 기억나는 것이 가을운동회 날이다. 이때는 온 동네 마을 행사로서 부모님들이 함께 참석하여 운동회를 요즘의 축제처럼 즐겼다.

가장 대표적인 것은 전교생을 청군과 백군, 둘로 나누어 처음부터 열띤 경기가 시작된다. 운동회 날이면 집에서부터 청군 백군 운동회 옷을 입고서 학교로 간다. 청군 백군 표기로는 머리띠로 구분한다. 청군은 청색 띠로 백군은 백색 띠로 하며 운동회만큼은 열띤 응원으로 똘똘 뭉친다.

학교 옆이 바로 맑은 시냇물이 흐르는 계곡이다. 점심시간이면 그곳으로 가서 가족과 함께 점심을 먹는다. 이때 아버지가 사 주셨던 붉은 사과 맛이 깊은 추억으로 남아있다. 이때만 해도 사과는 귀한 과일이었고 가격도 만만치 않은 시절이었다. 학교 수업이 끝나고 집으로 갈 때는 귀갓길 걱정이 되었는지 동네별로 운동장에 모여서 깃발을 들고 집으로 가던 국민학교의 학교생활을 이모저모 기록해 보았다.

어린 시절 놀이는 어떻게 했을까? 가장 대표적인 놀이는 구슬치기, 제기차기, 딱지치기 등이고 벼 수확이 끝난 들판의 넓은 공간에서 겨울엔 연날리기, 자치기 놀이 등을 한다. 여자애들은 고무줄놀이하는데 짓궂은 남자애들이 몰래 면도칼을 가지고 고무줄을 잘라버리던 추억이 지금도 생생하게 기억되고 있다.

중학교 추억을 기억해 본다.

중학교는 집에서 시오리 길이다. 즉 6km로 왕복 12km를 걸어야 했다. 시간은 1시간 30분 정도 걸렸다. 통학이 문제였다. 걸어가면 1시간 30분, 콩나물시루 같은 버스를 타면 50원을 내야 했다. 자전거를 타면 되는데 가격이 비싸고 위험하기에 선택을 못 했다. 나는 걸어서도 다니고 버스를 탈 때도 가끔 있었다. 버스를 타면 빠르게 오가는 장점은 있지만 콩나물 시루처럼 빡빡하고 비좁은 공간이 싫어서 주로 걸어서 다녔다. 이때 인기 있는 수첩이 있었다. 바로 영어 단어장이다. 걸어가면서 단어를 외우고 가면 너무 좋았다. 오늘 영어 시간에 선생님께 야단맞는 것보다는 단어를 외우며 가다 보면 어느새 학교 정문에 다다르니 말이다. 한자로 표현한다면 일석이조(一石二鳥)다.

농촌은 가장 바쁠 때가 오뉴월이다. 왜냐하면 농사 이모작으로 보리와 벼농사를 하기 때문이다. 보리를 베고 바로 이어서 모를 심는 시기다. 이 시기를 늦추면 벼를 늦게 심게 되고 벼를 늦게 심으면 가을에 쌀 수확이 줄어들기 때문이다. 즉 6월 21일 하지(夏至)를 넘겨 모를 심게 되면 쌀 수확이 현저하게 줄어든다. 이때는 일손이 부족하여 새벽 5시에 일어나서 들로 나가서 가족들과 일을 하고는 7시에 밥을 먹는 둥 마는 둥 교복 입고 도시락 싸서 가방 들고 콩나물 버스를 타고 학교에 간다.

여름, 겨울방학은 어떠했던가?

지금처럼 공부하기 위해서 학원에 다닌다는 것은 모르던 시대였다. 여름방학은 농사에 쓸 퇴비를 하기 위해서 지게 지고 산으로 가서 풀을 베서 집으로 가져와야 점심을 먹는다. 오후에는 소와 같이 산으로 가서 소의 먹이로 자연적으로 자란 풀을 먹이다가 해가 질 무렵이면 집으로 온다.

겨울방학은 다르다. 부엌에서 밥과 국을 끓여야 하고, 구들장을 덥혀야 하고, 소의 먹이 여물(소죽)을 쑤어야 할 땔감 나무를 산에 가서 해 와야 하루가 마무리된다. 농촌이기에 난방용 땔감으로는 석유, 연탄, 가스가 아닌 오직 나무로만 땔감을 1년 내내 사용했다.

　농촌의 봄, 여름, 가을, 겨울, 사계절 내내 한가한 시간이 없다. 온 가족이 나서야 한다. 조금 한가한 때라면 고유 명절인 음력 정월 초하루 설날부터 대보름(음력 1월 15일)날까지가 휴일이었고 나머지는 토, 일요일, 국경일 없이 산으로 들로 나서서 일을 해야만 먹고 살던 시절이었다.

　나는 칠 형제 중 다섯 번째로 태어나서 위쪽 형님들은 서울로 도시로 떠나고 집에서 가까운 중·고등학교에 다니면서 틈틈이 집안일을 도우며 학창 시절을 보내게 되었다. 그 여름날, 더운데 보릿단을 지게에 지고 비탈길로 집으로 올 때는 힘도 들고 보리 이삭의 날카로운 수염이 어깨 주변을 찌를 때는 농촌을 벗어나고픈 생각이 어찌 안 들었겠는가?

교련복 입고 있는 고3 시절 모습

　오뉴월이 되면 농촌에는 온 가족이 일로 힘든 시간을 보냈다. 지금은 농촌에도 기계화가 되어있지만, 그때만 해도 손발을 움직이고 오로지 힘으로만 일을 해야만 했다. 아버지께서도 얼마나 힘이 드셨는지 '내 나이 50세가 되면 지게를 부숴버리겠다'는 말씀하신 적도 있다. 아버지께서 농사일로 7남매를 키우고 가르치며 얼마나 힘이 드셨으면 그런 말씀을 하셨을까 이해가 간다.

아버지는 정말 부지런한 분이셨다. 80호가 살고 있는 고향 마을에서 재산으로 1, 2위를 다투는 우리 집이었다. 1970년대에 큰형님을 서울 연세대학교 대학원을 보낼 수 있는 학비와 하숙비를 농가 수입으로 대었으니, 아버지는 온종일 산과 들로 일손을 놓지 못했다. 그 아버지 밑에서 자라며 중·고등학교를 다니고 아버지의 부지런함을 몸소 배우게 되어서인지 나 역시 새벽 일찍 일어나서 하루의 일과를 준비하고 출발하고 있다.

내 고향 두메산골, 맑은 시냇물에서 멱 감고 물장구치고 놀던 곳. 여름방학이면 소 몰고 산으로 가서 풀 먹이는 동안 그늘에 앉아 윷놀이하던 어린 시절. 겨울방학이면 땔감 준비로 이 산 저 산 돌아다니며 솔가루, 마

아버지 어머니 묘소

른 억새, 삭정이, 장작, 고조백이(그루터기)를 지게에 한 짐 가득 싣고 집으로 향하던 추억들…. 군에서 전역 후 고향을 떠나 도시 생활을 시작한지 40여 년이 흘러갔다. 예전의 어린 시절과 학창 시절은 이제 추억 속으로 남아있다.

농촌을 떠나 도시로 가고만 싶어서 아버지께서 '농촌 재산(땅) 대물림받아서 농사짓고 살자'고 나를 달랬지만 거절하고 말았다. 아버지의 평생 생활 터전이었던 고향 선산에 쌍봉묘로 아버지와 어머니는 잠들어 계신다. 가끔 고향에 갈 때마다 성묘하며 산소의 잡초를 뽑고 부모님과 함께 농사짓고 살던 그 시절을 떠올려 보곤 한다.

농촌 태생이지만 고향을 떠나 현재까지 경기도 오산에서 제2고향으로 살아가고 있다. 그렇지만 가슴속에는 고향을 늘 품고 살아가며 추억을 더듬고 있다. 고향은 언제든 찾아가면 늘 나를 반겨 맞아주기 때문이다.

2. 노랑 반지 -불타는 젊음, 첫 미팅

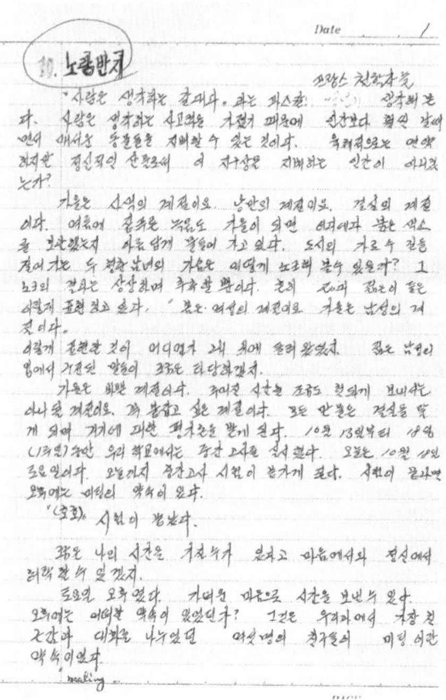

추억의 노트

'사람은 생각하는 갈대다'라고 설파한 프랑스 철학자를 생각해 본다.

사람은 생각하는 사고력을 가졌기에 인간보다 훨씬 높이 나는 날짐승이나 날렵하고 커다란 고등동물들을 지배할 수 있는 것이다. 육체적으로는 연약하지만, 정신적인 산물로서 이 지구상을 지배하는 인간을 '만물의 영장(가장 뛰어나 영묘한 능력을 지닌 존재)'이라고 표현한다.

가을은 사색의 계절이요, 낭만의 계절이요, 결실의 계절이다.

여름에 짙푸른 녹음도 가을이 되면 어디에다 노랗고 붉은 색소를 저장했는지 울긋불긋 아름답게 물들어 간다. 도시의 가로수 길을 걸어가는 두 청춘남녀의 가슴을 어떻게 노크해 볼 수 있을까? 그 노크의 결과를 상상하며 추측할 뿐이다.

흔히 사람들은 이렇게 표현하고 있다. '봄은 여성의 계절이요, 가을은 남성의 계절이다.' 이렇게 표현한 것이 어디에선가 내 귀에 들어왔었지. 사람들에게서 구전된 말들이 조금은 타당하다는 생각이 든다.

가을은 바쁜 계절이다. 주어진 시간을 조금도 헛되게 보내서는 아니 될 계절이요, 꽉 붙잡고 싶은 계절이다. 모든 만물은 결실을 맞게 되며 거기에 대한 평가를 받게 된다.

10월 13일부터 1주일 동안 우리 학교에서는 중간고사(시험)를 실시했다. 오늘은 10월 18일 토요일이다. 오늘에서야 중간고사가 끝난다. 시험이 끝나면 오후에는 미팅 약속이 있다. (호호) 시험이 끝났다. 조금은 나만의 시간을 가질 수가 있다고 마음에서, 머릿속에서 허락할 수가 있겠지.

토요일 오후였다. 가벼운 마음으로 시간을 보낼 수 있다. 오후에는 어떠한 약속이 있었던가? 그것은 우리 과에서 가장 친근하게 대화를 나누었던 여섯 명의 친구가 미팅 약속이 되어있다. 장소는 광주광역시 충장로 금남맨션 2층 '금남다방'이었다. 모두 1주일 동안 공부하면서 지쳤던지 서로 인사 나누는 말을 하면서 그 시간을 기다리는 마음이었다.

사람은 사회생활을 하면서 대인관계에 있어서 많은 만남을 하게 된다. 학교에서의 만남, 군대에서의 만남, 직장에서의 만남, 사회활동에서의 만남 등 여러 만남이 있다. 그 가운데 하나의 만남을 오늘 가지게 된 것이다. 나는 기다림으로 들뜬 마음을 잠재우면서 그 시간을 애타게 기다렸다고 표현해도 조금도 무리한 얘기는 아니다. 순결한 소년의 마음으로서 소녀를 기다리는 설렘이 있다. 누가 어디서 나타나 말을 걸어오면 바로 대답할 것 같은 그런 마음이다.

　나는 '금남다방'으로 향했다. 걸어가면서 생각에 잠겼다. 오늘 이 시간에 처음 만나는 사람에게 내가 가진 생각을 어떤 말로 전달할 수 있을까? 나 자신에게 자꾸 질문을 던지면서 약속 장소에 도착했다. 도착한 시간은 4시 20분, 약속 시간은 5시였다. 처음 가지게 되는 기회이기에 망설여지면서 기다려질 뿐이다. 5시가 가까워지자, 우리 여섯 명 친구가 다 도착했다. 모두 단정한 옷차림에 밝은 표정이다. 자기의 상대자가 누가 될까? 궁금해하면서 호기심 가득한 표정이다.

　그런데 웬일일까? 5시가 넘어도 여성 측에서 도착하지를 않는다. 모두 이상한 표정에 담배만을 피면서 기다리고 있다. 미팅을 주선했던 친구는 더없이 걱정하면서 궁금한 표정이다. 30분 후에 미팅을 주선했던 친구가 나가서 여러 다방을 헤집고 다니더니 여성들은 '금강다방'에 있었다는 말을 전했다. 결론적으로 우리 남성 측은 '금남다방', 여성 측은 '금강다방'에서 서로를 기다린 것이다.

　이런 커다란 실수를 범할 수 있단 말인가? 정말 아무리 생각해 보아도 한심하기 짝이 없다. 우리는 기대했으며 호기심과 희망을 가득 품고 애타게 기다린 시간이었다. 미팅을 주선한 친구의 말이다. 이것은 분명하다. "나는 분명히 여성 미팅 주선자에게 '금남맨션' 근처라고 강조하면서 '금남다방'이라고 몇 번을 강조했다"는 것이다. 그런데 여성 측에서 어떻게 받아들였는지 '금강다방'에서 기다리고 있었으며 또한 기다림에 지쳐 세 명은 집으로 가버렸다는 것이다. 이렇게 됨으로써 약속 시간이 어긋나게 되었다면서 미안하다고 사과했다. 여성 측에서 남은 세 명은 '금남다방'으로 자리를 옮겨 적당한 만남을 모색하게 되었다. 남자는 여섯 명이 니 새로운 방법을 택해야 했다. 정말 마음이 편치를 않았다. 여섯 명이 함 께하지 못하고 세 명은 결국 집으로 돌아가야 할 상황이 벌어졌으니, 마 음만 아파졌다.

우리 친구들 여섯 명은 합의했다. 약속 장소가 어긋나 여성 측 세 명 이 집으로 가버렸으니 세 명만 남고 세 명은 집으로 가는 제비뽑기를 하 기로 한 것이다. 어차피 다음 월요일엔 다시 미팅할 수 있으니까, 누구도 불만을 토로할 때가 아니다. 여기서 나는 내일 집에 가면 월요일 미팅 참 석을 못하기 때문에 제비뽑기에서 제외해 일단 당첨으로 간주되어 미팅 하게 되었다. 결과적으로 세 명의 친구는 아쉬움을 남긴 채 집으로 돌아 가야 했으며 남은 세 명은 집으로 돌아가는 친구들을 안타깝게 바라보아 야만 했다. 남은 세 명의 친구는 빨리 기분 전환을 하고 미팅은 막을 올렸 다.

우리 세 명의 친구, 개개인은 다시는 이런 실수를 범해서는 안 된다고 다짐하면서 나쁜 추억이지만 인생의 한 페이지로 기록될 것이다. 미팅의 파트너 나누는 방법은 미팅 주선자가 우리가 보이지 않는 곳에서 여성의 반지 세 개를 가져와서 남자가 고르는 법을 선택했다.

나와 친구 두 명은 반지 하나씩을 선택했다. 나는 여기서 과연 어느 여인의 반지를 갖게 될 것인가를 호기심 반, 궁금증 반으로 노랑 반지를 선택했다. 반지를 가지고 여성 앞으로 가, 반지를 보여주며 반지 주인을 찾고, 그 반지 주인이 내 파트너가 되는 것이다. 나는 얼른 노랑 반지를 여 성에게 보였다. 내가 노랑 반지를 추측하기엔 어떤 남성에게 받은 것도 아니고, 절대자에게 받은 것도 아니고, 친한 친구한테 선물로 받았거나 여성 본인이 사서 끼고 다니는 반지 같았다. 노랑 반지가 어느 분이냐고 묻자, 한 분이 인사를 표했다.

내가 바라는 여인상은 요약하면 다음과 같다.

먼저 머리 스타일을 본다. 파마머리 형보다는 생머리 그대로 기르면서 어깨에까지 걸쳐있는 것이 아주 순수하게 보이며 매력적이다. 두 번째로 얼굴을 보았을 때, 짙은 화장을 하는 형보다는 크림만 바르고 여성미가 흐르는 얼굴을 가진 형이 나를 유혹하면서 내 마음을 끌어당긴다. 세 번째는 마음이 고와야 한다. 내가 제일 관심을 두고 바라는 것은 여성스러운 마음을 가져야 한다는 것이다. 무엇보다 진실하면서 꾸밈이나 거짓이 없어야 한다. 네 번째는 어디서 보나 웃는 얼굴이며 마음이 언짢을 때도 웃어주는 스마일 형이 그렇게 내 마음을 움직이게 한다. 다섯째로 희로애락을 같이 할 수 있는 측은지심을 가진 여성이라면 얼마나 좋을까? 대충 요약해서 이렇게 말할 수 있다.

호호. 마음이 떨린다. 기대 반 호기심 반에 찬 모습으로 서로 자기 파트너를 보면서 첫인상을 마음에 묻는다. 일단 만남은 시작되었다.

"안녕하세요?"

"처음 뵙겠습니다."

"이렇게 뜻있는 좌석에 마주 보게 앉게 돼 기쁘게 생각합니다."

위에서 말한 바와 같이 내 여인상을 생각하면서 마음속으로는 앞에 앉은 여인의 요모조모를 살펴보고 생각에 잠겼다. 다음은 다방에서 일어나 단둘이서 다른 다방으로 자리를 옮겼다. 서로 간에 모든 것이 미지수이기에 먼저 대화를 가져야 했다. 조그마한 다방에는 몇 사람만이 앉아있을 뿐 조용한 편이었다.

"앉으셔요."

한참 동안 침묵을 지키고 있다.

"……."

내가 먼저 용기를 내서 침묵을 깨트리고 말을 시작했다.

"오늘 이렇게 파트너로서 만나게 된 것은 참으로 우연인 것 같기도 하지만 어떻게 보면 필연인 것도 같아 고마움이 앞섭니다."

나는 우선 내 소개를 하고 사람의 만남이 여러 가지란 사실을 이야기했다.

"인간은 사회적 동물이라는 말이 있는 것과 같이 사람은 사회적인 환경에서 함께 어우러져 살아가는 존재인 것만은 틀림없는 사실입니다. 저는 늘 이런 생각을 가졌습니다. 서로 어려운 일과 기쁜 일이 생겼을 때, 함께 그 일을 격려하고 나누면서 또 서로 아껴가면서 진실한 젊음의 만남이 된다면 얼마나 좋겠습니까? 자기가 알고 있는 친구나 친척들이 몸이 아파서 병원에 입원했다는 소식을 들었을 때, 찾아가서 따뜻한 말을 건네면서 용기를 준다면 정말로 힘을 주는 덕담이 되고 사람 사는 정을 느낄 테지요."

이렇게 서두를 꺼내면서 상대방 여인의 이야기를 듣겠다고 청했다.

"잘 들었습니다. 저는 광주에서 태어나 광주에서 고등학교를 졸업했으며 우체국에서 근무하다가 그만두고 얼마 뒤엔 대구로 갈 것 같습니다."

그런데 이야길 나누다 보니 서로 통성명을 하지 않은 것이 생각났다. 여성은 수줍어하면서 이름을 밝히기를 꺼리는 눈치다. 남자는 괜찮지만, 여성들은 이름을 가르쳐주는 것을 쉽게 허락하지 않는다. 내가 몇 번이고 이름을 가르쳐줘도 괜찮다고 하니까 그때서야 "김옥자"라고 말했다.

나에게 비친 이 여인의 첫인상에서 여성의 아름다움을 찾을 수 있었다. 웃음기가 있는 얼굴에 도란도란 조용히 말을 잇는 것이 다음 만남을 또 신청하도록 나의 마음을 부채질했다. 이런저런 말들을 주고받으며 더 많은 이야길 나누고 싶었지만, 오후 7시에 모여서 탁구 복식 경기가 약속되어 있기 때문에 오늘은 이것으로 아쉬운 만남을 끝내야겠다고 전했다.

"오늘 나눈 대화를 잘 생각해서 내가 신뢰성이 있고 본인에게 도움이 될 만한 뜻있는 사람같이 생각되면 1주일 후에 전화를 주면 되고, 그렇지 못하다고 판단되면 전화 없이 그대로 넘어가면 나는 미련 없이 추억 속에 남기면서 내 젊은 날, 나를 성장시킨 한 페이지가 오늘이었다며 미련을 접겠습니다."

끝으로 이런 말을 하고 헤어졌다.

이렇게 행복한 하루는 추억을 남긴 채 흘러만 갔다.   – 1980. 10. 18

※ 20대 젊은 학창 시절에 있었던 추억의 노트에 수록된 마음을 43년이 지난 중년의 나이에 한 권의 책 페이지에 담아보는 것이 인생의 또 하나 행복의 맛을 느끼게 한다.

3. 사나이로 태어나서 할 일도 많다만 -군대 생활
-현역 군(軍) 생활하면서 그 순간순간 느낀 마음을 담은 '추억록'

※ 젊은 피가 펄펄 끓던 20대 군대 시절에 간직한 내 젊음의 노트를 43년만에 펼쳐보면서 추억을 소환해 보니, 내 생애 성장의 디딤돌이 된 이런 추억 하나하나가 행복으로 나를 감싼다.

군문(軍門)에서의 생생(生生)한 생활(1982~1985, 훈련병에서 전역 후 희망)을 추억록에 담았던 것을 한 페이지씩 들추어 봅니다.

• 훈련병에서 이병으로 가는 길

-입 대 : 1982년 7월 19일
-전 역 : 1985년 1월 30일
-군 번 : 13294638

-근무지 : 제6193부대 군단포병 작전 서기병
강원도 화천 사방거리, 민통선 경계 지역

식사 시간은 행복하다

1982년 7월 19일

입영 영장을 들고 내 나라 내 조국이 부르는 곳으로 간다. 대한민국 국민의 한 남아로서 군인이 된다는 것이 자랑스럽기만 하다. 부모님, 가족, 친구, 애인, 동네 어르신들에게 인사드리고 떨어지지 않는 발길을 돌리면서,

"어머니, 아버지 다녀오겠습니다. 이 아들 자랑스러운 군인이 되어 돌아오겠습니다."

어머니께서 흘리는 눈물을 보니 나도 모르게 내 눈에도 눈물방울이 맺혔다.

<입영을 축하합니다.>

집결하는 순천 성동국민학교 앞 가족과 친구, 입영 장정들이 운집해 있는 곳이 보인다. 머리는 삭발하고 사회의 모든 것은 잊은 채 이제는 군인으로 가는 훈련병이 되어야 한다. 젊은이들이 모인 이곳, 집에서는 귀

34

여운 자식이었지만 이곳에서는 가난한 집에서 자랐거나 부잣집에서 자랐거나 모두 다 똑같은 대우를 받는다.

호송병의 인솔하에 순천역으로 걸어갈 때 마음이 착잡하다. 순천역에서 입영 장정들을 기다리고 있던 기차를 타니 마중 나온 사람들과도 이별이 되면서 서로 아쉬운 눈물을 보인다. 기차가 기적을 울리며 출발하자 기차가 사라질 때까지 손을 흔들며 조금이라도 더 보려고 까치발을 들고 아쉬움이 역력하다.

논산훈련소에 도착, 이제부터 시작이다. 신체검사를 끝내고 훈련 군복을 입을 때 마음에 새로운 변화가 온다. 입고 온 옷은 소포로 고향 집으로 부치고 훈련소에 입소했을 때는 뜨거운 여름이었다. 훈련은 시작되고 땀에 배인 전투복을 볼 때 사나이의 멋과 젊음이 자랑스럽다. 훈련을 마치고 5만 촉광이 빛난다는 이병 계급장을 달 때 얼마나 기뻤던가. 땀과 인내와 용기로 새겨진 계급장이 아닌가?

• 이병 생활에서 잊히지 않는 일

자대 배치 후 하늘 같은 고참과 성탄절

뜨거운 태양이 내리쬐는 여름날, 땀으로 얼룩진 전투복이 마침내 빛
나는 이병의 계급장을 달게 만들었다. 훈련을 마치고 다음 후임병들에게
내무반을 비워주면서 따블백을 메고 중대장님께 신고할 때가 가장 잊히
지 않는 순간이었다. 떠나기 직전 우리 모두에게 하신 말씀은

"육군으로서 이곳을 떠나 어디에서나 책임을 다하는 군인으로 군 복무 충실히 하라."였다.

한 명 한 명 악수를 하는 순간 우리는 모두 눈물을 글썽거렸다.

훈련소를 떠나 다시 배출대로 와서 이제부터는 함께 훈련받은 이병 전우들은 전국 곳곳으로 자대를 배치받아 자기의 군 생활을 시작하여야 한다. 나 역시 자대를 찾아 밤에 군인 수송 열차를 타고 달리는 순간, 담담한 마음으로 조용히 창밖을 본다.

나는 어느 곳, 어느 부대에서 군 복무를 하게 될까? 어떻게 생활하게 될까? 겹치고 겹치는 생각에 마주 앉은 전우들 얼굴만 쳐다보고 아무 말이 없다. 캄캄한 밤하늘에 별은 반짝이고 이어지는 역을 보니 기차는 북으로 북으로 향하고 있다. 서울을 지나고 북으로 달리고 있다. 동이 트고 아침이 되니 지나는 역에는 아침 출근에 바쁜 사람들이 보인다.

기차는 춘천역에 도착했다. 여기까지 온 병력은 강원도 최전방을 지켜야 한다. 산으로 덮인 산악지역에서 조국을 지키며 내 젊음을 불살라야 한다.

'바로 이곳이 나를 필요로 하는 곳이기에 나는 여기에 왔노라'

굳은 각오로 나에게 주어진 임무에 충실하겠다고 다짐한다.

• 일병 생활에서 잊히지 않는 일

영하 20℃의 겨울 초병 근무 모습

포근한 봄날이던 5월이었다.

일 년 중 가장 인내력과 용기가 필요한 훈련이 다름 아닌 '유격훈련'
이다. 가장 고난도의 훈련으로 위험성도 높으며 사나이다운 패기와 용기
가 필요하다. 유격장에 입소할 때는 초조하기도 했지만, 그 힘든 과정의

훈련을 모두 마치고 정문을 나설 때 마음은 든든하고 자신감도 생겼다. 유격장 입소식을 할 때 빨간 모자를 쓴 유격 조교를 보는 순간 훈련병들은 꿩이 매를 무서워하는 것처럼 바짝 긴장해서 공포감이 든다.

입소식이 끝나고 PT 체조가 시작되고 이제부터 훈련의 신호탄이다. "정신 통일", "복창 불량", "좌로, 우로 굴러", "선착순", "한강철교", "쪼그려뛰기" 등 얼차려가 수없이 반복된다. 조금도 한눈팔거나 여유를 주지 않으려고 연속으로 계속 올빼미 교육이다. 유격장에서는 계급장을 떼기 때문에 계급과 관계없이 똑같이 피교육자가 되어 교육 훈련을 받는다. 동작이 틀리면 그 즉시 물속에 잠수, 흙탕물에 들여보내 오직 사나이다운 악바리 근성을 키운다.

사람은 극한 상황에 다다르면 초인간적인 힘이 나오게 마련이다. 정신없이 PT 체조로 얼차려를 받다가 잠시 쉬는데 나는 밖으로 나가 노래를 불렀다. '외로워 마세요', '미워 미워 미워', '대동강 편지' 등 지금도 그 목소리가 생생하다.

오전에는 PT 체조가 끝나고 오후부터 화생방훈련, 2일 차는 기초장애물 코스인데 여기서부터는 위험이 따르기 때문에 오직 정신 통일이다. 그네 타기에서 똥물에 빠질 때가 아찔하다. 이어서 산악장애물, 정말 군인다운 군인을 맛볼 수 있는 훈련이다. 밤에는 담력 훈련 등 유격훈련은 군에서 가장 고강도의 훈련이라고 단정하고 싶다.

• 상병 생활에서 잊히지 않는 일

포상휴가 중 서울 형님집 수영 조카와

1984년 4월 28일, 이날이 우리 부대 창설기념일이다.

오전 10시 연병장에서 행사하는데 대대 유공자 표창 시간이다. 사병 중에서 가장 모범적인 유공 사병을 골랐는데, "상병 김상기"하고 호명이 떨어지자, 나는 너무나 감격적이고 고마운 마음뿐이었다. 아마도 나의 군 생활에서 가장 기쁘고 잊을 수 없는 순간이었다.

그러나 오늘, 이 순간이 있기까지는 결코 우연은 아니었다. 평소 내 직책의 임무를 완수하기 위하여 피나는 노력을 했었고 전우들이 잠든 밤에도 나는 졸린 눈을 비벼가며 밤을 새워 가며 근무하기도 했다. 어떠한 일이든 '완전무결하게 처리하겠다'는 나의 생활신조로 조금도 게을리하지 않았기에 과장님과 대대장님의 신임을 받으면서 업무를 처리할 수 있었다. 제2의 기쁨은 전우들의 부러움 속에 축하받으면서 1주일(7일간)의 포상 휴가증을 받아 집으로 간다는 것이다.

때는 5월 5일 어린이날, 산에는 진달래가 만발하고 들판에는 파릇파릇한 새싹들이 돋아나고 있으며 아지랑이 아롱아롱 봄기운이 가득하다.

휴가증을 받고 집으로 향할 때, 발걸음은 날아가는 듯 가볍고 이보다 더 기쁜 일이 어디 있겠는가. 집에 도착, 대문을 두들기며 "어머니!"하고 부르니 맨발로 뛰어나오시는 부모님과 가족들은 깜짝 놀라 "웬일이냐?"고 묻는다.

부모님 손에 상장을 드리면서 잠시나마 떨어졌던 정을 나누며 따뜻한 밥상을 받는다. 어머니의 정성이 담긴 밥맛이야 표현하면 무엇하랴. 모두가 맛있기만 하다. 언제 어디서나 자기가 충실하게 노력하고 일하면 누구한테나 인정받고 삶의 보람을 찾을 수 있다고 생각한다.

• 병장 생활에서 잊히지 않는 일

"김 병장!"

군에서 병장이라면 사병 계급 중 부사관을 제외하고는 가장 높다. 5대 장성이라고 사병들끼리는 농담한다. 병장 계급장만 보아도 부럽고 위협감이 든다.

나는 군에서 작전 서기병으로서 중요한 보직을 맡았다. 특히 교육 분야에 전념하게 되었으며 평소 완전무결한 업무 방침에 따라 열심히 군 생활을 해왔다.

때는 1984년 8월, 상급부대에서 시행하는 교육검열을 받았다. 교육검열을 나온 장교는 중령, 처음부터 자세히 보기 시작했지만, 현재 "아주 잘 진행하고 있다"는 칭찬받았다. 두려움과 걱정 속에 검열을 마치고 나가기 직전 나는 검열관에게 이렇게 말씀드렸다.

"병사로서 하고 싶은 말이 있습니다. 올해 교육혁신의 해를 맞이하여 열심히 하였습니다. 교육이 얼마나 중요하고 제가 하는 일이 얼마나 중요하다는 것도 알고 있습니다. 검열 결과 부족한 것은 시정하여 더욱 발전적인 교육을 위해 헌신하겠습니다."

검열관은 내 어깨를 두드리며 "정말 훌륭한 병사"라고 칭찬해 주셨다. 나는 그동안 밤잠을 줄여가며 노력한 결과에 한없는 보람과 고생한 기쁨을 맛보았다. 이 사실이 대대장님, 여단장님, 군단장님께 보고되었다는 사실을 알게 되었다.

며칠 후, 대대장님께서 나를 부르시더니 칭찬과 함께 포상 휴가 1주일을 출발하라고 말씀하셨다.

나는 두 번째 포상 휴가를 받아 집으로 향하니 전우들이 고맙고 나 자신이 행복했다.

• 전역 후 희망

전역통지서를 받고 성탄절에 동기들과 함께

‘장정’, ‘훈련병’, ‘이병’, ‘일병’, ‘상병’, ‘병장’

조국의 부름을 받아 군에 입대한 나는 내 이름 석 자 앞, 계급의 변화 속에 시간은 흘러갔으며 얼룩무늬의 전역복을 입게 되었다. 땀으로 얼룩 진 전투복, 지칠 줄 모르고 달리던 이 산 저 산, 사나이다운 사나이가 되고 싶다는 유격훈련장 전우들의 함성이 지금도 귀에 들려오고 있다. 부모님 곁을 떠나 '할 수 있다'는 자신감과 참고 견디는 인내심을 군에서 배우지 않았던가. 영하 20도를 오르내리는 겨울도 절대 춥지 않았던 것은 젊음의 피가 흐르고 있었기 때문이었다.

이제 모든 훈련도 끝나고 전역을 한 달 앞둔 말년 병장이다. 조용히 앉아서 사회에 나가 무엇을 어떻게 하며 내 인생을 헤쳐 갈 것인가를 생각해 본다. '고향 앞으로'라는 전역 특명을 받고 귀향하면 선량한 국민의 한 사람으로서 국가에 이바지할 수 있는 사람이 되자고 다짐해 본다.

군에서 실천해 온 노력, 인내와 용기가 바탕이 된다면 불가능이란 없을 것이다. '자신 있습니다', '할 수 있습니다', 긍정적인 마음뿐이다. 전역 후, 입대 전에 응시했던 '공무원' 시험에 응시해 기필코 합격하도록 확실하게 공부하고 노력할 것이다. 어찌 군 생활이 헛된 시간이었다고 할 수 있겠는가.

전역 후에도 시간은 바쁘게 흘러갈 것이다. 하루하루를 충실하게 살아가고 결혼하여 가정을 꾸리고 가정을 책임지는 멋진 사나이로 살아갈 것이다. 끝으로 무탈하게 군 생활을 이끌어 주신 선임 병사님, 상관 장교님들께 감사를 드린다.

• 멋쟁이 김 병장님께

함께 군부대 생활했던 최영철 이병이
전역 기념 인사로 추억록에 담아준 아름다운 정이 담긴 편지가 감동적이다.

멋쟁이 김 병장님께

황금빛 빛줄기를 뿜어내던 빠알간 햇덩이는 자취를 감추는가 했건만 어느덧 두둥실 떠오르는 둥근 달은 세월의 흐름을 얘기하고 있는 듯합니다.

아린 상처가 치유되듯 고통과 슬픔의 날들을 참고 견디면 또 다른 기쁨과 보람의 날들이 다가옴은 영원한 진리가 아닌가요.

이제 막 훈련을 마치고 빛나는 이병 계급장을 단 사나이가 되어 덜커 덩거리던 3등 완행열차에 몸을 맡겨 3년간 근무할 자대를 찾아가는 군 초년병은 묘한 기분입니다.

두려움과 기대감이 뒤섞여 뒤척거리며 잠 못 이룬 그 기나긴 밤을, 새우다 깜빡 잠들다 시간은 흘러가고 열차는 기적을 울리며 경춘선을 달리고 있었습니다.

899대대에 전입, 어리둥절한 채 대기실에 있는 나를 몰래 불러내 작전과에 첫 문을 두드리게 해준 김상기 병장님.

어리둥절해 있는 나에게 따스한 손길을 주며 위로의 말과 부대의 소개를 해주실 때 입대 후 무척이나 그리웠던 인간의 정을 심어주신 김 병장님이 벌써 전역을 눈앞에 두다니 저로서는 몹시 서운한 마음입니다.

상태는 변하나 핵(核)은 영원히 존재하나니 어디를 가건, 성실한 자세로서 임하는 인생길을 펼쳐나가길 바랄 뿐입니다.

부디 한 달여 남은 군 생활 마무리 잘하시고 전역 후 다시 만나 뜨거운 악수에, 소주잔을 기울일 그날을 기다리겠습니다.

짧다면 짧고 길다면 긴 군대라는 곳에서의 긴장된 나날을 잘도 이겨내고 보내셨기에 정말 수고하셨다는 말, 전해드리고 싶습니다.

1984년 12월 30일
899대대 FDC 이병 막내 최영철 올림

4. 매일 아침 조간신문을 읽으며

우리는 살아가면서 하루도 없어서는 안 될 것이 있다. 신체적으로는 산소와 물, 기본적인 영양소를 섭취해야 살 수 있다. 또한 사람에게 없어서는 안 될 것을 찾아본다면 매일매일 세상에서 일어나는 각종 사건을 전하고, 전달하고 있는 정보 매체라고 본다.

어린 시절, 정보를 전하는 추억을 생각해 본다면 소리만 들을 수 있는 '라디오'가 있었다. 지금도 생각나지만 '금성'이란 상표가 붙은 직사각 모양의 라디오로 뉴스, 가요, 스포츠 중계 등을 소리로 듣는 것도 신기했으며 사람들은 이 라디오를 통하여 세상사 각종 정보를 들을 수 있었다. 이런 세상에 살다가 흑백 TV가 생산되고 보급되면서 조용한 농촌 마을의 부잣집에서는 흑백 TV를 사놓고 보는 집이 하나둘 생겨났다. 그 시절 가장 인기 있는 것이 연속극 드라마였고, 프로복싱 세계 챔피언 경기가 있는 날에는 동네 사람들 모두 TV가 있는 집에 모여 함께 시청하며 응원했던 어린 시절이 생각난다.

이렇게 세상의 소식이나 정보를 전해주는 라디오에 이어 TV가 있었다면, 인쇄술의 발달로 세상 소식을 전해주는 매체로 신문도 있다. 우리나라에서 가장 대표적인 것이 조선일보와 동아일보가 있고 창간된 지가 100년이 넘었다. 이 외에도 서울에서 발행되어 전국적으로 배달되는 일간지에서 지역에서 발행되는 지방지, 전문적인 지식을 담아 전달하는 전문지 등 다양한 신문들이 언론 자유가 헌법에 보장되면서 홍수처럼 쏟아져 나오고 있다.

세상이 발전하면서 또 하나의 정보전달 매체가 있다면 반도체의 비약적인 발전에 따른 스마트폰이 아닌가 싶다. 우리는 한 세대를 살면서 이렇게 통신 기술이 발전하는 현실을 보면서 매일매일 변하는 통신과 반도체의 발전 속에서 현대과학의 변화를 따라가기가 힘들 정도가 되어버렸다.

통신 소식을 전하는 전화기는 어떻게 변했는지 추억을 생각해 본다.

내가 태어난 1960년대는 가정집에 유선 전화기만 있어도 부자라고 할 정도로 부럽고 신기했다. 그런 세상 살다가 새로운 만남과 소식을 전하고 싶을 때는 유선 전화가 전부였다. 집 밖에서 생활하면서 전화하고 싶을 때는 전국 구석구석 설치된 공중전화기가 우리 생활에 가장 중요한 곳이었다. 아마 현재 살고 있는 우리 자녀들은 그 모습을 전혀 모를 것이다. 긴 거리, 마을마다 설치된 공중전화기 박스를 말이다.

이런 세상 살고 있는데 어느새 휴대전화가 보급되기 시작했다. 나의 소지품으로 소식을 전할 수 있는 전화기가 있는 것이 꿈이 아닌 현실이 된 것이다. 유선 전화기 사용에서 공중전화기 사용과 개인 휴대전화의 사용이 서서히 일반화되면서 개인의 정보 매체로 사람에게 한 대씩 한 대씩 보급되면서 각종 신고나 생활 모임에서는 유선 전화번호에서 휴대전화 번호로 바뀌기 시작했다.

이런 변화도 잠깐이었다. 바로 이어진 스마트폰이다. 스마트폰은 전화통신 기능을 기본으로 세상의 모든 정보를 전달하고 받을 수 있는 소형 노트북으로 발전했다. 나는 휴대전화는 특별한 사람, 특히 영업을 기본으로 하는 사람이 사업상 소유하리라 생각했지만, 지금은 지구상의 모든 사람에게 생활필수품이 되었다. 혹 지하철을 한번 타 보면 모든 승객은 자기가 가진 스마트폰으로 좋아하는 각종 정보 속에 빠져 있으니 세상 진풍경이 되었다. 이런 현상은 가정에서도 마찬가지라서 가족 간 밥상 대화가 그리워지고 있는 것이 바로 우리 가정의 모습이다.

세상을 살아가면서 각종 정보 수단에 관해 논하다 보니 전화기 변화 과정의 현실 이야기가 길었나 보다. 나는 하루를 시작하면서 만나는 것이 아침 조간신문과의 만남이다. 세상의 변화 정보가 지금은 전자, 반도체의 발달로 라디오, TV, 컴퓨터, 스마트폰을 통해서 접할 수 있지만 나는 지금도 아침 신문을 꿀맛 같은 마음으로 구독하고 있다. 정기 구독 시작은 1980년으로 기억되고 있으니, 올해가 43년이 되어가고 있다. 오늘, 이 글을 쓰는 순간, 동아일보 맨 앞장을 보니 1920년 4월 1일 창간, 제31474호로 발행되었다.

세상이 발전하면서 정보매체의 다양화로 신문 구독자가 점점 줄어들고 있다는 신문 보급소장의 말을 들어보니 내가 사는 아파트 편지함에도 신문이 꽂힌 장면을 보기가 힘들다. 조간신문을 읽는 맛은 과거부터 지금까지 계속되지만, 앞으로도 계속될 것이다.

이제까지 신문을 읽으면서 나는 습관이 생겼다.

첫째, 그날의 사설을 읽는다. 논설위원이 쓴 내용과 내가 생각하는 것과는 다를 수 있지만 틀렸다고는 논하지 않는다. 짧은 중요 내용 속에서 세상의 지혜를 얻고 있다.

둘째, 나의 업무와 관련된 기사가 나오면 그 부분을 가위로 잘라서 별도로 보관한다. 내가 준비할 수 없는 각종 통계 정보나 현실의 내용을 생생히 접할 수 있기 때문이다.

셋째, 각종 부분의 칼럼 기사이다. 특히 경제 정치 사회 문화 분야 등 각종 칼럼이 있지만 그중 경제 부분에 더욱 관심이 있다.

넷째, 건강 정보이다. 특히 별지로 하여 각 분야 전문 의사가 쓴 내용을 보면 더욱 실감이 난다.

이제 나이가 중년에서 노년으로 넘어가는 나이다 보니 각종 모임에 나가 대화를 나누다 보면 가장 많이 다루어지는 소재는 역시 건강이다. 가슴이 답답하면 급성 심근경색을 조심하라, 어지럽고 물체가 두 개로 보이고 머리에 통증이 심하면 바로 뇌경색을 의심하고 즉시 병원으로 가라 등 우리 인체가 얼마나 복잡한지 알 수가 없다. 우리 주변에서 일어나는 비보를 들을 때면 이런 신문 매체의 건강 정보가 나에게는 정말 고맙게 읽힌다.

다섯째, 전국에 가볼 만한 관광 정보다. 오늘날은 지방자치제의 발달로 그 지방 지방마다 많은 가볼 만한 곳을 다듬어서 관광객을 맞이하고 있다. 이런 소식들을 신문으로 생생히 전달받고 있다.

어제, 오늘 그리고 내일이 온다. 어제는 과거 속으로 오늘은 현실로 내일은 미래로 다가오고 있다. 누구나 똑같이 주어지는 하루 24시간. 이른 아침에 나의 친구는 조간신문 '동아일보', '매일경제'가 되었다. 아침 식사와 더불어 신문을 읽고서야 하루를 시작하는 것이다.

라디오, TV, 스마트폰을 통하여 접할 수도 있지만 나는 또 다른 생각을 한다. 현실은 수많은 정보가 홍수처럼 쏟아지고 있지만 잘 정돈된 신문이 좋다. 내가 관심 가진 분야의 기사가 좋다. 그 정보를 통하여 매일 배우고 또 배운다. 내 삶의 지혜를 더욱 새롭게 받아들이기 위해서 신문은 좋은 친구다.

신문 읽기의 선택은 바로 내 자신이다. 한 달 구독료라야 한 끼 밥값과 비슷해서 너무 가성비가 좋다. 이런 정보 매체가 있어 고맙다. 내일 아침이 또 기다려진다.

5. 매년 365일 다이어리 기록물을 보면서

매년 매일 기록하는

다이어리의 지난 시간들

1년 365일 (8,760시간)

1년 12달

1달 28~31일

1일 24시간

1시간 60분

1분 60초

　매년 12월이 되면 새해가 다가오는 길목에서 카렌다와 다이어리를 준비하고 선물을 주고받는다. 특히 금융기관 은행이나 비즈니스를 주로 하는 회사나 직업에서 많이 하고 있다.

　매년 연말이 다가오면 느끼는 것이 1년 12개월이 너무 빠르다는 마음이 다가온다. 그것도 나이가 들어가면서는 더욱 빨라진다는 느낌이다. 주변 친구들과 술 한잔하면서 이런 느낌을 말하다 보면 모두 다 같은 마음이라고 한다. 특히 40대보다는 50대가, 50대보다는 60대가 숫자만큼 더

속도가 빠르다고 한다. 내 느낌도 마찬가지다.

올해도 12월이 다가왔다.

이른 새벽에 그동안 모아두었던 매년 기록한 다이어리를 꺼내어서 연도별로 어린애처럼 탑을 쌓아본다. 보관된 다이어리는 1989년부터였다. 매일 일기장처럼 기록된 1일 업무일지의 기록들이다. 그것은 사회 초년생에서부터 현재까지의 하루 업무 기록을 보면서 내 일생도 한 발짝씩 인생의 밧줄에서 점을 이어가면서 지금까지 걸어왔었고 오늘도 가고 있고 미래도 이어갈 것이다. 그 지나간 다이어리의 빌딩 높이가 33층이 되었다.

분명 다이어리의 1장은 1일의 시간이다. 유아기, 청소년기, 학창 시절을 지나서 청춘의 30대 사회생활에서부터 쌓아온 다이어리의 빌딩 시간들이다. 이 시간들은 현재 시점에서 지나온 과거 시간이며 내 삶의 밧줄에서 다시 돌아올 수 없는 시간이다.

누렇게 종이가 변했지만 매일 기록한 1장 1장마다 내가 보낸 발자취다. 매년 새해가 되면 새로운 내 목표와 생활신조를 다이어리 맨 앞쪽에 기록한다. 지나간 해에 실천 못 했던 아쉬운 후회들은 떨쳐버리고 새해부터는 새롭게 실천하기 위하여 나 자신을 새로운 에너지로 재충전하기 시작한다. 그 순간을 살펴보기 위하여 지나온 다이어리의 맨 앞장들을 펼쳐 보았다.

1989년 다이어리는 회사생활이었기에 각 거래업체의 명단과 내가 관련된 총무과의 업무 속에서 그 당시 화성시 노무관리협의회 명단이 있다.

1990년은 신속, 정확, 능률적인 업무처리이다.

1995년은 '전진의 해' 나부터 변하자.

실력은 힘이다. 노력하자.

행동으로 실천하자.

2000년은 할 수 있다는 의지 앞에 불가능은 없다(死卽必生).

나는 할 수 있다(信念).

아는 것이 시장이다(知識).

뿌린 대로 거둔다(努力).

영업 경쟁력을 갖추자(營業力).

고객에게 혼을 심자(顧客管理).

2010년은 나는 희망을 세일즈로 한다.

나는 내일에 목숨을 건다.

2020년은 간절함은 기적을 낳고 행동은 결과를 낳는다.

변하지 않으면 미래가 없다.

직업의 가치와 신념이 있어야 한다.

이렇게 지나간 다이어리의 맨 앞장의 새로운 해의 마음 다짐을 보면서 정말 가슴이 뭉클해졌다. 나에게 지나간 수많은 일상이 지나간 자국이다. 이처럼 지나온 하루하루 일상의 기록들이 다가오는 새해에도 2023년 다이어리를 준비할 것이고, 2022년이 다 가면 다이어리는 내 인생의 다이어리의 탑에 쌓일 것이다.

앞으로 다가오는 새해 다이어리는 얼마나 더 기록하고 쌓을 수 있을까?

그동안은 앞만 보고 달리다 보니까 이런 생각이 없었다. 그러나 인생 2막의 생활 속에서는 인생 여정은 생로병사의 운명을 순수하게 받아들이고 있기에 오늘, 내 인생 지난날의 다이어리 탑 속에서 진하게 다가오는 마음이 솟아난다.

'인생은 짧고 예술은 길다'라는 옛 학창 시절에 선생님께서 하신 말씀이 그때는 전혀 이해가 되지 않았지만 이제야 그 짧은 글귀가 이해가 가고 마음속으로 스며들고 있다. 올해도 여지없이 다가온 12월. 지난간 다이어리 속의 발자취에서 내 인생을 깨우치는 것이 너무 많다. 따라서 새해의 다이어리에 기록되는 일일 기록들은 더욱 아끼고 사랑하고 희망적으로 펼쳐보겠다는 마음이다.

지난날의 다이어리 추억들보다는 다가오는 미래의 시간과 오늘 이 순간이 알토란 같이 즐겁고 희망 있는 시간의 실천이 더더욱 중요한 사실을 알았기 때문이다. 내 인생 지나간 해의 다이어리의 탑을 새로운 해를 준비하는 길목에서 더욱 오늘에 감사하고 희망적 에너지로 가득 담아서 살아가리라.

후회와 미련은 더 이상 가슴에 쌓아두지 말고 감사, 사랑, 희망, 봉사, 배려, 건강, 안전, 행복이란 마음으로 매일 매일 소중하게 채워 가리라. 오늘, 이 순간을 감사한 마음으로 기도한다.

6. 오산 독산성 전국하프마라톤대회 참가기

우리 사회에는 수많은 종목의 운동과 그에 따른 스포츠 경기가 있다. 크게 구분한다면 개인과 단체로 운동도 하고 건강을 챙기기 위한 운동이 있는가 하면 타인과 겨루기하여 승패를 결정하거나 순위를 매기기도 한다. 그 중 국가별로 참가하여 4년마다 열리는 세계인의 축제 올림픽대회가 있다.

내가 태어나 학창 시절부터 배우고 익힌 달리기를 기억하면서 오산에서 해마다 열리는 오산 독산성 전국하프마라톤대회(10km 부문)에 참가하여 내 체력을 점검하는 도전장을 냈다.

1936년 베를린올림픽대회 마라톤에서 한국인 손기정 선수는 최초로 금메달을 목에 걸었다. 그러나 일제 강점기였기에 가슴에는 태극기를 달지 못하고 일장기를 달고 뛰었으며 시상식에서도 일본 국가가 연주되고 일장기가 올라가는 나라 잃은 설움의 비극을 겪었다.

내가 태어난 곳은 산으로 둘러친 산골이자 농촌이다. 중학교는 6km 거리를 통학했는데 어쩌다 버스라도 타면 콩나물시루처럼 버스는 꽉 찬 손님들로 북적였고 비포장이라서 30분 정도면 도착했지만 걸어가면 1시간 30분 정도 걸렸던 것 같다.

나는 이런 학창 시절과 농촌 생활에서 자라면서 자연스럽게 체력단련이 되어 건강에는 자신이 있었기에 오산 시내를 오가다 보면 여기저기 걸려있는 마라톤대회 현수막이 내 마음을 끌어당겼다. 제11회 오산 독산성 전국하프마라톤대회가 2014년 10월 12일 개최된다는 현수막 내용이 눈에 들어온다. 매년 보아온 현수막이지만 참가하고픈 마음은 있었지만, 실천으로 옮기지 못해 왔는데 올해 대회만큼은 뛰어보려고 참가신청서를 냈다. 이렇게 생애 최초로 마라톤대회를 신청하고는 마음이 설레면서도 한편으로는 걱정이 되어 주말이 되면 오산천 생태공원길을 조깅으로 한 바퀴 돌면서 체력과 자신감을 끌어올렸다. 대회 코스는 5km, 10km, 하프코스 등 3개 부문이 있지만 처음 참가해 보는 것이라서 10km에 도전장을 낸 것이다.

드디어 대회가 열리는 2014년 10월 12일, 아침을 맞이했다. 계절은 가을이고 서늘한 바람이 불어 아주 청명한 가을 날씨다. 아침에 웃옷에 배번호 10708을 앞가슴에 달고는 내 자신과의 싸움을 시작한다는 마음으로 출발점인 오산공설운동장에 도착했다.

오늘 대회에 참석하는 많은 선수가 벌써 도착하여 몸을 풀고 있다. 운동장에는 마라톤대회를 축제의 장으로 만들고자 공연 무대가 설치되어 있고 우렁찬 음악 소리가 울려 퍼져 나오고 있다. 참가 신청 안내 책자를 보니 전국에서 모여든 마라톤 마니아들과 오산 시민과 더불어 1만 명 정도가 참가했다. 10km 경기부터는 운동화 부위에 개인 기록 측정기를 부착하여 달리게 되어 도착하게 되면 각자 오늘 본인 기록을 알 수 있다.

드디어 출발 시간이 다가왔다.

오전 9시, 먼저 하프코스 참가자부터 총성 소리가 터지자 출발했다. 그다음이 10km다. 길게 늘어선 선수들, 함께 뛸 선수들을 보니 20대 젊은 청년부터 머리가 허연 70대까지 다양한 사람들이 모였다. 생애 처음 도전하는 대회이지만 먼 거리를 통학하던 학창시절의 강한 체력을 믿고 달려 보겠다는 마음으로 사로잡혔다. 총성이 울리면서 우리 모두는 마라톤 코스를 향해 달리기 시작한다.

오산천 주변 생태공원길을 달리는 코스라서 너무 좋다. 흘러가는 물을 보면서 대자연의 신비도 느껴보면서 목표 지점인 종착선을 향하여 마라톤 코스를 달리고 달린다.

오늘 순위보다는 중간에 포기하지 않고 완주가 목표였다. 지금, 이 나이에 선수도 아니고 자신의 체력을 테스트해 보는 것이기 때문이다. 자신이 달릴 부문의 목표를 정하고 아무 도움 없이 내 자신의 능력대로 달리는 것이 마라톤 달리기 경기이다.

한참을 달리는데 2.5km 표지판을 지난다. 10km 중 4분의 1을 달리고 있는 시점이다. 평소에는 조금만 달려도 숨이 차서 걸어가는데 오늘, 이 순간만큼은 내 자신과의 싸움이기에 중간에 포기할 수가 없다. 좀 힘에 부쳐도 함께 달리는 사람이 있기에 승리욕과 오기가 발동하면서 힘을 내게 된다.

　이러한 순간을 참고 극복하면서 앞 선수만 보고 달리다 보니까 어느새 반환점을 돌게 된다. 이 순간 힘은 들어도 너무 기쁘다. 그러고는 나도 모르게 힘이 난다. 반환점을 돌면서 이제는 출발했던 오산공설운동장으로 되돌아가면 된다.

　여기서 묘한 생각과 자신감이 나를 힘 나게 떠받치고 있다. 아직 반환점을 돌지 못하고 내 뒤에서 뛰는 선수들을 보니 '하면 된다', '할 수 있다'는 믿음으로 자신과의 싸움에서 지지 않으려는 의지가 생긴다. 이렇게 멈추지 않고 뛰다 보니 7.5km 지점을 통과하고 저 멀리 오산공설운동장 목표지점이 보이기 시작한다. 국가를 대표하여 뛰는 선수들의 올림픽 마라톤 중계방송을 보던 생각을 떠올리니 그 선수들의 순간순간 마음을 조금은 읽어볼 기회가 되었다.

　중간중간 힘에 부쳐 걸어가고 있는 사람도 보였지만 나는 끝까지 쉬지 않고 완주하겠다는 마음으로 뛰다 보니 어느새 남은 거리는 1km 이내로 좁혀진 것 같다. '이제는 완주할 수 있겠구나' 생각되면서 기록에 욕심이 생긴다. 1분 1초라도 빠른 기록으로 완주하고 싶은 마음뿐이다.

　숨이 가쁘고, 다리의 힘은 빠지지만, 마음속에 이제까지 살아오면서 행복했던 순간들을 되새겨보면서 마지막 힘을 보태기 시작한다. 드디어 오산운동장으로 들어오면서 공인 기록을 알리는 큰 시계가 눈에 들어온다. 1초라도 기록을 앞당기기 위하여 모든 힘을 쏟아서 골인 지점을 통과했다. 골인 지점을 통과하고는 '목표를 향해 도전하여 끝까지 포기하지 않고 완주했다'는 나 자신이 대견스러웠다. '중년의 나이에 도전장을 내밀었고 나 자신과의 싸움에서 이겼다'는 승리감이 나를 행복하게 했다.

먼저 병환으로 싸우다 떠난 형님을 생각하면서 '건강은 최고의 자산'이란 명언이 이 순간 떠오른다. 힘들고 설레는 마음이 차츰 진정되면서 오늘 시각장애인 단체에서 봉사활동을 나와 안마를 받게 되었다. 이 순간 내 삶이 고맙게 느껴진다.

인생을 살아가면서 작은 것 하나라도 고마움을 잊어서는 안 되고 앞으로도 만사를 고마움으로 생각하며 살아야겠다고 다짐해 본다. 오늘 봉사활동 나온 시각장애인들에게 고마운 마음을 가져본다. 그리고 정상적인 눈을 갖고 사는 것만도 큰 고마움으로 다가온다. '우리 몸이 천 냥이면 눈은 구백 냥'이라고 예부터 전해오듯이 이 세상 만물을 선명하게 볼 수 있는 정상적인 눈을 갖고 사니 말이다. 정상적인 눈을 가졌기에, 오늘 누구의 도움 없이 달릴 수 있었기에 건강한 내 신체가 더욱 고맙고 고맙게 느껴진다. 피곤한 몸을 안마 봉사로 풀면서 앞으로 나도 더욱 이웃을 사랑하고, 배려하고, 어려운 곳을 찾아서 작은 봉사나 나눔을 실천해야겠다는 다짐을 해 본다.

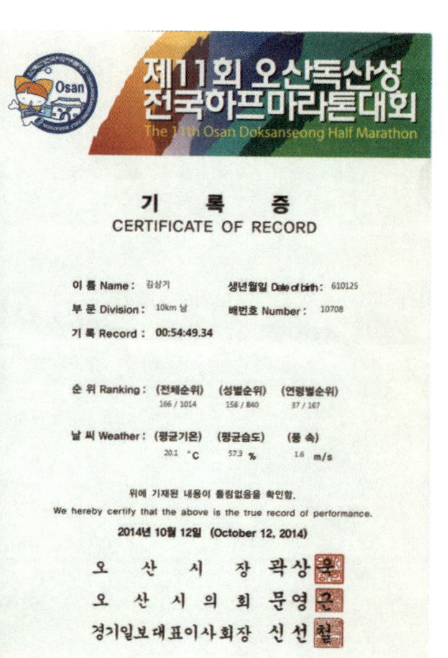

제11회 오산독산성 전국하프마라톤대회
The 11th Osan Doksanseong Half Marathon

기 록 증
CERTIFICATE OF RECORD

이 름 Name : 김상기   생년월일 Date of birth : 610125
부 문 Division : 10km 남   배번호 Number : 10708
기 록 Record : 00:54:49.34

순 위 Ranking : (전체순위) (성별순위) (연령별순위)
                166 / 1014   158 / 840   37 / 167

날 씨 Weather : (평균기온) (평균습도) (풍 속)
                20.1 °C   57.3 %   1.6 m/s

위에 기재된 내용이 틀림없음을 확인함.
We hereby certify that the above is the true record of performance.
2014년 10월 12일 (October 12, 2014)

오 산 시 장 곽상욱
오 산 시 의 회 문영군
경기일보대표이사회장 신선철

한 달이 지났을까? 우체국 우편으로 오산 독산성 마라톤대회 진행본부에서 보낸 '기록증'이 도착했다. 이 또한 개봉하기 전부터 마음이 설렌다. 기록증에는 내가 달린 모든 기록이 자세하게 나와 있다.

배번 10708번, 전체 순위 1,014명 중 166등, 10km 기록은 54분 49초 34이었다. 처음으로 도전한 기록증이다. 완주가 목표였는데 어린 시절 농촌에서의 생활에서 뼈가 굵어지고 평소에도 소중하게 건강관리를 해왔던 것이 이 기록증에 나타난 것이다.

나는 이렇게 하여 매년 10월에 열리는 오산 독산성 하프마라톤대회를 참가하게 되었으며 건강이 허락하는 한 계속 참가하여 달릴 계획이다.

우리 주변엔 수많은 스포츠 경기가 있다. 건강관리를 위하여 집 주변 공원에는 각종 체력단련 기구가 설치되어 있고 전국 곳곳의 관광명소에는 관광도 즐기면서 체력까지 단련할 수 있도록 둘레길을 조성하여 놓았다.

내 건강은 내가 챙겨야 한다. 이 지구상에 소풍 나와서 소풍을 마치고 돌아가는 날까지 건강만큼 중요한 것이 없다. 지구상이란 무대에 오른 나는 '내가 주인공'이다. 누구도 내 삶을, 내 인생을 대신해 줄 수는 없다.

나이를 먹다 보면 건강에 이상 신호가 오고 병원을 들락날락하는 것이 노년의 일과다. 내 생명이 소중하듯이 그 생명을 유지하는 것은 건강뿐이다. 마라톤을 달리고 나서야 건강관리의 소중함을 다시 한번 깨닫게 되었다.

7. 재능기부의 즐거움

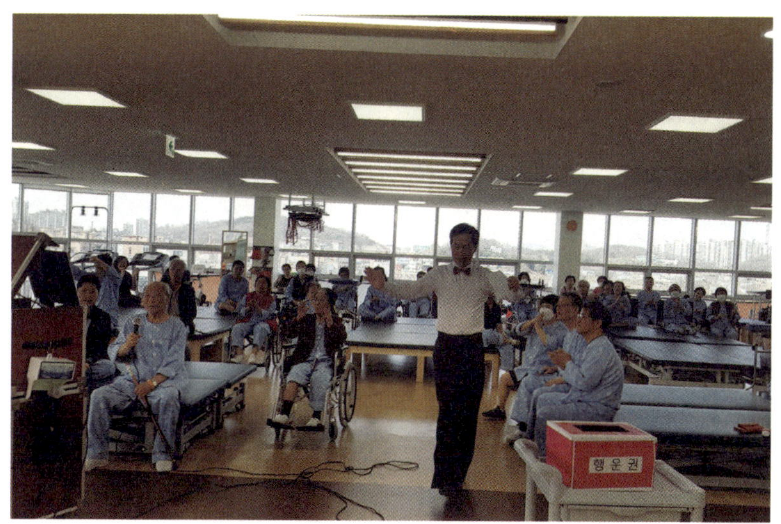

요양병원 방문하여 희망의 노래자랑 봉사

네이버 정보 검색을 해보면 현재 지구상의 인구는 80억 명이 넘었다고 한다. 그러나 동일한 사람은 없으며 얼굴, 성격, 재능, 신체 등이 모두 다르다고 할 수 있다.

나는 어떤 재능을 가지고 태어났을까? 자기 자신이 스스로 본인의 재능을 발견하기란 쉽지 않다. 어린 시절에는 착하고 성실하다고 주변 어르신들한테 말을 듣고 자랐다. 내가 생각해도 동네의 또래 아이들이나 학교 친구들과 싸움 한번 않고 유년기와 청소년기를 보냈다.

그러나 군대 생활부터 서서히 변했던 것 같다. 어떤 집단이나 친목의 모임이나 단체의 행사가 있을 때는 기회가 있으면 자신 있게 앞에 나가서 그 상황에 맞는 행동을 하게 되었다. 군 생활 중, 유격훈련장에서 눈물과 땀으로 얼룩진 훈련을 받으면서 잠시 쉬는 시간이 주어졌다. 빨간 모자를 쓰고 훈련을 시키는 교관께서 쉬는 시간에 훈련 올빼미에게 즐거움을 주기 위해 노래 부를 올빼미는 나오라고 했다. 나는 주저 없이 앞 단상으로 뛰어나갔다. 그 당시 최고 인기를 누리던 나훈아의 노래 '대동강 편지'를 목이 터지라 불렀다.

무더운 여름 날씨에 전투복은 훈련받다 보니 땀과 눈물, 흙으로 뒤범벅이 되어 거지처럼 변해있었지만, 그 순간 자신 있게 부른 노래를 통해 쌓인 스트레스를 저 높은 창공으로 던져버리면서 긍정의 에너지를 얻었다. '할 수 있다는 의지 앞에 불가능은 없다'라는 강인한 도전정신과 희망의 신념을 내 머리와 가슴속에 심어 놓고, 함께 훈련받고 있는 전우들에게서 사나이다운 사나이라고 힘찬 박수와 함성을 받았다. 이렇게 시작된 나의 사회생활이 40년이 지난 인생 후반기 지금까지도 어디, 어느 곳에서나 재능기부를 했던 기억을 끄집어내 보고자 한다.

두 번째로 재능기부를 했던 것이 회사생활이었다. 인사 총무업무를 하게 된 나로서는 회사 전체 각종 행사를 기획하고 진행하게 된다. 연말이 되면 송년회 행사를 한다. 어떤 행사든 매끄럽게 진행하는 사회자가 중요하다. 나는 회사 사내 식당에서 각 부서별 장기자랑, 노래자랑 등을 진행했는데 유머와 재치 있는 열띤 진행으로 회사 전 사원들의 즐거움을 한껏 끌어올렸다. 그 분야의 전문 직업인은 아닐지라도 회사 사원들의 마음속으로 들어가서 행사를 진행하다 보니 그곳에 답이 있었다.

그때부터는 회사 내 전 직원이 참여하고 어울리는 송년회는 물론 야유회 행사에도 외부의 레크리에이션 전문 강사를 초청하지 않고 내가 솔

선해서 재능 발휘를 하여 즐겁게 지내게 되었다.

세 번째는 예전에는 자가용 소유자가 적어 추석, 설 명절이 되면 귀향길에 대중교통으로 관광버스를 많이 이용했다.

내 고향은 순천 옆 광양이다. 부모님이 그곳 시골에 계시기 때문에 자가용이 없는 나는 그 방향으로 가는 관광버스를 타게 되었다. 설 전날, 관광버스를 타고 고향으로 향하는데 함께 탄 버스 승객들은 서로 초면이지만 고향은 같은 곳이라는 결론이다. 고향으로 가는 버스에서 약 5시간을 소비하며 가야 하는데 무료함을 달래기 위해 나는 망설임도 없이 당돌하게 운전석 앞으로 나갔다.

"기사님! 우리 서로 초면이지만 같은 고향 쪽으로 가는 사람들이니 여흥이라도 즐기면서 가고픈데 협조해 주시지요."

그리하여 기사님이 준 마이크를 잡은 나는

"여러분, 이 차를 타신 모든 분은 명절을 가족과 함께하기 위하여 고향으로 향하는 귀성객입니다. 고향까지 가는 길이 지겹지 않도록 즐거움을 함께하고자 마이크를 잡았습니다. 부담 없이 노래 부르면서 가는 것에 동의합니까?"

승객들로부터 힘찬 박수를 받고는 이때부터 나의 재능 기부는 시작되었다. 한 사람씩 돌아가면서 자율적으로 노래자랑을 하게 되었는데 멀고 지루하게만 느껴졌던 5시간이 언제 갔는지 모르게 버스는 순천, 광양에 도착했다. 짧은 고향길의 만남이었지만, 조용히 잠을 자고 갈 수도 있었지만 내가 벌인 즉흥적인 이벤트로 모든 승객에게 즐거움을 선사했다.

네 번째는 신혼여행 때의 추억이다. 1980년대만 해도 신혼여행은 제주도가 대세였다. 전국에서 관광회사에 예약하여 제주도로 가던 시대였다.

나도 결혼식을 마치고 김포공항을 통하여 제주도로 가게 되었다. 제주도에서 첫날 1박하고 다음 날은 관광버스를 타고 제주도를 돌아보는 관광을 하게 되는데 결혼 날짜가 같은 신혼부부들이 전국에서 모였다.

버스 안은 21쌍의 부부 42명이 신혼의 달콤함과 부푼 꿈을 안고 관광길에 올랐다. 나는 여기서 멋진 추억을 남기기 위해서 오전에 분위기를 탐색하고선 점심 먹고 오후 여행 일정을 시작하면서 당차게 버스 앞으로 나갔다.

"11월 9일, 여기 계신 모든 신혼부부의 결혼을 진심으로 축하합니다."라고 하면서 마이크를 잡았다.

"오늘부터 2박 3일을 여행을 함께하며 시간을 보내게 되는데 신혼여행에 즐거움을 드리고자 제가 가진 재능을 봉사하고 싶은데 여러분의 동의가 필요합니다."

열화와 같은 박수로 나를 환영하며 동의해 주었다.

이때부터 결혼 날짜가 같다는 이유 하나만으로도 그리고 제주도를 같이 돌아보는 신혼여행도 우연이 아닌 것 같다며 너스레를 떨고는 노래자랑은 물론 각 부부가 돌아가면서 앞으로 나와 결혼이 이어지기까지의 사연을 고백하게 되었다.

우리는 이렇게 추억을 쌓으며 제주도를 여행하게 되었고, 서로의 안부를 전하기 위해 주소와 연락처를 모아 모두가 공유하게 되었다. 그러고는 앞으로 10개월 후에 맨 먼저 태어나는 아기에게는 상금 1백만 원을 주자고 출산 약속도 하고 헤어질 준비를 했다. 이렇게 하여 2박 3일간의 신혼부부 21쌍의 제주도 여행은 즐거운 추억과 함께 막을 내렸다.

다섯 번째는 중학교 동창생들의 야유회 행사였다.

내가 다닌 중학교는 남녀공학으로서 남학생 3반, 여학생이 2반, 합쳐 250여 명의 동기 동창생이 있다. 이때는 교복을 입고 빡빡머리에 학생 가방을 손에 들고 신발은 검정 운동화를 신었다. 남녀공학이지만 반 편성은 남자 따로 여자 따로였기에 동기 동창이라지만 같은 학교를 졸업했다는 것 외에는 여자 동창들을 알 리가 없었다. 같은 동네 사는 여자 동창들이나 알 정도였다.

서로 갈 길이 달라 고등학생이 되면서부터 헤어지게 되고, 서로 소식 모르게 결혼하고, 자식 낳고 살아가다가 30여 년이 지난 후에야 동창회 행사에 참석했다. 이제는 자기의 삶을 찾아 전국으로 흩어져 살고 있는 동기 동창생들이다. 서울과 경기도의 수도권, 경남 부산지역, 고향을 중심으로 한 전라도 등 3대 권역으로 구분되어 대다수가 살고 있다.

재경 모교 총동문회 행사, MC 모습

나는 동창회 행사가 있을 때마다 매년 빠지지 않고 참석했다.

중학교 학생 시절엔 소심하고 참한 성격이라서 남 앞에 나서는 것을 주저했다. 특히 여학생들 앞에서는 수줍어서 말도 못 꺼냈다. 사춘기 때도 마음앓이만 했지 여학생들에게 말 한번 걸지 못했다. 그러나 군대 생활을 기점으로 내 성격은 완전히 바뀌었다.

동창회 행사는 주로 식사하면서 술 한잔씩 권하고 놀게 되는데 내가 처음 참석하면서부터 그동안 갈고 닦은 나의 재능을 동창생들에게 보여주고 싶었다. 특히 고향의 죽마고우인 김도근 친구가 있는데 기타 연주와 노래 실력이 출중하다. 마침 이 친구가 앰프와 악기를 준비해 가지고 왔다.

나는 즉석에서 사회자로 등장하여 모든 친구가 즐거운 시간을 보내다 갈 수 있도록, 먼 훗날 오늘을 기억할 수 있도록 최선을 다했다. 마침 잔디밭이 있어서 우리 동창 모두가 손에 손을 잡고 원형을 만들어서 '고향의 봄' 등 옛 학창시절을 떠올리는 동요를 시작으로 레크리에이션으로 기분도 풀고 친교의 시간을 갖자 모두 얼굴에 웃음기가 돌고 만족해하는 표정이었다.

이렇게 매년 동창회에 참석하여 행사 진행자를 자청하다 보니 유능한 사회자라고 인정도 받고, 동창회는 추억의 창고가 되기에 동창회 날짜가 은근히 기다려지곤 한다.

여섯 번째는 오산시 온정산악회 활동이다.

주말이 되면 친목 단체나 산악회에서 전국 명산을 찾아 떠나는 등산 행사가 많이 있다. 나는 산악회에도 가입하여 활동하고 있는데 매달 한번

온정산악회 송년의 밤 행사
MC 모습

씩 전국의 유명 산을 찾아 산을 오르내리는 산행을 하며 건강을 다지고 있다.

보통 오가는 거리가 6시간 정도 소요된다. 이 시간을 이용하여 같이 간 산악 회원에게 즐거움을 주고 쌓인 스트레스를 날려버리라고 재치 있고 재미나게 오락 시간을 준비해 간다. 이때도 물론 오락시간 진행은 내 차지이다.

참석 회원 모두가 삶의 에너지를 재충전할 수 있도록 각종 오락과 퀴즈, 게임 등을 준비하여 즐거운 시간을 보내도록 하는 것이 내 임무다.

일곱 번째는 동문회 행사, 와이즈맨 클럽 행사, 친목회 행사 등으로 기회와 공간이 생기면, 마이크만 잡으면 내 끼는 발동한다.

이런 재능 기부의 즐거움은 누가 시켜서 하는 것도 아니고 내가 적극적으로 참여하고 열정을 보이면서부터 시작된 것 같다. 내 스스로 마음에서 우러나서 취하는 행동이다. 군대의 푸른 제복부터 시작된 나의 끼로 인한 재능 기부는 남들에게도 즐거움을 주지만, 나에게 뿌듯한 마음을 주고, 커다란 행복까지 안겨준다. 앞으로도 이런 나의 재능 기부는 계속될 것이다.

8. 이웃사촌

농업사회에서 산업 발전으로 도시화가 되면서 주거 환경이 가장 크게 변한 것이 개인주택에서 다가구가 거주하는 아파트 주거문화로 바뀌고 있다. 우리나라에서는 대한주택공사에서 주도한 아파트 건설이 1980년대부터 전국으로 시작되었다. 이어서 민간 아파트 분양이 시작되었다.

개인주택 단칸 전세방에서 신혼살림을 시작한 나에게 주택을 마련할 수 있는 가장 좋은 기회가 주어졌는데 바로 무주택자에게 제공되는 주공아파트 당첨이었다. 15평의 작은 아파트였지만 내 집을 마련했다는 자부심과 새로운 우리 가족의 삶의 둥지가 생겼다는 데에 너무 행복했다. 이곳 오산시 원동주공아파트에서 5년 간 임대로 살다가 분양을 받게 되었으며 입주자대표회의가 설립되기 시작하면서 아파트 입주민을 대표하는 초대 회장의 직무를 맡게 되었다.

30대 중반의 나이로 살기 좋은 최고의 주거환경과 이웃과 정을 나누는 아파트로 발전시키고자 젊음의 도전정신과 강한 신념으로 임무에 매달렸다. 이러한 환경 조성의 일환으로 이웃과 소통하고 협동하는 마음을 열기 위하여 주민 조직인 통장, 반장, 새마을지도자, 부녀회, 노인회를 활성화시켰다.

마침내 1995년에는 단지가 하나 되는 <이웃사촌 한마음 대축제>를 열게 되었고 그날은 유치원 어린이부터 노인회 어르신들까지 모두 모여서 한마음이 되어 축제의 장은 대성황을 이루었다.

1996년에는 더욱 살기 좋은 주거환경을 만들기 위하여 ≪이웃사촌≫이란 아파트 주민들의 소식지를 창간하게 되었다. 지금도 이때가 내 인생에서 가장 보람된 때였다고 자평하면서 오늘날 나타나는 아파트 주민들 간의 소통 부족을 안타까워하고 있다. 이제는 모두들 이웃사촌으로 정을 나누며 살았으면 하는 바람이다.

● 발간사
-우리는 협동과 화합의 공동체

존경하는 주민 여러분!

대망의 새해를 맞이하여 여러분의 가정마다 행운이 충만하시고 하시는 일마다 소원성취하시기를 진심으로 기원하는 바입니다. 아울러 1994년 대한주택공사에서 분양받은 후 입주자대표회의를 중심으로 관리소 직원과 통장, 반장, 부녀회원, 노인회 어르신까지 헌신적인 봉사에 대하여 감사드리며 원동주공아파트단지 주민의 협동과 화합을 위하여 노력해주신 데 대하여 경의를 표합니다.

우리는 1988년 10월에 꿈에 그리던 내 집을 마련하여 이곳 원동 주공

아파트에서 만난 뜻깊은 인연을 가지고 있습니다. 전세방이나 월세방을 전전하면서 아기 울음소리도 참아내며 잘살아 보자는 신념으로 이곳에 이사와 내 집 현관문 열쇠를 여는 순간 내 집이 생겼다는 성취감과 행복감은 우리가 모두 느낀 감정이었을 것입니다.

우리는 이곳을 삶의 보금자리로 살아온 지가 7년이란 세월이 흘렀습니다. 우리나라도 농업사회에서 공업화 사회로 산업이 발전하면서 급속히 늘어나는 도시 인구의 집중화 현상은 주택난을 불러일으키게 되었으며 이를 해결하기 위해 정부에서는 대단위 주거 공간인 고층아파트를 건설하게 되었습니다. 현재 아파트는 4천여 개 단지, 3백만 세대, 입주민은 1천 5백만이라는 천문학적인 수치에 이르고 있습니다.

존경하는 주민 여러분!

예부터 우리 민족은 어려움에 부닥쳤을 때 서로 돕고, 어른을 공경하며 이웃을 사랑하는 민족성을 가지고 있었습니다. 그러나 오늘날 나타나는 사회적 문제점을 한 번 생각해 보십시오. 같은 아파트 마주 보는 앞집에 살면서 서로 오가지도 않고 누가 사는지도 모른다는 이야기는 현실로 나타나지 않습니까?

개인주의와 이기주의는 공동주택에 살고 있는 주거환경에서 삭막함과 고독함만을 안겨주고 협동심마저 사라져 버리게 했습니다. 이러한 단점을 파악한 우리 아파트단지에서는 서로 소통하는 주거환경과 협동하는 단지로 탈바꿈하고자 입주자대표회의, 통·반장, 부녀회원, 노인회, 관리소가 하나로 똘똘 뭉쳐 공동주택의 문제점을 하나하나 해결해 가고 있습니다.

부녀회를 중심으로 전체 주민이 참여하여 실시하고 있는 재활용 쓰레기 분리배출은 우리 단지 전체를 살찌우는 자랑스럽고 보람된 일입니다. 또한 급격히 늘어나는 자가용으로 인한 주차난을 우리 단지에서는 지혜를 모아 연구하여 주민 스스로가 규정과 질서를 지키기 때문에 질서 정연하게 주차하고 있는 점은 우리 단지의 자랑이라고 하겠습니다.

더불어 살아가는 이웃, 화합하는 주민, 아름다운 주거환경을 만들어 최고의 단지로 변화시키는데 앞으로도 우리 주민 모두가 노력해 주실 것을 부탁드립니다.

본인은 이러한 주민 자신의 실천과 발전된 단지 모습을 한 권의 책으로 엮어 ≪이웃사촌≫ 창간호를 발간하게 된 것을 무한한 영광으로 생각합니다.

또한 책 편집과 광고에 협조해 주신 분들께도 감사를 드립니다.

-입주자대표회의 회장 김상기

● **아파트 주거 문화**
-공동의식과 협동심으로 변화되어야 한다.

인류가 지구 사이에서 거주하기 시작한 것은 백만 년 이상 이전의 시기라고 추정되는데 본격적으로 도시화가 출현한 것은 기원전 3,500년 경이라고 한다. 강의 주변 퇴적층 지역을 기반으로 하는 소위 4대 문명의 발상지가 이들 도시사회 성립의 기반이 되는 곳이었다. 티그리스와 유프라

테스강 유역의 메소포타미아 지방에 도시화가 가장 먼저 형성되었고, 다음으로는 나일강 유역에 도시화가 성립되었다.

노인회에서 단지 주변
청소하고 있는 모습

고대사회에서 도시가 형성된 원인에 관해서는 여러 가지로 논의되고 있는데, 그중 가장 강력하게 제기되고 있는 것이 소위 잉여산물설(剩餘産物說)이다. 즉, 농업생산의 증가로 잉여 산물이 산출되었고, 결과적으로 모든 주민이 농업에 종사할 필요가 없어짐에 따라 분업이 파생되었으며, 수공업과 상업 그리고 종교 및 새로운 사회체제가 자리 잡게 되면서 도시화가 성립되었다는 것이다.

산업혁명 이후 근대 건축이 전개되는 20세기에는 대규모 주거 환경으로 주거에 대한 사회적 욕구가 엄청나게 확대되면서 건축가들의 관심은 서민의 주거환경에 쏠리게 되었으며, 대규모 주거환경이 짧은 기간에 급속히 보급된 시기였다. 또한 표준화되고 일률적인 대규모 집합주택이 국가 주택 정책으로 입안되었다. 그중 대표적인 것이 고층 아파트인데 아파트의 원명은 아파트먼트, 하우스(Apartment, House)로서 일종의 집합 주택이란 뜻이다. 20세기에 접어들면서 경제의 고도성장으로 인한 도시로 인구 집중 현상과 그에 따라 가중되는 주택난은 토지의 입체적 이용, 즉 건물과 주택의 고층화를 시도하게 했다.

우리나라는 경제개발 5개년 계획과 1970년대 전 국민의 새마을운동은 비약적인 국가 발전과 도시의 인구 이동 집중 현상을 가져오게 되었으며 전통적인 대가족 중심의 농어촌사회에서 핵가족의 독립된 생활로 가족 단위가 변화하게 되었다.

이웃과 더불어서 단지 주변을 청소하고 있는 주부들의
아름다운 협동심과 대화가 살기 좋은 주거환경을 만들고 있다.

현재 아파트는 4천여 개 단지 3백만 세대에 달하고 있으며 그 입주민은 1천 5백만이라는 천문학적인 수치에 이르고 있다. 특히 광명시 하안동에 있는 동서네 아파트 갈 때는 가끔 가지만 비슷한 동으로 지은 아파트가 우후죽순처럼 있어 집을 찾는 데는 미로를 헤쳐 나가는 기분이다. 광명에서 수원으로 내려오는 길에 신도시 평촌 아파트 지역은 아파트 현주소를 실감 나게 느낄 수 있다.

나는 오산 원동에 위치한 아파트에서 1988년부터 현재까지 살고 있다. 우리도 핵가족이라고 말할 수 있다. 이곳에서 생활하면서 남다르게 아파트 주거문화에 관심을 가지게 되었다. 서울 친척 집에나 친구 집을 방문할 때, 회사 업무로 아파트 지역을 가는 기회가 있으면 자세히 살펴보았다. 특히 주거 환경문제로 대두되고 있는 쓰레기 분리수거, 자동차 주차관리, 개인적인 이기심의 주변 정서를 듣고 느끼면서 아파트 주거문화는 어떻게 변화되어야 할까 하는 생각이 내 가슴을 채찍질하게 했다.

이제 우리는 전 국민의 30%가 넘는 사람이 아파트에서 거주하지만 이에 따라 나타나는 제반 문제는 어떻게 해결해 갈 것인가 하는 과제이다. 그동안 주택의 부족 문제를 해결하기 위해 양적인 정책만 세우고 추진하였지 건전한 주거문화의 정서를 생각하고 걱정하며 개선해 보려고 노력하고 실천하는 사람은 얼마나 되는가 하는 질문이다.

우리 국민의 정서는 가정에서 출발하는 것이다. 예부터 우리 국민은 어려운 생활에서도 이웃을 사랑하고 어른을 공경하며 상부상조의 협동심의 주거문화가 되었던 것을 알고 있다. 그러나 지금은 이웃에 누가 살고 있는지 모른다는 것이 현실로 나타나고 있다. 대화가 없고 자기중심적인 이기심은 아파트 주거문화의 공간에 스스로 해결할 수 있는 생활의 문제들을 어렵게 만들고 있으며 공동의식의 공감대를 흐리게 만들고 있다.

이제 우리는 모두 새롭게 변화되어야 한다. 나의 작은 변화는 나 자신

과 가정에서부터 시작되어야 한다. 이웃과 대화하고 협동하는 더불어 살
아가는 주거문화를 만들어야 한다. 그것은 내 가정부터 실천하는 길이다.
그것도 기성세대부터 앞장서서 해야 우리 자녀들도 본받을 수 있다는 것
을 알아야 한다. 남보다 낮은 자세로 대화했을 때 그 사람이 더욱 존경스
럽게 보이는 것이다.

어린이와 초등학교 학생들이 놀이터 주변을 청소하면서
환경보존 실천의 산교육이 되기도 한다.

오늘날 공동주택에서 나타나는 각종 문제는 남이 아닌 우리 스스로
해결하고 실천하는 책임을 져야 한다.

아파트 주거문화는 공동의식과 협동심으로 변화되어야 한다는 현시
점을 강조하면서 우리 모두의 변화와 실천이 나의 가정과 주거환경에 많
은 발전이 있기를 기대해 본다.

9. 생가(고향 집)의 가치와 보람

고향 생가는 그대로 보존한 채 지붕과 부엌, 화장실을 개보수하여 지금은 주말농장이
나 휴양지로 사용하고 있어 부모님은 떠나도 형제 가족 친척의 친교 요람이 되고 있다.

누구에게나 고향이 있다. 그곳이 도시든 농촌이든 어촌이든, 내가 이
세상에 태어나 태를 묻고 자란 곳이다. 나의 생가(生家)는 내가 태어나서
부모님과 형제들과 살았던 집이다.

나는 고등학교를 졸업 후 대학 생활을 할 때부터 고향을 떠나 군대 생

활, 직장을 잡고 결혼하여 현재는 경기도 오산시에서 38년째 살고 있다. 오산시는 내 자녀(두 명의 딸)들이 이곳에서 태어났으니, 자녀들의 고향이요, 나는 38년째 살고 있으니, 제2의 고향이며 내가 태어난 제1의 고향보다 더 긴 세월을 살고 있다.

부모님은 연로하여 세상을 떠났고, 7남매는 모두 성장하여 결혼, 분가하여 고향을 떠나 살다 보니 생가는 빈집이 되었다. 여러 우여곡절 끝에 생가를 잘 보존하기로 결정하고 생활하기 편리하도록 현대식으로 개조한 동생 수화와 정임이가 고맙기만 하다.

복잡한 도심 속에서 오랜 기간 살다 보니 언제나 찾아가서 쉬다가 올 수 있는 고향 속의 생가가 있다는 것이 우리 7남매의 자부심이고, 생가는 삶의 활력을 재충전하고, 행복까지 얹어주는 발전소가 되었다.

설이나 추석, 명절이 다가오면 먼 거리 마다하지 않고 꼭 고향을 찾아 부모님께 인사드렸었는데 이제는 부모님은 저세상 가셔서 안 계시지만, 집에서 10분 거리에 선산이 있어서 그곳을 찾아 성묘한다.

내가 태어나고 성장했던 둥지인 고향 집엔 많은 추억이 서려 있기도 하지만 성장한 남매들이 다시 만나서 뭉칠 수 있는 공간이라 너무 소중하다. 우리가 여행할 때면 역사박물관이나 전시관을 찾아 그곳을 한 바퀴 돌면서 오래전 선조들의 생활상을 둘러보며 과거와 오늘을 비교해 보기도 한다.

어느 국가든 흘러온 역사를 학교 교육을 통해 배우고 있으며 한 가정의 가족사도 가족의 뿌리인 종친회가 있어 대대로 이어진 가족의 끈을 확인할 수가 있다.

세상은 너무도 빠르게 발전하고 또 변하고 있다. 반세기가 지난 내 고향도 너무 많이 바뀌었다. 마을 앞 주변은 온통 논으로 논농사를 지었었는데 휴양 펜션 시설이나 매실나무, 감나무 농원으로 변하여 논농사의 흔적은 찾아볼 수가 없다. 어린 시절 추수가 끝난 논바닥은 연 날리고 자치기하던 놀이터였었는데 이제는 추억 속으로 사라져 버린 것이다. 연로한 어르신들은 하나둘 저세상 가시고 성장한 자녀들은 출가하여 고향을 뜨더니 하나둘 헐린 집은 공터로 남고 빈집으로 남은 마당엔 잡초만이 무성하다.

그러나 우리 집 생가는 잘 가꾸어 보존되고 있어 우리 남매들의 휴양 시설로 탈바꿈되어 있으니 너무 좋다.

생가 대문 앞에서

대문 입구에 '사랑이 가득한 집'이란 간판을 달아놓아 바로 이곳이 우리 친인척들이 아무 때나 시간 나면 들러서 쉬었다 갈 수 있는 힐링 장소이자 휴양지로 행복충전소가 되고 있다.

가사와 직장 일로 바쁜 일정을 보내면서도 순천에서 고향까지 1시간

거리인데 일주일에 한 번씩 생가를 돌보는 수화 동생, 부산에서 직장생활을 하면서도 2시간 거리인 생가가 좋다고 시간이 날 때마다 들르는 정임이 동생, 이 두 동생이 조금씩 모은 돈으로 리모델링하여 현대식 시설을 갖춘 가족 펜션이 되었으니 정말 고마운 마음이다.

고향엔 또 다른 보물이 있다. 할아버지, 할머니, 아버지, 어머니, 큰형님이 잠든 가족 선산이 있다. 마을에서 가장 가까운 곳에 이 선산을 준비해 놓고 아버지께선 세상을 뜨셨다.

이 선산은 봄에는 고로쇠 수액, 고사리, 취나물, 두릅 등을 채취하고 초여름에는 매실, 가을에는 감 등을 수확하여 친족 간 정을 나누는 가족 농원이다. 바쁜 직장생활에도 열심히 조상의 선산을 돌보고 가꾸는 보성의 조카가 정말 고맙고 대견스럽다.

둘째 형님과 부모님을 생각하면서

큰형님은 타계하셨지만 둘째 형님은 우리 형제의 버팀목으로서 운동 열심히 하여 우리 곁에 오래 머무시라고 건강한 삶을 응원해 드린다.

내가 태어나 태를 묻고 뼈가 굵어진 고향. 내가 어머니의 젖을 물고, 자란 고향의 생가가 현재까지 남아있다는 것이 소중한 가치로 다가온다. 나이가 들어갈수록 추억을 먹고 산다더니 한 살 한 살 나이를 더 먹을수록 여러 대가족이 오순도순, 아웅다웅하며 살았던 어린 시절의 추억들.

고인이 되신 아버지, 어머니

고(故) 김상문 형님

김상수 형님

김상순 큰누님

고(故) 김상남 작은누님

김수화 여동생

김정임 여동생

고향 집 생가, 한 둥지에서 살아온 모두 다 소중한 내 혈육이다.

부지런함 하나만으로 7남매를 낳아 애지중지 키우며 살아가시던 아버지, 어머니.

아버지께서는 새벽 4시면 일어나 지게를 지고, 들로 나가거나 엄동설한에는 볏짚단을 준비해서 살림살이와 농사에 쓸 새끼를 꼬시던 그 모습이 지금도 눈에 생생하다. 나는 아버지를 닮았는지 새벽에 일어나서 하루를 시작하는 부지런한 습관을 갖고 산다.

이제 예순을 넘기고 두 딸을 출가시킨 아버지가 되어보니 아버지, 어머니가 우리 자식들을 위하여 살아온 그 고단했던 삶을 백번 이해하고도 남는다.

언제였던가?

고향 집을 지키는 여동생과 함께

여름날이었는데 보릿단을 가득 지게에 짊어지고 언덕길을 오르며 체력에 지쳐 "내 나이 쉰이 되면 이 지게를 부숴버리겠다"며 어깨를 짓누르던 7남매를 거느린 삶의 무게가 버거워 독백처럼 뱉어내던 그 말씀이 내 가슴을 조여 온다.

이제는 아버지, 어머니의 그 모습 뵐 수 없지만 자식을 위해 헌신한 그 사랑만은 잊을 수 없어 그리움과 고마움을 늘 간직하며 살고 있다.

요즘의 나이로는 너무 빨리 세상을 떠나신 큰형님과 둘째누님. 그리운 혈육으로 가슴에 남아있지만, 두 분의 자녀들은 잘 살아가고 있으니 다행이다. 아버지와 어머니의 빈자리가 크지만, 부모님이 남겨주신 생가와 선산이 있기에 우리 후손들은 그곳을 찾아 그리움을 달래고, 추억을 떠올리면서 혈육 간 우애를 다지고 있다.

삼성화재 동탄지역단 원동주 단장님과 제주도에서 즐거운 여행 모습

1. 든든한 보험맨

1999년 발간 ≪든든한 보험맨≫ 책자 표지
－자동차 종합관리 정보와 보험 가치관

• 자동차 종합관리 정보를 제공하고자

현대사회는 자동차가 우리 생활에 필수품이 되어있고 해마다 더욱 증가하여 1997년 하반기에는 1,000만 대 이상이 등록되어 있습니다.

그러나 자동차는 우리에게 편리함을 주지만 우연히 발생할지 모르는 자동차 사고 때문에 항상 불안한 상태에 놓이게 됩니다. 이러한 불안은 사고 자체에 대한 불안도 없지 않지만, 그보다도 사고 처리와 손해배상에 대한 경제적인 불안이 더욱 크다 할 것입니다.

자동차보험은 이러한 사회적 분위기를 근간으로 1899년 독일에서 처음으로 시작되었고, 우리나라도 1963년 자동차 손해배상 보장법이 제정되면서 손해보험회사가 꾸준히 성장하여 각 가정에까지 대중 속에 깊은 뿌리를 내리게 되었습니다.

저는 10여 년 동안 회사에서 총무, 인사, 영업파트 직무를 보면서 산재보험, 의료(건강)보험, 국민연금, 차량관리의 업무처리를 바탕으로 지금은 평소 전문직을 원했던 삼성화재 보험회사에 근무하게 되었습니다. 처음에는 알고 지내던 사람이나 고객을 찾아가 인사할 때, 차가운 시선으로 대할 때는 몇 번이고 포기하고 싶었지만 나를 믿고 계약해 주신 몇 사람을 위해서라도 기필코 전문보험인으로 성공해야 한다는 신념 속에 바쁜 일정으로 최선을 다하고 있습니다.

저는 지난해(1998) 2월, 고향(전남 광양)에 갔다가 올라오는 길에 경부고속도로를 운행하던 중 천안 근교에서 교통사고로 죽을 고비를 넘기고 교통사고의 교훈을 가슴 깊이 느끼게 되었습니다. 또한 고객의 사고 소식을 듣고 즉시 사고 현장으로, 병원으로 찾아가 어려움을 같이 공감하며 상담할 때 직업의 보람과 긍지를 가지게 되었습니다.

저는 이제 보다 성숙한 보험 전문인으로 발전하고 고객과 주변에 자동차 종합관리 정보를 제공하고자 『든든한 보험맨』이란 책을 펴내게 되었습니다.

차량을 관리하는 데 좋은 정보가 되기를 원하며 항상 안전 운행으로 행복이 함께 하기를 빌겠습니다.

이 책을 발간하는 데 협조해 주신 모든 분께 감사드리며 활기찬 하루가 되십시오. 감사합니다.

<삼성화재 오산영업소 팀장 김상기>

• 자동차 종합관리로 승부를 건다

자동차보험을 영업 관리하는 한 사람으로서 자동차와 관련된 여러 가지 업무들을 관심 있게 주시하면서 처리하고 상담하다 보니 많은 것을 배우고 느낄 수 있었습니다. 자동차를 소유 사용하는 동안 지켜야 할 자동차 관련법, 보험, 차량 정비, 세금, 매매, 교통사고, 폐차 등록 말소와 같은 일에 직면하게 되면 전문적이고 복잡하기 때문에 시간이 지연되거나 과태료를 내는 등 고객께서는 어려움이 많음을 알게 되었습니다.

1999년 발간
《든든한 보험맨》 책자 차례

저는 고객의 요청과 불만을 겸허히 받아들이고 좀 더 경쟁력 있는 영업을 위해 자동차 종합관리로 승부를 걸어봅니다.

자동차 종합관리란 자동차와 관련된 각 분야 사업에서 전문성을 가지고 있는 분과 제휴하여 신속하고 효과적인 처리로 고객의 만족도를 높이는 것입니다. 신규 자동차 구매 상담, 자동차 정비 검사, 중고 차량 매매, 폐차 말소, 교통사고, 보험 상담 등 각 분야의 협력사를 찾아 상담 처리하면 많은 도움이 될 것입니다.

21세기는 전문화 시대입니다. 변화의 시대입니다. 나도 변해야 합니다. 지혜로운 고객의 선택을 기대해 봅니다. 자동차 종합관리의 효과를 지켜보십시오. 감사합니다.

-삼성화재 오산영업소 팀장 김상기

2. 직업의 가치관은 보람과 열정을 만든다

경기사업부 우수영업팀장 시상식

모든 사람은 자기 일에 꿈을 가지고 노력할 때 행복도 느끼고 보람도 느낍니다. 어린이는 천진난만하게 놀고 있는 모습이 아름답고, 학생은 단정한 교복 차림에 자기 꿈을 달성하기 위하여 공부하는 모습이 아름다우며, 성인은 자기 직업에 열정을 가지고 최선을 다해 일하는 모습이 아름답습니다.

저는 깊은 산촌에서 농민의 아들로 태어났습니다. 하천 주변에 논이 있었는데 부모님의 농사일을 돕기도 하고, 방학 때는 산으로 가서 땔감용 나무를 하여 지게에 지고 집으로 가져왔던 날들이 많았던 학창 시절이었습니다. 중학교, 고등학교는 시오리 길을 걷거나 자전거 타고 통학하면서도 지각, 결석 한번 하지 않는 모범생이었습니다. 등하굣길을 걸으면서도 영어 단어장을 보면서 암기했던 기억이 남아있습니다.

만 20세 성년이 되면서 국방의 의무를 다하기 위하여 논산훈련소에 입소하여 훈련을 끝내고 강원도 화천군 사방거리 근교에서 근무에 임했습니다. 군대에서 생활할 때 처음으로 가족과 떨어져 생활하면서 가족과 부모님의 소중함을 알았고, 나를 돌아보는 성찰의 시간도 갖게 되었습니다. 또한 전우들과의 생활 속에서 사랑과 배려, 책임감이 무엇인지도 깨닫게 되었습니다.

군에서 전역한 후 사회인이 되면서 이제는 성인이 된 만큼 내 인생은 내가 설계하여 헤쳐 나가야 하는 막중한 책임이 있다는 것도 알았습니다. 학창 시절의 꿈은 공무원이나 선생님이었지만 그 길을 간다는 게 생각보다 쉽지는 않았습니다. 내가 태어나고 자란 고향에서 농민의 후계자로 부모님의 농사일을 이어받아 농업인이라는 직업을 선택할 것인가도 많이 고민했지만 1980년대 급속한 경제성장 속에 탈농촌화의 바람이 불면서 나 역시도 도시로의 꿈을 꾸기 시작했습니다.

결국은 경기도의 작은 도시 오산시에서 둥지를 틀면서 중소기업에 입사하여 푸른 꿈을 키워나가며 일하게 되었습니다. 작은 것부터 하나하나 배워가면서 올곧은 정신으로 회사의 발전과 조직에 필요한 일꾼이 되고자 최선을 다하여 일했습니다. 지금도 사회 초년생으로 처음 근무했던 그 회사에서 만났던 모든 분에게 고마웠다는 인사를 전하고 싶습니다.

삼십 대 중반, 회사를 그만두고 내가 하고 싶은 일을 찾게 되었습니다. 사회교육자의 길을 가기 위해 '제일한마음교육훈련원'이란 간판을 걸고 회사원이나 직장인들 교육을 시작했습니다. 그러나 현실은 내 생각처럼, 내 계획처럼 그렇게 녹록지 않았습니다. 결국은 포기하고 새로운 길을 선택해야 하는 갈등이 시작되었습니다.

한 가정의 가장으로서 잠시도 쉴 수 없었기에 그동안 사회적 경험을 토대로 새로운 일에 도전하고자 마음먹고는 1997년 보험인이라는 직업을 선택했습니다. 이때 내 나이 39세로 보험인의 길이 쉽지 않은 일이었지만 삼성화재 보험회사에서 교육받고 '나도 할 수 있다'는 굳은 마음으로 결의를 다졌습니다.

지금의 현실을 보면 우리 가족이나 친인척, 지인 중에 보험설계사 직업을 시작한 분의 집요한 권유로 역시 보험설계사 일을 시작했는데 인정상 잠시 하다가 그만두는 분들이 참으로 많다는 사실입니다. 가장 안타까운 것은 가족이나 친인척이 권유하여 인정상 보험에 가입했는데 그 보험설계사가 1년도 못 버티고 떠나게 되면 그 고객은 가입하였던 보험을 해약하거나 다른 설계사에게 이관되는 일이 반복되고 있다는 것입니다.

올해로 저는 보험인의 길을 걸은 지가 22년이 되었습니다. 앞만 보고 달려가다 보니 세월은 많은 사연, 많은 숙제를 남긴 채 지나가고 있습니다. 이 지면을 통하여 저를 믿고 청약서에 사인해 주신 모든 고객님께 '감사합니다'라고 인사드립니다. 특히 22년 동안 변함없는 믿음과 사랑으로 계약해 주셔서 내 삶의 든든한 버팀목이 되어준 많은 분의 고마움은 평생

가슴에 안고 가겠습니다.

저는 지금, 이 순간도 희망을 품고 감사하는 마음으로 봉사하는 자세로 도전하고자 합니다.

'난 달라.'

'난 할 수 있다.'

'지금부터 도전의 시작이야.'

천 리 길도 한 걸음부터 시작되기에 희망을 품으면 온몸에 에너지가 발생하면서 긍정적인 사고를 갖게 됩니다.

그동안 사회생활을 하면서 쌓아온 많은 경험과 22년간 수많은 고객님을 만나면서 느낀 진솔한 삶은 내 삶의 주춧돌이 되어 다가올 내일의 희망 나래를 펼칩니다. 나는 '직업의 가치관은 보람과 열정을 만든다'고 주장합니다. 이 지구상에는 수없이 많은 직업이 존재합니다. 그 직업들은 각각 소중한 가치를 가지고 있습니다. 인간은 소중한 가치를 가지고 이 세상에 태어납니다. 그러기에 얼굴 모습이 다르고 사상과 이념이 다르고 살아가는 모습 또한 천차만별입니다. 자기가 갖고 있는 직업마다 또한 새로운 가치를 창출합니다.

저는 처음 보험을 시작할 때 사회적 시선을 너무 의식하여 부끄럽고 부담스럽고 당당하지 못했습니다. 또한 보험인 명함을 처음 전하면서 인사를 주고받을 때도 상대방의 마음을 잘 읽지 못하고, 내 마음 또한 잘 전달하지 못하고 주저할 때도 있었습니다.

저는 지금, 이 순간 마음속 깊이 인생철학이 생겼습니다.

자기가 가진 직업에 가치관을 가지고 최선의 노력을 다하다 보면 보람도 느끼고 삶의 열정도 생겨 행복한 삶의 비타민이 된다는 사실입니다. 22년 보험인으로 고객들에게 내 마음을 전하고 실천하면서 위험보장을 준비하고 건강한 삶을 설계해 주는 내 직업이 얼마나 소중하며, 진정성 있는 재무 컨설팅이야말로 한평생 삶에 얼마나 중요한 것인가에 대해서도 알게 되었습니다. 나나 타인이나 수많은 직종에서 일하는 모든 분에게 자기 직업의 가치관을 선명하게 재정립하여 열정을 끌어내고 행복한 에너지로 만들었으면 합니다.

저는 이제부터 새로운 시작입니다.

그동안의 경험을 바탕으로 고객님들로부터 보험인으로 인정받고 한 사람의 성실한 직업인으로 인정받아 거듭 태어나고 싶습니다. 지금, 이 순간 청소년 자녀들을 가진 분들에게 직업의 진정한 가치관에 대하여 말씀드리고 싶습니다.

직업의 순위는 제삼자가 만드는 것이지만 나에게는 내 직업이 1순위입니다. 내가 좋아서 하는 일이고 나와 적성이 맞아서 선택한 직업입니다. 그러므로 가장 행복한 직업입니다. 내 직업은 내가 선택하기에 1순위로 만드는 것도 나 자신에게 달려있습니다. 이 세상의 모든 직업은 상대방 입장에서 바라보면 내가 경험하지 않은 직업이라서 신기해 보이지만 나름대로 간직한 사연들은 다 있습니다. 인생에 있어서 직업은 살아 숨 쉬는 생명과 같으며 내가 내 직업을 소중히 여기고 가치관을 확고하게 가질 때 보람도 느끼고 열정의 에너지가 분출된다는 사실을 60년 삶 속에서 터득했습니다. 직업을 가지고 내 삶을 꾸려가고 앞날을 펼쳐나가기에 우리는 행복합니다.

3. 신입사원 직무 교육 시간이 행복하다

　이 세상에 태어날 때는 사랑과 운명의 공동체인 가족이란 둥지에서 첫 출발을 시작한다. 어린 유아 시절에는 가족의 온정으로 자라면서 그에 따른 가정환경의 영향을 받는다.

　농촌에서 어린 시절과 학창 시절을 보내게 되었는데 선생님께서 생활기록부에 장래 희망을 적어내라면 항시 등장하는 것이 교사와 공무원이었다. 지금 중년이 되어서 돌이켜보면 농촌에서 부모님과 가족이 함께 농사를 짓는 것이 장래 희망으로 하고 싶지 않았나 보다. 1년 내내 음력 정월 설날부터 15일인 보름날까지만 동네 사람들과 어울리는 휴식 시간이고 그 외 시간은 산과 들로 가서 일을 하게 되고 주말이라는 휴식 시간이 없었기에 더욱 가업 승계에 뜻이 없었다.

　학창 시절이 끝나고 그렇게 희망이었던 교사와 공무원 직업의 길을 가지 못했지만 40년이 지난 지금까지도 미련은 남아 있다.

나 자신을 내가 정확히 알기는 쉽지 않다. 성격 또한 마찬가지이다. 이런 것은 가까운 가족이나 친구들이 더 잘 알 수 있다. 지금 중년이 되어서 지나온 나의 길을 돌이켜보면 '착하고 배려 속에 성실하고 부지런함'으로 살아왔다고 조심스럽게 표현하고 싶다.

그 대표적인 하나가 초등학교 6년, 중학교 3년, 고등학교 3년, 통합 12년 동안 지각 결석 없는 졸업식장에서 '개근상'을 받았다. 특히 집과 학교까지 거리가 가까운 곳이 아니었다.

중·고등학교까지 거리는 비포장 시골길로서 왕복 12km였다. 비가 오고 눈이 오고 감기가 들어도 내 마음속에는 어떠한 어려움이 닥쳐도 '결석'이란 허락하지 않는 굳건한 학창 시절을 보냈다.

'교사, 공무원.'

교사의 길도 가지 못했고 공무원 시험에도 도전하여 실패했으니 군 제대 후 취업하여 직장생활을 시작하게 된다. 그러나 여기서 하나씩 깨닫게 되었다. 내가 배워서 알고 전달하는 가르침이 학교만이 있는 것이 아니었다. 직장생활에서는 물론 일상생활을 하면서도 꾸준히 배우고 깨닫게 되는 것의 연속이라는 것을 알게 되었다. 특히 직장에서는 각자 자기가 하는 직무에 상사로부터 교육을 받게 되고 또한 신입사원에게 교육하게 된다. 나는 그동안 이루지 못한 희망의 길을 찾을 수 있었고 지금도 배우고 깨닫고 가르치는 것에 '즐거움'을 얻고 '열정'을 바치면서 실천하고 있다. 지금도 삼성화재 보험회사에 근무하면서 '신입 R.C 입문 과정'서 자동차보험에 관한 교육을 하고 있다.

보험에 관한 일을 하다 보면 1주일과 한 달은 빠르게 흘러간다. 눈 깜빡하면 조기 마감이고 돌아서면 월간 마감일이 온다. 그만큼 고객과 만남의 약속으로 시작되어 계약으로 이어지면서 사후에 발생하는 일련의 과정을 지속하다 보니 때로는 점심까지 거르면서 일과를 보내는 것이 허다하다.

그러나 나는 매달 말일쯤 주어진 신입 R.C 입문 과정의 '자동차보험' 관련 교육을 최우선으로 정하고 교육 강의를 열정적으로 최선을 다하고 있다. 그 기간이 어언 10년이 지나고 있다. 강사로서 강의장에 들어가면 두 가지를 생각한다.

첫째는 나에게는 처음으로 대면하는 신입 R.C 입문 교육생이며 교육생 또한 마찬가지이다. 그러기에 인생에서 소중한 선택의 시간인 만큼 잘 진행해야 한다는 생각뿐이다.

둘째는 내가 가진 평소 인생의 가치관이다.

다름 아닌 내가 배우고 익힌 것을 가르쳐주고 싶은 '열정'이 가슴에 살아있기 때문이다.

학창 시절 가고 싶던 '교사'의 길을, 정년 없는 평생 직업인 삼성화재 보험회사에서 직업을 선택하려고 입문하는 신입 R.C 교육생들에게 강의하며 가고 있다. 오늘, 이 교육 시간을 통해서 본인이 원했든, 지인이 소개해서 왔든 마음을 정리하고 도전하여 좋은 결과로 갈 수 있도록 혼신의 힘을 쏟는 시간이다.

처음 교육이 시작되는 시간에는 휴대전화를 보는 사람부터 시작해서 점심 먹고 시작되는 강의라서 어수선하다. 또한 학교 교육이 아니고 성인이 된 사회인의 교육 시간이기에 처음이 제일 중요하다. 이 교육을 10년 넘게 해왔기에, 눈빛만 봐도 알 수 있기에 이제는 자신감이 생겼다. 교육 시작 전 5분이 가장 중요하다.

나는 보통 이렇게 시작한다.

'나는 오늘 교육 시간을 교육생과 함께하면서 시간을 보내게 된다. 이 시간은 우리 인생에서 다시 오지 않는다. 따라서 우리는 교육 시간이라고 가볍게 흘려보내지 말고 새로운 직업 선택의 길을 배우고 익히는 만큼 값지고 후회 없이 보내자'고 마음을 열어간다.

'39세의 젊은 나이로 보험인의 길을 시작하면서 많은 어려움도 있었지만 25년이 지나고 일반 직장 같으면 정년퇴직 나이가 지난 지금에 와 보니 정년 없는 평생 직업이 얼마나 값지고 행복한지를 알았고 지금도 그 행복의 순간이고 오늘 여러분과 교육 시간도 행복하다'고 가슴속 마음을 전하게 된다.

'그러므로 여러분은 시간 때우는 교육 시간으로 보지 말고 내 말에 동의하신다면 휴대전화 멈추고 함께 공감하고 손뼉 치는 수업이 되어보자'고 하면 교육장이 바로 숙연해지면서 나에게 집중한다. 이때 나는 이렇게 전한다.

"정년 없는 직업의 가치가 얼마나 소중하고 행복한지를 정년이 지난 나이에 와서야 알았다"고, 지금 막 시작하는 R.C 입문 과정의 교육생들에게 희망의 끈이라고 말한다. 이렇게 전하는 강사가 바로 지금 나이기에 가능하다. 이론이 아닌 실제 현실이기 때문이다.

오늘 '자동차보험' 과목을 강의하는 나는 자동차보험도 중요하지만, 그 기본 밑바탕에는 이 보험 직업의 가치와 비전 속에 선명한 목표가 있어야 성공할 수 있는 길임을 심어주려고 노력한다. 이렇게 나에게 주어진 교육 시간을 끝마치고 교육생을 보면 흐뭇하다. 처음 들어올 때의 얼굴 모습이 아닌 새로운 마음 자세로 도전해 보겠다는 의지가 엿보인다. 모두 다 오늘 내 교육을 통해 조금이나마 도움이 되어 각자의 인생길에 성공과 행복을 응원해 본다.

나는 늘 배우고 가르치는 것에 노력하고 그 시간이 행복하다. 건강이 허락하는 날까지 그 길을 즐겁게 실천하리라. 그것이 내 운명이라고 내 자신에게 감사하리라.

내가 하는 일이 좋다고 굳게 믿으면 '신념(信念)'이 생겨 즐겁다.

4. 교통사고 현장출동 13년

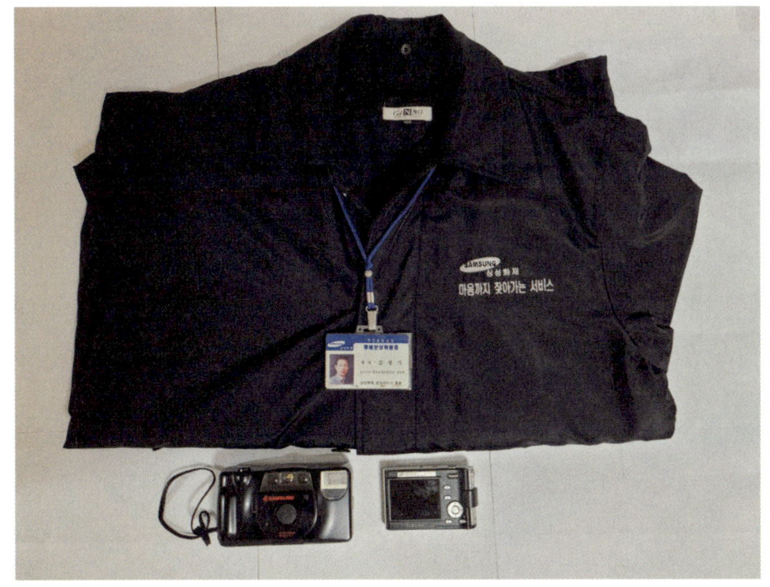

사고 현장 출동 시 사용한 옷, 표찰, 카메라

사명감과 젊은 혈기로 교통사고 현장을 누빈 지난 13년을 회고해 보면서 현장에서 겪고 느꼈던 마음을 정리해 본다.

손해보험회사에 근무하면서 주 판매 상품이 의무보험 요건을 갖춘 '자동차보험'이다. 특히 산업이 비약적으로 발전하면서 여기에 따른 이동 수단으로 자동차의 수요가 폭발적으로 증가하게 되었다. 또한 손해보험회사 간 시장 판매 확보에 따른 고객 서비스제도가 다양하게 보급되기 시작했고 그중 하나가 고객이 사고 발생 때 사고 현장에 출동하여 긴급 현장 상황을 조사하고 고객의 마음을 안심시키고 도움을 드리는 것이 보험

사별로 행해지는 현장 출동 서비스였다.

삼성화재 보험회사에서도 각 지역 R.C(Risk Consultant)에게 '명예보상위원' 제도를 시행하게 되었고 나는 그 업무를 1999년부터 시작하게 되면서 2011년까지 3,700여 건의 사고 현장을 출동하게 되었으며 가벼운 접촉 사고부터 사망사고에 이르기까지 직업의 사명감을 가지고 하루 24시간 준비 태세로 임하게 되었다.

때로는 추석이나 설 명절 연휴에도 출동의 업무가 주어지면 책임을 다하기 위하여 먼 전라도 고향으로 향하는 귀성행렬에 합류하지 못한 채 대기하기도 했다. 누구나 자동차를 운행하다가 사고가 없으면 최고로 좋겠지만 사람이 하는 일이기에 여러 가지 원인에 의하여 사고를 내거나 사고를 당하는 경우가 있고, 전국 각처에서 매일 수백 건의 크고 작은 교통사고들이 일어나고 있다. 국가에서는 자동차의 증가와 이에 따른 교통사고 증가로 인하여 사회적 문제로 대두되었고, 이에 따라 '자동차 손해배상 보상법'을 제정하여 자동차 사고로 인한 질서를 유지하고 있다.

자동차 운행 중 사고는 내 잘못으로, 나는 물론 타인에게도 엄청난 불행을 가져올 수 있으며 또한 타인의 잘못으로, 나에게도 커다란 불행이 닥쳐올 수 있는 것이다. 자동차는 우리 삶에서 거리를 이동하는 수단으로 목적지까지 가는 데 편리하게 갈 수 있지만 예기치 않게 동반하는 것은 자동차 간의 사고나 자동차와 보행자 간의 사고, 자동차와 시설물 간의 사고다. 운전자들에게 교통사고가 없는 것이 최고의 목표이고 최고의 행운이지만 오랜 기간 동안 운전대를 잡아본 사람은 한 번쯤은 교통사고를 내거나 당해본 경험이 있을 것이다.

나에게도 지금까지 크고 작은 교통사고가 몇 건 있었으니, 지금은 '방어운전'이 얼마나 중요한지를 경험으로 터득하게 되었다. 가장 큰 교통사고 경험은 고향에 갔다 오는 길, 경부고속도로 천안 부근을 달릴 때였다.

땅거미가 내리며 어둑어둑해지는 시간이었는데 1차선에서 5톤 영업용 화물차가 비상 깜빡이도 켜지 않은 채 갑자기 멈춰 있었다. 나는 브레이크를 급하게 밟았지만, 제동 거리상 후미를 추돌하게 되었고, 비상 깜빡이를 켜고 사고 현장이라는 수신호를 보냈지만, 뒤따라오던 차들이 연속해서 추돌했다. 내 자동차는 사고 현장에서 엔진에 불이 시작되었고 순식간에 완전히 전소되어 버렸다. 다행히도 하늘이 도왔는지 사망이나 중상자는 없었고 경상자만 나와 사고가 마무리되었다.

6대가 연쇄 추돌 사고로 이어진 고속도로에서의 끔찍한 교통사고 경험이었다. 고속도로 순찰 경찰대에서 교통사고 조사를 하는데 원인 제공한 화물차 기사가 졸음으로 1차선에서 갑자기 차를 멈춰 버렸으니 이처럼 한 사람의 실수는 대형 사고로 이어지는 경우가 많다. 장거리 고속도로 운전을 할 때면 가끔 '졸음쉼터'가 있다. 그리고 대형 현수막이나 도로 위 전광판에 '졸음운전'이 가져오는 불행에 대하여 경각심을 주고 있다. 단 한 번의 졸음운전이라 하더라도 한 번의 실수는 나는 물론 타인의 생명을 앗아갈 수 있는 대형 사고로 이어지므로 졸음운전은 절대 안 되니 졸릴 땐 '졸음쉼터'에서 잠시 쉬어서라도 졸음을 쫓고 가라는 계몽·홍보는 계속되고 있다.

1999년부터 시작되는 '명예보상위원'으로 회사에서 위촉받고 이어서 '전문 업무 수행 교육'을 마치고는 새롭게 내 업무가 시작되었다.

교통사고 현장은 단순한 교통사고도 있지만 일반적으로 서로 다툼이 있는 곳이기에 행동 또한 조심해야 한다. '콜센타'에서 '사고 현장 출동'의 전화를 받으면 신속히 사고 현장으로 가야 한다. 고객에게는 출동 '안심콜'로 연락하고, 출동 복장과 '명예보상위원' 표찰을 목에 걸고 카메라, 안내봉, 삼각대, 사고 현장을 표시할 스프레이 등을 가지고 최대한 빠르게 사고 현장으로 달려가야만 한다.

사고 현장에 도착하면 고객에게 사고로 인한 두려움과 스트레스가 있기에 우선 안심시키고 분쟁의 대상이 교통사고의 분석이기에 사고 현장의 증거 확보를 빠르게 시행한다. 특히 차량 충돌 위치가 중요하다. 요즘은 블랙박스가 있기에 사고 분쟁이 덜하지만, 전에는 블랙박스 장착이 적었기에 운전자 간 서로 잘못이 적다고 분쟁이 심한 편이었다. 사고 현장의 중대 사고는 112로 신고되어 바로 구급대원이 현장에 출동하여 응급조치 후 병원으로 옮기지만, 아주 가벼운 접촉사고가 잦기에 하루하루 출동이라는 긴장의 끈을 놓을 수가 없다.

사고 현장 조사와 조치가 끝나면 먼저 운전면허증을 확인하고 자동차보험에서 보상받을 수 있는지를 확인하고 설명해 드린다. 이것은 내가 R.C(Risk Consultant)로서 자동차보험을 직접 고객에게 안내하고, 가입하는 일을 하고 있기에 '명예보상위원'으로서 자동차 사고 현장을 찾았을 때 중요성을 알 수 있었고, 때로 '책임보험'만 가입하여 사고 후 후회하는 고객에게는 '책임보험'과 '종합보험'에 관해서 간략하게 설명해 드리기도 한다. 또한 사고 차량 수리 관계는 고객의 입장에 서서 차량 파손 상태를 보면서, 사고로 인한 비용이 되도록 적게 들 방안을 사고 현장에서 쉽게 설명해서 고객의 의견이 반영되도록 안내해 드린다.

날마다 계속되고 있는 교통사고 현장을 출동해서 사명감으로 일하면서 '사고 현장 출동 보고서'를 작성하고 사고 현장 사진을 겸하여 보상 처리부서로 전달한다.

어느 날 사망사고 현장을 출동하게 되었다.

대형 사고라서 현장은 이미 경찰과 119에서 출동하여 조치가 끝난 뒤, 사고 현장 자동차 충돌에 따른 파손 상태를 보게 되었다. 특히 사고 차량 상태를 보니 앞면 전체가 휴지 조각처럼 찌그러져서 고철 덩어리 형태로 변해 있으니 교통사고 중에서도 중앙선을 넘는 사고가 얼마나 처참한 결과를 초래하는지 알 수 있었다. 중앙선 분리대가 없는 편도 1차선 커브 길에서 발생한 사고이기에 순간의 방심은 돌이킬 수 없는 사고로 이어진다는 사실이었다.

2011년까지 13년 동안 '명예보상위원'으로서 크고 작은 교통사고 현장의 출동업무를 보면서 참으로 많은 것을 배우게 되었고, 미리 준비해 두는 '보험의 중요성'과 차량 운행 때 '안전운전'이 얼마나 중요한지를 알게 되었다. 특히 사고 현장은 사고 당사자 간 다툼의 현장이라서 논리적으로 접근을 잘해야 한다. 나는 나에게 주어진 일에 최선을 다하면서 오직 긍지와 사명감을 가지고 일과를 해냈다. 사고 현장 출동 업무로 해가 거듭되다 보니 그에 따른 처리 능력도 향상되었다.

2000년부터는 영업 시장 환경도 큰 변화가 시작되었다. 자동차보험 계약도 대면 계약만 하다가 다이렉트 계약 형태가 시작되었고, 고객은 계약 선택을 마음대로 할 수 있는 시대가 온 것이다. 고객의 선택은 회사, 보험료, 서비스를 비교한 후 가장 중요한 보험료를 비교, 분석하는 시장의 변화는 시대의 흐름을 따라야만 했다.

여기에서 생각을 깊이 숙고해야만 했다. 자동차보험은 계약으로만 끝나는 것이 아니라 계약 후 만기일까지 그 과정에서 예고되지 않은 교통사고나 더불어 사고 비용과 관련된 제반 업무들이 발생하기에 다이렉트 시장이 시작되었다 하여도 극복할 수 있다는 자신감을 가지고 지금까지 성실함 하나만 가지고 꾸준히 업무에 충실을 기해 왔다. 그러다 보니 고객에게 인정도 받고, 계약 건도 늘어나고 있기에 감사하는 마음으로 오늘도 업무에 열정을 바치고 있다. 자동차보험은 가격보다는 가치의 가성비가 중요하다는 것을 교통사고 현장을 발로 뛴 산 경험을 하면서 내린 결론이다. 예기치 않은 사고는 언제든 발생할 수 있고, 재물과 사람의 생명에 관한 보장과 보상에 관한 업무이기에 전문성이 필요한 것이 절대적이다.

오늘도, 평일이 아닌 휴일에도 고객의 지킴이로, 상황 근무자로서 어떤 상황이 발생해도 함께한다는 마음을 가지고 있다.

고객과의 약속

고객과의 믿음

고객에게 가치의 가성비를 가진 전문성을 갖춘 든든한 보험맨이 바로 나라고 자부한다.

5. 고객의 개별화물 운전 만족

　21세기를 살고 있는 현대사회는 산업화의 발전으로, 최첨단 산업까지 급속한 발전으로 의료 치료 기술도 발전하여 우리는 장수(長壽)라는 소리를 들어가며 오래 살아가고 있다. 우리나라도 세계적으로 고령화 사회로 진입했으며 2025년부터는 초고령화 사회로 접어든다고 매스컴에서 떠들고 있다.

　2017년 한 해가 저물어 가면서 책상 카렌다를 가지고 내가 살고 있는 아파트 노인정으로 갔다. 마침 노인회장께서 계셔서 인사드리고 2018년 카렌다를 드렸다. 하얀 머리에 점잖게 말씀하시는 회장님께서는 내가 보기에 80세가 넘어 보였다.

　내가 어렸을 때 노인이란 회갑(만 60세)이 넘으면 노인정에 가시는 나이로 기억하는데 지금은 의학 발전과 의식주의 풍요로 건강관리가 일상화되어 70세가 넘어도 노인정에 가면 심부름이나 하는 측에 든다고 주변에서들 흔히 말한다. 그만큼 국민의 평균 수명이 예전보다는 많이 길어졌다는 증거이다.

　영업하면서 고객과의 인연은 새롭게 만들어 가고 때로는 떠나가기도 하지만 오늘도 내 명함을 전달하고 알리면서 일과를 보낸다.

　2018년 가을이 다가왔다. 휴대전화로 모르는 전화가 걸려 온다. 전화를 받으니 작년 연말 인사드린, 내가 사는 아파트 노인회장이었다. 반갑게 인사를 드렸다.

이제는 노인회장을 그만두고 영업용 다마스 밴을 구입하였다고 자동차보험 가입을 요청해 왔다. 나는 정말 고맙고 반가웠지만 현재 나이가 나이인 만큼 영업 배송 운전을 한다는데 내 귀가 의심스러웠다.

자동차 가입 설계를 하는데 1937년생, 즉 80세의 나이였다. 나는 80세 나이에 새로운 일의 도전, 그것도 영업 배송 운전을 한다고 하니 놀라지 않을 수 없었다. 보험 계약서에 서명하고 '조심하면서 안전운전하시고 건강관리 잘하시라'고 두 가지를 말씀드렸다. 80 연세에 새로운 일을 찾은 그 노인회장님의 도전정신에 응원하면서 돌아섰다.

이렇게 또 한 인연이 나와 새롭게 출발한다.

자동차보험 기간은 1년으로서 매년 갱신 시점에는 연락을 드리고 또 이어서 1년을 연장하게 된다. 물론 중간에 안부 전화라도 드리지만 말이다. 2019년 10월, 자동차보험 만기가 도래하여 전화를 드렸다. 벨이 몇 번 울리자 아주 건강한 목소리로 전화를 받았다. 쉬는 날인 일요일 오전에 만남을 약속하고 찾아뵈었다. 2020년 카렌다를 준비했다. 노인회장님께선 노인정의 일상을 떠나 삶의 현장에서 매일 운전하고 일을 해서인지 작년 만날 때보다 훨씬 자신감이 넘치고 목소리도 즐거운 모습이었다.

1년이 너무도 빠르게 지나간다. 나에게는 아버지 같은 연세의 고객님이기에 조심스럽지만, 다가오는 미래의 내 모습을 보면서 긍정과 도전정신을 배우게 해준 분이었다. '2020년도에도 더욱 건강하시라'고 하면서 '하는 일이 힘들지 않으냐'고 물어보았다. 회장님께서는 '노인정에서 시간 때우는 것보다는 훨씬 시간도 잘 가고 즐겁고 행복하다'고 말씀하셨다.

나는 존경하는 마음에서 내년에도 이렇게 건강한 모습, 즐거운 모습으로 뵙기를 소망하면서 발걸음을 돌렸다. 이렇게 하면서 매년 10월이면 자동차보험 1년 만기 갱신으로 찾아뵙고 인사드렸다.

2022년 10월 30일 일요일, 며칠째 전화를 기다리면서 '이제는 하던 일은 멈췄겠지' 하고 생각했다. 그러나 아니었다. 아직도 건강이 허락되고 있으니 다음 주 일요일에 만나자고 하는 것이었다. 나는 일요일 말고 월요일 오전 9시, 아파트 안 정원에서 회장님을 만나게 되었다. 2023년 카렌다와 다이어리를 준비했다. 노인회장께서는 새롭게 출발하는 영업 개별 화물 사장님의 고객으로서 올해가 5년째 되는 해이다. 사장님께서는 올해 85세다.

나는 벤치에 앉아서 '평소 건강관리를 어떻게 하시냐?'고 물었다. 매일 아침 '일어나자마자 아파트 둘레길을 1시간 이상 산책한다'고 말씀하신다. 또한 '매일 영업 배송 운행을 200~400km까지 하는데 피곤하지 않다'고 한다. 더욱 놀라운 사실은 '1주일이 너무 빠르고 일이 있어 즐겁다'는 것이다. 앞으로 '몇 년 더 일하실 거냐?'고 물었더니 '3년은 더할 것'이라고 한다. 그리고 '큰아들이 3년 뒤면 은행 지점장에서 퇴직하는데 이 영업 개별 운송을 해보라고 권유하겠다'고 말씀하신다. 아파트 노인정의 노인회장으로 노인정에서 날마다 시간이나 때우던 분이 사장님으로 변신하여 5년 동안 한 번의 사고도 없이 운전하시니 존경스럽다. 그분을 통하여 나는 또 많은 인생 경험을 배우게 된 것이다. 지금도 이른 아침 1시간 동안 둘레길을 걷고 건강관리하면서 즐겁게 일하시는 그 모습이 바로 멋진 인생을 살고 있는 것이라 믿는다.

인생 80세에 노인정에서의 멈춤의 시간이 아니라 당당하게 새로운 일에 도전하여 5년을 즐겁게 일하며 소일하고 행복도 만끽하는 사장님의 건강을 빌면서 내년 이맘때, 2024년 카렌다와 다이어리를 가지고 다시 만나기를 약속해 본다.

노후 설계 전문 강사이신 강창희 선생님은 '평생 현역으로 일하면서 사는 것이 건강에도 좋고 행복도 만끽할 수 있어 노후 준비로 가장 현명한 방법'이라는 것이다. 생각은 즐겁게 마음은 긍정적으로, 그것이 삶과 행복의 에너지라고 믿으며….

6. 잃어버린 업무 가방을 찾은 기쁨

우리는 살아가면서 매일 동행하는 물품
이 있다. 어린 유치원에서부터 사회활동을
하는 날까지 메고 다니거나 손에 들고 다니
는 가방이 그것이다. 여기서 하나 더 추가된
것이 있다. 사회가 발전하면서 사람 간의 통
신수단이 유선전화에서 개인별로 소지하는
무선전화 휴대전화로 변화되었으니, 가방과 휴대전화는 동행자이자 우리
생활의 필수품이 된 지 오래다.

나는 매일 많은 고객을 만나고, 또한 고객의 상담이나 즉시 업무처리
가 발생하기 때문에 업무처리 가방과 휴대전화는 직업상 필수품으로 들
고 다닌다. 사람으로 비교하면 뇌와 심장과 같이 나와는 떼려야 뗄 수 없
는 관계가 되었다. 내 업무 가방에는 갤럭시탭(업무 컴퓨터), 다이어리, 통
장, 도장, 상담자료 등이 들어있어 움직이는 업무 사무실이다.

2020년 7월 여름날, 경기도 화성시 정남면에 위치한 사업장을 방문하
여 화재보험에 가입시키고 바쁘게 기쁜 마음으로 오산시 사무실로 왔다.

나는 습관적으로 가방을 어깨에 메고 간단한 서류는 서류 바인더를
손에 들고 간다. 사무실에 앉았는데 가방이 안 보였다. 급히 건물 안 이동

식 타워주차장으로 내려가서 차 안을 뒤져보았다. 구석구석을 다 뒤져도 가방은 없었다.

가방은 나의 뇌나 심장과 같은 물건이 들어있기에 내 마음을 조이고 있었다. 나는 혹시 건망증으로 오늘 예약한 고객에게 전화를 걸어 의자에 가방이 있는지 확인해 달라고 요청했다. 답은 '없다'였다. 나는 오늘 계약 건의 기쁨은 허공으로 날아가고 가방의 숨바꼭질에 매달리는 신세가 되었다.

내가 오늘 처음부터 방문했던 곳을 모두 일일이 전화로 확인했다. 그러나 '없다'는 대답만 되돌아왔다.

두 번째는 고객 만나고 차에 오르기 전, '내 차 뒤쪽 트렁크 위에 놓고 운행했겠지!' 하고는 즉시 오늘 갔던 도로 바닥과 좌우를 살피면서 찾아보았지만 없었다. 혹시나 '코너길 돌면서 가방이 도로 밖으로 떨어질 수도 있겠지' 하면서 길가의 풀밭을 찾아보아도 가방은 보이지 않았다.

다시 허탈한 마음으로 오산시 사무실로 왔다.

그렇다면 가방은 어디에 있을까? 매일 소지하는 지갑이나 휴대전화는 작아서 잃어버릴 수도 있다 하겠지만 이 큰 업무 가방을 잃어버리다니 도저히 나 자신이 이해되질 않았다. 하루 종일 저녁 늦게까지 가방을 잃어버린 허탈감으로 고민했지만, 해결은 안 된 채 결국 집으로 퇴근하고 말았다. 이렇게 되니 저녁밥이 넘어가질 않았다. 온통 머릿속에는 '이 가방이 지금 어디에 있을까?' 하는 궁금증뿐이다. 행여나 오늘 꿈속에서라도 나타나서 위치를 알려주었으면 하는 바람이다.

다음 날이었다.

아침 출근길, 사무실로 향하는데 늘 동행하던 가방이 없다. '오늘은 좋은 만남의 소식이라도 있겠지' 기대하면서 사무실로 발걸음을 재촉했다. 맥이 빠진 사람처럼 사무실에 앉아서 하루를 준비하면서 준비물을 담아야 할 가방이 없으니, 힘이 나질 않는다. 그러나 '오늘은 가방을 찾는 날이 되겠지' 하고 기대를 해본다. 혹시라도 길에 떨어졌다면 '가방 안에 연락처 명함이 보관되어 있으니, 전화라도 오겠지' 하는 기약 없는 기다림으로 마음이 싱숭생숭하다. 마음이 안정이 안 되고 공중에 붕 떠 있는 상태다. 저녁노을을 보니 그냥 하루가 지나갔다는데 왜 이리도 마음이 서글퍼 오는지….

어제 고객을 만나 계약을 할 때는 갤럭시탭을 가방에서 꺼내서 업무 처리를 했기에 그 이후 나의 이동 행적을 수십 번 돌이켜 보고 그 가능성을 예측하고 찾아보아도 가방은 보이지 않는다. 오늘도 가방 소식은 없고 이틀째 허탈하게 집으로 퇴근한다.

가방과 헤어진 3일째 날이다. 그러나 가방 소식은 전혀 없다. 이렇게 일주일이 흘러갔다.

이제는 결단을 내려야 할 시간이다. 잃어버린 가방은 포기하고 롯데마트로 가서 새 가방을 사고, 그전 가방의 모든 것을 복원할 수는 없지만 은행에 가서 통장도 재발행하고, 갤럭시 노트북도 새로 구입하고, 업무 가방에 들어갈 물건들을 하나둘 준비하였다. 이제는 가방 찾기 숨바꼭질을 포기하고 내일을 준비하는 것이 옳다고 마음먹었다.

그러나 어찌 나의 개인 정보와 자료가 들어있고 정이 든 가방을 쉽사리 포기할 수 있겠는가? 마치 가족을 떠나보낸 아쉬움처럼 말이다. 이렇게 한 달이 지나도 가방의 소식은 들려오지 않았고 새로 구입한 가방과 인연을 맺으면서 활동하게 되었다.

그러나 웬일일까?

2021년 4월쯤 일요일 아침이었다. 모르는 휴대전화 번호에서 전화가 왔다. 나는 고객과의 업무를 다루기에 걸려 오는 전화는 거의 다 받는다. 그렇게 기다리던 가방 소식이 온 것이다. 이 전화 소식의 기쁨을 어찌 말로 다 표현할 수가 있겠는가. 가방과의 이별이 10개월이 지났는데 가슴이 떨려온다. 지금까지 수많은 궁금증을 풀지 못하고 살아가고 있는데 그 답이 지금 온 것이다.

내가 매일 근무하는 건물의 주차장은 타워빌딩식 구조다. 따라서 1년에 한 번씩 점검 수리를 하는데 그 작업 현장에 내 가방이 그 지하에 떨어져 있었단다. 작업하던 현장 소장이 가방이 있다고 소식을 전해 온 것이다.

나는 전화를 끊고는 바로 사무실 주차장 수리 현장으로 달려갔으며 가방을 보는 순간 반가운 마음에 오랜만에 만나는 가족처럼 눈물을 글썽이며 가방을 안았다. 가방을 열어보니 내가 매일 만지던 물건들이 그대로 있었다.

타워빌딩식 지하 주차장에 주차하고 나오는 순간 차 안의 물건들을 이동하다가 한쪽 모퉁이 바닥이 없는 공간으로 굴러가서 주차장 바닥으로 떨어져 버린 것 같았다. 이러니 누군가가 내 가방을 주웠다고 전화 연락을 기다린 내가 바보였다는 생각을 지울 수가 없었다.

나는 너무 기분이 좋아서 일요일에 지하 주차장 시설을 점검하고 계시는 현장 소장님께 점심이나 하라고 답례하고는 가방을 가슴에 안고 집으로 왔다. 집에 와서 다시 찾은 가방과 새롭게 구입한 현재의 가방을 놓고는 행복한 고민을 했다.

갤럭시랩이 하나 더 생겼으니, 이것을 큰딸이 육아 출산휴가로 자녀를 키우고 있는데 내년 교사 복직을 하면 유용하게 사용할 수 있기에 딸에게 선물하기로 마음을 먹었다. 그리고 가방은 소중한 내 소지품 가방으로 보관하면서 새롭게 구입한 가방과 같이 내 곁을 지키리라 믿었다.

'잃어버린 업무 가방을 찾은 기쁨'

우리는 살아가면서 누구나 자기가 사용하는 소지품을 잃어버린 기억이 있을 것이다. 그것이 작은 볼펜 하나라도 속상하기는 마찬가지이다. 우리가 살아가면서 때로는 만남도, 헤어짐도 가질 수 있지만 좀 더 차분한 마음으로 한 번 더 생각해 보는 여유를 갖고 살아가라고 하고 싶다.

'바쁠수록 돌아가라'는 말이 허투루 생긴 말이 아니다. 조금 바쁘다고 서두르고 허둥대다 보면 나처럼 가방을 잃어버리는 실수를 할 수도 있으니 조급함을 버리고 여유롭게 살아가는 삶을 권유하고 싶다.

7. 필리핀 낭만의 섬, 세부와 보홀 여행기

현재 지점장과 떠난 세부여행 중 식당에서

지구에서 적도가 가장 가까운 나라 필리핀(Philippines)은 세계에서 두 번째로 섬이 많은 나라(7,107개)이기도 하다. 그중 아홉 번째로 큰 섬 세부(CEBU)와 열 번째로 큰 섬 보홀(BOHOL)을 여행하면서 생생하게 현지에서 느낀 점과 역사에 얽힌 나라의 모습을 보면서 여행담의 이모저모를 적어본다.

고등학교 세계지리 과목 시간에 오대양 육대주에 관한 각국의 지리적 특성을 배웠던 것이 오늘의 여행을 통해서 어렴풋이 떠오르고 있다.

2011년 11월 3일부터 3박 4일로 필리핀 마닐라 팍상한과 따가이 따이 관광 명소를 사회적 모임인 K. P 회 가족들과 여행했던 추억이 생생한데 오늘은 다른 곳, 섬으로 회사 직원들과 여행하게 되니 마음 설렌다.

2019년 12월부터 시작된 코로나19의 전 세계적인 팬데믹 공포로 국가 간 이동하는 해외여행은 중단되었다. 내가 태어나서 이렇게 수많은 생명을 앗아가고 3년이 넘도록 멈추지 않는 유행병은 처음 겪어보는 것이다. 밖에서나 실내의 사무실에서나 반드시 마스크를 쓰고 생활해야 했던 경험도 처음이다.

다행히도 2023년 2월부터 서서히 정상을 되찾아 3월부터는 특정 장소를 제외하고는 마스크를 벗어도 되고 그동안 멈춘 세계여행을 자유롭게 할 수 있게 되니 더없이 기다려진 필리핀 여행이다.

여행 가기 전에 별도로 준비해야 할 것들이 있다. 현재 우리나라는 봄(4월)이지만 그곳 여행지 필리핀은 4계절이 뚜렷하지 않고 1년 내내 여름이기에 현지에 가서는 여름옷으로 바꿔 입어야 한다. 캐리어(여행 가방)를 꺼내어 이것저것 여름옷을 준비하고 오랫동안 장롱 속에서 잠자던 수영복도 챙기니 어느덧 여행 기분으로 들뜬다.

출발하기 전 고객과의 약속이나 업무처리에 빈틈이 없도록 철저하게 단속하고, 한 달 목표를 진척해 놓고 가기 위한 마음으로 10일 전부터 바쁘게 움직였다. 여행 떠나기 전, 시집간 두 딸에게 여행 가는 일정을 알려 주었더니 '즐겁게 여행 다녀오세요.'라는 문자 메시지와 함께 통장으로 용돈까지 보내오니 부모와 자식은 이렇게 피로 이어진 끈끈한 사랑을 확인하면서 '고맙다. 잘 다녀올게.'라고 답신을 보낸다.

2023년 4월 14일, 3박 5일 일정으로 그동안 분주하게 오가던 직장(사무실)과 집을 떠나 여행복으로 간편하게 입고 캐리어를 끌면서 인천국제공항으로 향하는 관광버스에 오른다. 여행의 기분이 시작되는 순간이다. 여행을 떠나는 기분은 초등학교 시절 소풍날 같은 그런 기분이다. 마음은 늘 젊은 날에 머물러 있다.

인천국제공항에 도착하여 공항 내로 들어가는 순간 수많은 관광객이 출국 준비에 분주하고, 첨단을 걷는 전자 장비로 완비된 공항시설은 완벽 그 자체였다. 뉴스에 보도된 대로 세계 최고 시설의 공항이 다른 곳이 아닌 이곳 우리나라 인천국제공항이라는데 대한민국 국민으로서의 자부심과 자랑스러움이 느껴진다.

공항 출국 수속대를 통과하고 1시간 정도 여유가 있어서 이제부터는 자유시간으로 면세점을 구경하기 시작했다. 이곳에서 사면 말 그대로 세금이 면제되기에 시중 가격보다 싸게 물건을 구입할 수 있다. 대표적인 인기 상품이 양주이거나 담배이다. 여행을 다녀온 후 지인들에게 선물하기도 좋다. 그러나 1인 한정 판매 제한이 있어 이 점은 꼭 지켜야 한다.

어느새 비행기 탑승 시간이 다가왔다. 비행기 탑승 시간은 저녁 8시부터였다. 질서 있게 비행기를 준비된 티켓 번호에 맞추어 탑승하자 비행기 안에서는 안내방송을 한다.

필리핀 세부 막탄국제공항까지는 4시간 30분 소요된다고 한다. 우리나라와 필리핀의 시간 차이는 필리핀이 1시간 늦다. 반대로 우리나라가 1시간 빠르다. 이렇게 국가 간 여행을 하다 보면 시간 차이는 필수적으로 따라오기 마련이라 미리 알아서 대비해야 한다.

어두운 밤에 진에어(JINAIR) 여객기는 바다 위를 날아서 필리핀 막탄국제공항에 착륙했다. 한국시간은 새벽 1시, 필리핀 시각은 자정이었다.

이 시간이면 한국이나 필리핀이나 깊은 잠에 빠져있을 시간대이다.

이곳에서 공항을 빠져나가는 수속이 진행되는데 공항시설이 후진성을 면치 못하고 우리나라 공항과는 너무 비교되었다. 긴 줄로 선 관광객들은 첨단시설이 없기에 시간은 더디고 한밤중이라 피곤함은 밀려오지만, 여행을 즐겁게 즐기려면 참고 이해하고 기다려야만 한다.

공항을 떠나 숙소로 가기 위해서 버스를 타는데 금방 여름 기온임을 느낄 수 있다. 늦은 밤, 솔레아 리조트에 도착하여 여장을 풀고 1박을 하게 된다.

이른 아침 2일 차 여행이 시작되는 날이다.

창문 밖으로 오늘의 날씨를 보니 아주 깨끗하고 맑았다. 여행 중에 날씨가 좋으면 그야말로 가장 복 받은 시간이라고들 자평한다. 또 다른 것은 식사 문제인데 오기 전, 여행 정보로 들었는데 필리핀은 한국 관광객이 주 고객이기에 한국인에 맞는 음식이 준비되어서 걱정 안 해도 된다는 거였다.

아침 식사는 리조트 내 뷔페 식단으로 먹는데 소문대로 불편함 없이 맛있게 먹을 수 있었다. 열대과일로 마련한 망고 주스 등 다양하게 준비되어 있어서 이곳의 음식문화를 하나씩 체험하면서 맛을 본다.

이어서 오전 관광의 최고 일정은 호핑투어(Hopping tour)이다. 이리저리 뛰어다닌다는 뜻의 호핑(Hopping)은 세부(CEBU)여행을 즐기는 최고의 액티비티(activity 활동)이다. 호핑투어는 배의 양쪽을 긴 대나무로 붙여놓아 파도에도 균형을 잃지 않고 나아갈 수 있도록 제작한 필리핀 전통 배 벙커(Banka)를 타고 하루 종일 바다에서 열대어와 산호를 보며 스노클링(snorkeling 숨 대롱을 쓰고 하는 잠수나 수영)을 즐기는 활동이다.

우리가 탄 배가 바다에서 멈추고 스노클링을 시작하는데, 배 타는 것은 즐기지만 바닷물에 들어가는 것을 꺼리는 사람도 많았다. 나는 어린 시절 여름만 되면 개울가에서 멱을 감고 놀았던 때문인지 자연적으로 터득한 수영 능력이 있어서 안전 구명조끼를 입는데 조금도 두렵지 않았다.

나는 제일 먼저 스노클링 복장을 하고 배에서 뛰어내렸다. 바닥이 보이는 맑은 바닷물이기에 물안경을 쓰고 바닷물 속을 보면 형형색색의 수많은 열대어와 산호들이 눈에 들어왔다. 주변을 자유롭게 수영하면서 맑은 쪽빛 하늘과 비췻빛 바닷물 속을 보면서 아름답다는 감탄사를 연발하며 추억을 담았다.

배 위에 앉아있는 같이 온 일행에게 손을 흔드는 여유도 보내면서 사진 촬영을 요구하기도 했다. 또한 배 위에서 2cm 크기의 지렁이와 가느다란 실을 사용해 낚시를 체험할 수 있는데 마치 낚시대회를 연출하듯이 이곳저곳에서 조그마한 열대어가 낚시에 걸려 올라올 때는 함성이 터지면서 축하의 박수 소리로 호핑투어의 열기가 뜨거워졌다.

여기서 기분을 더 내고 싶은 사람은 개인 부담으로 바나나보트나 제트스키를 타면서 물 위를 달리는 스릴을 만끽하며 그동안 직장 일로 쌓인 스트레스를 확 날려 보내고 있다.

이렇게 즐기다 보니 점심시간이 다가왔다. 점심은 가까운 올랑고섬으로 갔다. 이때, 현지 가이드가 올랑고섬의 유래를 설명하는데 70년 전, 일본인 개인 소유의 섬으로 필리핀에 있는 사랑하는 여인에게 이 섬을 선물했다고 하여 우리 여행객들의 부러움을 사기도 했다.

이곳 식당에서 준비한 점심을 먹는데 한국의 불고기와 필리핀 현지식을 겸한 식단은 단연 최고의 식단이었으며 시원한 맥주 한잔하면서 여행의 기분은 최고조에 달했다. 필리핀의 대표적인 과일은 코코나, 망고, 노니, 바나나라고 하는데 이처럼 어디에서나 빠지지 않고 나오는 것이 망고와 바나나였다.

이렇게 청정지역 올랑고섬의 식당에서 점심을 먹고 '벙커'(배의 이름)를 타고 섬을 나오게 되었고 수영복 차림의 옷을 벗고 바닷물을 씻어내고자 숙소인 리조트로 와서 샤워하고 오전 여행 코스를 마치고 잠시 쉬면서 오후 여행을 준비하게 된다.

오후에는 숙소가 있는 막탄섬에서 세부 본섬으로 이동하는데 우리나라 인천공항으로 가는 것처럼 긴 현수교를 지나게 된다. 이 다리의 길이는 8.5km라고 한다.

막탄섬에 세부의 관문인 막탄국제공항이 있기에 필리핀 정부는 관광객 이동 차량의 급증으로 근대화된 다리(세부 본섬과 막탄크로도바 연결)가 편리하게 멋지게 건설된 것임을 볼 수 있다.

우리는 세부섬에서 가장 높고 웅장한 빌딩 뉴스타(Nustar) 1층에 위치한 카지노 관광을 한다. 수많은 종류의 게임기가 있고 관광객들은 각기 자기가 좋아하는 게임을 즐기고 있다. 나는 평소 카지노에 관해 전해오는 이야기를 들었기에 직접 하지는 않고 카지노를 즐기는 사람들의 모습만 구경하다가 버스를 탔다. 도박으로 일확천금을 벌려는 지나친 욕심은 또 다른 후회를 동반한다는 사실 아니겠는가.

어느새 이곳도 어둠이 내리고 저녁이 되었다.

다시 숙소인 막탄섬으로 돌아오는데 같은 나라 가까운 섬인데 이렇게 다를 수 있을까? 마치 세부 본섬 이곳은 발전된 도시로서 현대사회를 살고 있는데 다리 건너 막탄섬은 문화 혜택이 없는 가난한 사람들이 살아가는 삶의 현장 같은 느낌이 들었다. 필리핀에서는 아직도 30%의 인구가 전기가 없는 생활을 살고 있다고 한다.

3일 차 여행은 이곳에서 여객선 배를 타고 2시간이나 걸리는 보홀(BOHOL)섬으로 간다. 보홀섬은 필리핀에서 열 번째로 큰 섬이며 최근에 세부와 더불어 새로운 동남아 관광지로 각광을 받고 있다고 한다. 이른 아침에 바다를 누비며 달리는 여객선에서 또 다른 섬으로 간다기에 마음이 설렌다.

보홀섬에 도착하면 이곳에서 유명한 로복강(21km)이 있는데 관광코스로 유람선 배 위에서 뷔페 식사와 음악을 들으면서 수목이 울창한 잔잔한 강물 위로 1시간 정도 돌면서 경치를 감상하게 된다. 이곳 로복 마을은 예부터 음악과 춤의 마을로 알려져 있다고 한다. 중간쯤 가니 신나는 모습이 보인다. 배가 그곳에 정박하더니 이곳 원주민 가족이 관광객을 위해 신나는 전통춤을 춘다.

우리 일행 중 일부는 그곳에서 원주민과 함께 어울려 음악에 맞추어 춤을 추면서 여행의 기분을 맘껏 즐긴다. 10분 정도 즐거운 시간을 갖더니 다음 여객선이 도착, 자리를 내주면서 출발, 조용한 물살을 가르며 열대 식물로 둘러싸인 로복강 유람과 점심을 해결하고 다음 코스로 발걸음을 옮긴다.

두 번째로 가는 곳은 세계에서 가장 작은 원숭이가 산다는 공원이었다. 가끔 방송을 통해 알려지긴 했지만, 원숭이의 크기가 우리 주먹만 한 정도이니 아주 작다는 것을 짐작할 수 있다. 이 원숭이는 일명 안경원숭이라고도 부른다. 야생으로 낮에는 잠을 잔다고 하기에 공원에 도착하여 바라보니 역시 나뭇가지 위에서 움직이지 않고 잠을 자고 있으며, 안내 직원께서 관광객들에게 원숭이가 찍히도록 일일이 기념사진을 찍어주었다.

세 번째는 유네스코 세계문화유산으로 등재된 초콜릿 힐(CHOCO LATE HILLS)의 관광이다.

필리핀이라는 나라는 화산섬이라는 특징을 가지고 있어 지하 땅이 석회질이라 물이 아주 중요하다고 한다. 이곳에 초콜릿을 닮은 봉우리가 1,770개가 있다고 하여 관광명소로 떠오르고 있어 이곳에 오는 관광객들은 반드시 올랐다 간다고 한다.

우리가 매년 2월 14일을 밸런타인데이라 하여 초콜릿을 선물로 주고

받기에, 그 초콜릿 힐의 경치를 볼 수 있는 전망대가 있는데 전망대 올라가는 계단을 214개로 만들어 놓았다.

우리 일행이 이곳에 도착하자마자 갑자기 소낙비가 내려 관리소에서는 관광객들에게 분홍색의 우산을 빌려주는데 색상이 화려한 분홍색 우산을 쓰고 214계단을 올라가는 모습 또한 멋지게 보인다. 전망대에 올라 전방을 보니 셀 수 없는 봉우리들의 모습이 장관을 이룸을 볼 수 있었다. 모두 기념사진으로 남기려고 셔터 누르기에 바쁘다.

이렇게 보홀섬의 관광을 끝내고 여객선을 타기 위해 선착장으로 서둘러 왔고 밤 7시 30분쯤 막탄섬에 도착했다.

저녁 식사는 한국인이 경영하는 식당인데 메뉴는 삼겹살과 돼지 바비큐로서 한국의 식당을 옮겨 놓은 듯 현지 최고의 식단이다. 또한 식사와 여흥을 맘껏 즐길 수 시간이 오늘 저녁이다. 특히 노래방 기기와 시설이 잘 설치되어 여유롭게 식사하면서 노래도 부를 수 있어 돌아가면서 한 곡조씩 뽑고 기분을 최고조로 끌어올렸다.

이곳 식당에서 근무하는 직원들이 우리와 어우러져 함께 춤을 추기 시작하니 이곳저곳에서 감사 팁을 주면서 흥은 더욱 불타오르고 있다. 이렇게 시간이 가는 줄도 모르게 실컷 놀고는 숙소로 향했다.

4일째 여행길 아침이다.

오늘은 오전에는 리조트 안에서 수영하거나 쉬는 시간이 주어졌으며 풀어놓은 캐리어 가방을 정리하고 저녁에는 공항으로 가는 날이다. 나는 리조트 안의 수영장에서 수영을 즐기면서 유유자적하게 시간을 보낸다. 세계 곳곳의 휴양지처럼 이곳도 무더운 기후이지만 열대림의 맑은 대자연을 만끽하는 낭만이 있다.

　　이렇게 3일간 머무른 리조트를 나와 오후에는 세부 쇼핑타운과 유적지를 둘러보게 되었다. 유적지를 둘러보기 위하여 라프라프(LAPULAPU) 공원으로 갔다. 현지 가이드가 필리핀의 역사와 이 공원에 대해서 간략히 설명해 준다.

　　필리핀은 327년(1571~1898) 동안 스페인 식민지였다고 한다. 그 후 미국의 지배를 받게 되고 1941년부터 일본의 지배를 받았고 1944년 미국의 재지배를 받다가 1946년 독립된 역사를 가진 나라다. 인구는 1억 2천만 명 정도이고 인구 증가율은 높은 편이다.

　　이 라프라프 유적공원은 1521년 포르투갈 태생의 스페인 항해자 마젤란이 필리핀 막탄섬에 와서 이 섬 라프라프 추장과 전투를 벌였는데 라프라프 추장이 승리를 거두었고 그때 마젤란은 죽었다고 한다. 라프라프는 곧 세부의 자존심의 상징으로 오늘날까지도 국민에게 존경을 받으면서 기념비가 세워진 공원이다. 웅장한 동상을 보니 기개가 넘치는 용맹스러움이 품어져 나왔다.

　　이어서 세부막탄 산토니뇨성당으로 갔다. 이 나라의 종교는 국민의 80% 정도가 천주교인이며 이슬람교 신자가 조금 있고 불교와 기독교는 없다고 한다. 성당 내부가 우리나라와 다른 점은 정면 십자가가 예수님이 부활하여 양팔을 올리고 있는 모습이었다.

　　이렇게 유적지를 둘러보고 아름다운 바닷가 식당에서 저녁노을을 보면서 필리핀에서의 마지막 식사를 맛나게 해결하고는 막탄국제공항으로 향했다.

　　공항에 도착하여 밤 12시 30분(한국시간 01시 30분), 한국행 비행기를 타게 되었고, 모두 피곤했는지 비행기가 이륙하자 여행객 모두 잠이 든 비행기 안은 조용하기만 했다. 4월 18일 아침 6시에 인천국제공항에 무사히 도착하게 되었고, 우리나라 최고 시설인 인천공항의 최첨단 시설을 피부로 느끼면서 감사하고 자랑스러운 대한민국 국민이라는 자부심을 또 한 번 가져본다.

바쁜 일상에서 잠시 일손을 놓고 떠난 여행이기에 힘들고 피곤한 적

라프라프 유적공원에서

도 있었지만, 여행은 우리에게 새로운 세계를 펼쳐주고, 삶의 활력을 재충전하는 기회라서 참으로 좋다. 특히 매일 같은 사무실에 출근하여 만나고 일을 하는 직장의 동료들과 같이한 이번 여행은 많이 웃으며 정을 나눈 추억을 오래도록 공유할 수 있어서 더욱 좋을 것 같다. 이번 여행을 잘 기획하고 함께 간 최준규 지점장과 이종찬 지점장께 수고 많았고 감사하다는 말씀을 전한다.

삼성화재 명함을 들고 고객과의 만남이 시작된 지가 올해로 26년이 지나면서 회사가 추진하는 방향으로 도전하고 달성하여 해외여행을 자주 갈 기회가 생겨 내 인생의 좋은 추억으로 차곡차곡 쌓여만 가니 행복하다. 이것은 우리 프리랜서 직업만이 누릴 수 있는 장점이기도 하다. 자기 자신 관리에 실패하여 중도에 포기가 아직도 빈번하지만 도전하고 실천하고 끊임없는 자기 혁신의 길로 가면 성공 또한 따라오게 마련이다.

성공은 실패의 아버지라는 말도 있다. 가치 있는 사람이 된다는 것은 자신에게 주어진 시간을 허투루 보내지 않아 삶의 가치를 높이는 사람을 말한다. 내가 직업으로 택한 일도 나에게 행복을 주지만, 내가 가는 인생 길에서 가끔 만나는 미지의 세계, 이번 필리핀 여행은 나의 삶의 여정에 가치를 한층 높여준 행복한 여행이었다.

제3부 고객의 삶에 힘이 되어

손해보험협회 우수 인증 대리점과 블루리본의 자랑과 열정

1. 교통사고 법원 승소 판결의 보람

우리는 하루를 시작하면서 이동하게 되고 그 방법으로 교통수단을 이용한다. 수도권역을 비롯한 대도시 지역에는 그물망처럼 운영하는 전철이 있어서 이용하게 되고 소도시나 농촌지역에서는 관내 버스를 주로 이용한다. 또한 가정마다 직접 소유하며 관리하는 자가용 승용차로 출퇴근, 나들이, 여행 등 자동차 운전은 살아가는 데 기본이 되었다. 개인 자가용 승용차는 내가 필요한 시간에 이용할 수 있고 가족이나 지인들과 여행할 때도 편리하게 이용할 수 있어서 좋다. 그러나 마냥 편리함만을 가져다주는 것은 아니다.

뉴스를 보게 되면 하루하루 불행한 교통사고 소식이 수없이 반복되고 있다. 하루의 일과를 시작하면서 집에서 밖으로 나간 사람이 갑작스러운 교통사고로 집으로 돌아오지 못하고 이 세상을 떠나거나 평생을 휠체어를 타고 생활해야 하는 운명을 맞이하는 불행이 닥쳐오는 것이 오늘날의 현실이다.

교통사고는 내가 잘못으로 발생할 수도 있고, 내 잘못은 없는데 상대방의 실수로 내 생명이 끊어지거나 상처를 입게 된다. 이 세상을 살아가면서 교통사고를 내거나, 교통사고를 당하지 않고 살 수 있다면 얼마나 좋겠는가? 그러나 이러한 생각은 소망에 불과하다. 우리는 기계가 아니고 사람이기에 교통사고로 인한 위험한 현실을 피할 수는 없고, 그 위험을 어떻게 하면 방어할 수 있고 줄일 수 있을까가 중요하다. 교통사고 피해를 줄이기 위하여 국가에서는 법을 제정하여 공표하고 국민은 그 법을 지켜야 하고 위반하게 되면 그 결과에 따라서 처벌받는다. 이렇게 이동수단인 자동차는 우리 생활의 밀접한 교통수단이지만 공동사회를 구성하여 살아가면서 서로서로 지켜야 할 도로교통법의 규정을 지켜가면서 모든 운전자는 이동한다.

자동차가 점점 더 편리하게 발전함과 동시에 급속히 대중화되었다. 자동차는 운전과 동시에 위험이 발생하기 때문에 국가는 도로교통법, 자동차손해배상보장법과 교통사고처리특례법을 제정하였고 자동차보험제도를 시행하여 자동차를 소유하게 되면 자동차보험에 가입하게 되어 있다. 자동차보험이 없다면 그 누구도 안심하고 운전할 수가 없다. 자동차보험은 분명 우리 일상과 밀접하게 연결된 보험이다.

나는 1997년 11월부터 삼성화재 보험회사에서 고객과 직접 만나서 계약을 체결하는 R.C(Risk consultant)로 출발하여 현재까지 계속 그 일을 하고 있다. 또한 교통사고 때, 교통사고 현장을 찾아가는 명예보상위원으로 13년 동안 업무를 보면서 많은 것을 느끼고 배우게 되었다. 그곳에서는 분쟁과 피해 발생의 장소이기에 국내 각 보험회사에서는 고객 서비스와 손해배상 원인을 조사하기 위해서 점점 더 발전하고 있다. 나 또한 이 업무를 보면서 전문지식을 접하게 되었고 수천 건의 사고 현장을 다니면서 사고의 현실과 자동차보험의 중요성 또한 알게 되었다.

지금으로부터 10년 전으로 기억되는데 고객의 다급한 전화가 왔다.

경찰서에서 뺑소니운전자로 사고가 접수되었다는 연락을 받고 나에게 억울하다고 전해왔다. 나는 고객과 동행하여 경찰서로 가서 사고접수 내용과 그에 따른 피해 상황을 듣고는 그동안 수많은 교통사고 현장을 보고 익혔기 때문에 우리 고객의 평소 성향을 봤을 때 사고를 내고는 도망가는 사람은 절대 아닐 것이라고 믿었다.

차량에 부딪힌 느낌도 없는 정도인데 2주간 입원을 했다는 것이다. 나는 조심스럽게 '보험사기 교통사고로 위장한 쪽으로 조사를 해 보시면 좋겠다'고 고객과 함께 억울함을 전했다. 그 결과는 이번 사고뿐만 아니라 반복적인 방법으로 고의로 사고를 위장하여 보상받았던 이력이 나왔던 것을 경찰 조사관을 통해 알 수 있었다. 따라서 이 사건은 특수 조사로 시작되었고 결국은 보험사기범으로 구속되었다.

2022년 4월 30일 오전에 평소 신뢰를 바탕으로 도움을 받는 고객에게서 전화가 왔다. 다름 아닌 교통사고에 관한 문의와 도움 요청이었다. 인천에 사는 여동생이 교통사고가 난지 3년이 넘었는데 법원으로부터 이행 권고 결정으로 보험구상금 1,043만 원을 일차적으로 이행하라는 내용이었다. 법원 우편물을 처음 받아보는 당사자는 얼마나 당황하고 걱정이 앞서겠는가? 여동생은 이 법원 우편물을 받고 오빠에게 다급하게 연락하게 되었고 오빠께서는 평소 자동차보험에 오랫동안 많은 경험을 쌓고 관리해 온 나에게 동생의 교통사고와 구상금 청구 소식을 전하면서 어떻게 하면 좋겠냐고 상담을 요청해 왔다.

이 전화를 받고는 즉시 당사자인 고객님께 전화를 걸어서 현재 상황을 알게 되었고 송달받은 법원 서류를 등기우편으로 직접 받았다. 부족하지만 그동안 사고 현장을 다녔던 경험과 교통사고에 관한 법률집을 보면서 분석하게 되었다.

이 사건의 중요한 부분은 자동차보험 가입 담보 중 법으로 제정한 강행법인 책임보험만 가입하게 되어서 피해자의 책임보험 보상금이 초과 발생으로 본인 자동차보험 무보험 상태 담보에서 보험회사가 선지급하고 상대방에게 청구하는 구상금 신청 소송이다.

사고 내용을 보면 저녁 9시 30분경 퇴근길 상가 골목길을 운행하는데 조수석 백미러에 걸어가는 보행자가 툭 스쳤는데 넘어지지는 않았고 피해 정도가 경미하여 연락처를 주고받으면서 미안하다는 인사하고 헤어졌던 교통사고였다. 그러나 그다음 날 입원 치료하겠다는 전화가 와서 잘 치료받으라고 전하고 가입한 보험회사에 사고접수를 했다. 이렇게 시작된 교통사고는 3년이 지난 시점에서 법원으로부터 받은 등기우편은 그 당시 피해자가 1개월의 입원과 480일의 통원 치료 명세였으며, 이 또한 끝난 것이 아니라 계속 치료가 필요하다는 내용이었다. 이러한 사실을 그동안 무보험상해 담보로 보험회사는 치료비를 지급하고 그 총금액을 합하여 '이행권고 결정'을 통보하는 등기우편이다.

이 고객은 평소 생업에 바쁜 하루를 보내야만 하는데 무엇을 알겠는가? 이러한 사고의 현실을 접하게 되니까 자동차 책임보험과 초과 손해 종합보험 가입의 중요성을 뼈저리게 느끼게 된다. 그러나 지금은 이 사건을 해결하고 난 이후에 개선한 일이다.

나는 인천에 계시는 고객과 동행하여 해당 보험회사 보상 담당을 면담하게 되었다. 일반 상식으로 백미러에 스친 경미한 교통사고가 3년간 이렇게 치료가 필요하냐고 항의성 질문을 했다. 내가 가장 강한 의심은 교통사고 이전에 발생한(기저질환) 신체 부위를 치료하는 것으로 의심되는데 그 점에 관해 의료보험 기록을 확인했냐고 물었더니 개인정보라 알아볼 수 없다고 했다.

사고와 보상을 전문으로 하는 업무를 보면서 객관적이고 타당성 있는 치료가 아닌 것으로 의심되면 확인해 보아야 하는 것 아니냐고 반문했다. 지금 보상담당자의 생각은 그런 확인에는 중점을 두지 않고 현재까지 발생한 구상금 1,043만 원과 향후 휴업 손해 1천만 원으로 합의를 권유하는 방식을 우리 고객에게 의논했다.

이렇게 상담하고는 보험회사가 개개인으로 법원 소송 다툼으로 연결되었으니 이를 천천히 준비하기로 하고 사무실을 나왔다. 인천지방법원에서는 변론기일 통지서에 2022년 7월 4일 날짜로 정한 등기우편을 받았다. 나는 이 사고가 상식적으로 너무 이해가 가지 않는 부분이 많아서 직접 발로 뛰면서 준비하게 되었다.

수원 교통사고 법인 변호사 사무실을 찾아서 상담해 보았다. 이 안타까운 사실을 말씀드리니 '지금은 서로 상대끼리 다툼이 시작된 상태다. 지금 구상금은 소액이기에 변호사의 수임료를 부탁하고 소송 다툼을 할 수 있지만 잘 검토해 보시라'는 답변이었다. 더욱이 우리의 주장대로 승소도 보장할 수 없는 것이 법원 소송의 결과가 아니겠는가.

이렇게 나는 교통사고와 관련된 당사자 지인들에게 전화 상담을 해 보면서 현재 사고는 잘못된 업무처리이며 반드시 진실이 승리할 것이라는 평소의 소신을 살려서 고객의 진실을 밝히는 데 도움을 주겠다고 결심했다. 나는 고객과 동행하여 법무사 사무실을 찾아가서 현재의 사실을 진실로 '청구원인에 대한 답변'을 꼼꼼히 작성하여 법원으로 송달하였다.

한 번도 가보지 않은 법원 피고인석에서 앉아있는 고객의 마음은 어떠했겠는가? 변호사 대동 없이 우리 고객은 법정에서 판사에게 혼자 답변했다고 한다. 2차 법원 재판은 2022년 11월 15일 하게 되었고 고객은 근심이 가득한 마음으로 판사의 현명한 판결을 기다리게 된다. 12월 6일, 고객이 카톡으로 법원에서 송달받은 인천지방법원 판결문을 보내왔다. 너무너무 두근거리고 떨렸다.

최종 판결 주문이다.

1. 원고의 청구를 기각한다.

2. 소송비용은 원고가 부담한다.

원고는 손해보험회사이고, 피고는 고객이다. 이 주문과 결과를 생전 처음 보는 기다림이요, 승소의 기쁨이었다. 나는 이 순간, 진실은 반드시 승리한다는 내 소신과 철학을 확인했다. 기쁨의 눈물이 쏟아지면서 이 고객은 어려움에 직면해서 오빠에게 도움을 요청했으며 오빠는 동생의 안타까운 소식에 나에게 도움을 요청했고 나는 내 직업의 확고한 소신과 철학으로서 발로 뛰어서 교통사고의 진실을 찾는 데 노력했던 것이 큰 보람으로 다가왔다. 한 푼의 대가도 바라지 않고 오직 '든든한 보험맨'이 되는 길에 현재도 실천하고 있고 앞으로도 최선을 다하는 보험맨으로 기억될 것이다.

이 사건의 종착지 법원 승소 판결문을 보고서 고객은 얼마나 감격했을까? 자동차 책임보험과 종합보험의 중요성을 이 사건을 통해 똑똑히 경험하고 알았을 것으로 믿는다. 고객과 소중한 인연으로 감사하면서 서로서로 감사하는 마음이 영원히 간직되도록 노력할 것이다. 이 순간 보험인의 길을 걸어왔던 것이 자랑스럽다. 나는 이 일이 천직이라고 믿고 열정적으로 이 일을 계속할 것이다.

배우고 익히면 또한 즐겁지 아니한가?

2. 보장보험은 보험료보다 가치를 알아야 한다

우리가 살아가면서 병(病)이 없다면 얼마나 좋을까? 우리가 살아가면서 우연히, 갑자기 위험(危險)에 처하는 일이 없다면 얼마나 행복할까? 그러나 무병(無病)과 무사고(無事故)는 바람일 뿐이다.

매일 아침 집에서 나서는 순간부터 위험은 존재하고, 사고는 일어나고 크고 작은 병은 언제든 나에게 찾아와서 서둘러 병원을 찾게 되고, 큰 병, 큰 사고는 생명까지 앗아가기도 한다. 따라서 우리는 일생을 살면서 위험과 질병이라는 것을 인지하고서 평소 안전관리 교육을 받거나 건강관리를 위해서 수많은 방법을 동원하면서 질병과 사고를 피해 가려고 노력한다.

보험의 원리로서 현대사회의 삶은 다양한 종류의 경제적 위험에 노출되어 있다. 집을 소유한 사람들은 화재로 인한 경제적 손실의 위험에 노출된다. 현금과 귀금속을 집에 보유한 사람들은 도난의 위험에 처한다. 자동차를 보유한 사람은 자동차 사고의 가능성에서 벗어나지 못하다. 암처럼 소리소문없이 찾아오는 병마는 엄청난 치료비를 부담해야 하고 행복한 삶을 한순간에 무너뜨리는 지뢰나 마찬가지다.

역사적으로 보면 사람들은 경제적 위험을 마을 공동체의 상부상조라는 아름다운 관습에 의존하며 완화하고 벗어나려 애써왔다. 마을 주민 가운데 한 사람이 화재로 살던 집이 불타버리고 키우던 돼지가 죽으면 동네 주민들이 함께 힘을 모아 집을 다시 지어주고 새끼 돼지를 나누어 주었다. 장례를 치를 때도 마을 주민들이 공동으로 힘을 합하여 치렀다. 모를 심고 벼를 수확하는 일도 '품앗이'라는 이름의 공동작업으로 이루어졌다.

산업화와 도시화가 빠르게 진행되면서 마을공동체 구성원의 개별적인 위험을 공동체 전체가 나누고 협동하는 전통적인 관습은 사라지고 그 자리는 보험(保險)이라는 이름으로 기업화되었다. 이러한 사회적 환경과 발전 속에서 보험회사가 설립되어 보장상품을 판매하게 되었고, 이곳에서 근무하는 사람들은 고객의 요청과 준비, 권유, 상담을 통해 보험계약을 하게 되고 '보험증권'의 보장자산은 고객의 선택으로 결정된다. 사회가 발전되고 다양화되면서 그에 따른 보험 상품도 발전적으로 변경, 다양화되어 판매되고 있다. 특히 저출산 고령화에 따른 치매와 간병비 보장, 유병자도 가입할 수 있는 상품 등 전문 보장분석 상담이 필요하고 중요해졌다.

2007년 평소 가까이 지내는 지인의 소개로 보험 가입을 하신 고객에 대해서 보람된 가치와 사연을 소개하고자 한다.

결혼 후 자녀가 첫돌이 되었고 단란한 가정을 가진 고객의 직업은 영업용 화물트럭을 매일 운전하는 일이었다. 한 가정의 가장으로서 그 경제의 책임감을 등에 지고 하루하루를 시작하던 분이다.

나는 보장분석을 통해, 젊은 나이이고 매일 직업 운전을 하는 것으로 질병보다는 상해가 위험하다고 생각하게 되어서 상해 사망과 상해 후유장해 보험금을 중심으로 설계하게 되었으며 운전 중에 발생하는 운전자보험과 동시에 보장받을 수 있는 것으로 계약하고 '보험증권'을 준비했다.

이 고객이 보험증권을 준비한 지 12년이 지난 후에 큰 사고가 발생하였다. 이때 두 자녀는 초등학교에 다니기에 한 가정의 가장으로서 가정을 이끌어갈 책임이 가장 중요한 시기였다. 갑작스러운 사고는 누구에게나 일어날 수 있는 것처럼 우리가 살아가는 동안은 위험이 늘 존재한다는 사실이다. 이 고객은 현대 의술로 치료했지만, 왼팔은 사용할 수 없는 후유장해 진단을 받았다. 이 시기야말로 두 자녀가 초등학교를 졸업하면 중고교, 대학까지 진학할 것이니 학비를 포함한 생활비가 많이 요구되기에 앞으로 살아갈 일이 막막하여 걱정의 연속이었다.

이러한 어려움에 부닥친 가족에게 힘이 되어주고 희망을 가져다준 것은 미리 준비한 '보험증권'이었다. 그 증권에는 상해 후유장해 보상과 상해 소득보상금의 보장이 들어있었다. 상해 후유장해 보장 일시금 5천만 원과 상해 소득보상금 5천만 원을 10년간 지급받기에 5억 원을 보장받게 되었다. 보장보험은 보험료보다 중요한 보장 가치가 있다.

이렇게 미리 위험의 환경을 인정하고 나와 상담 끝에 상해, 질병, 실비보험과 운전자보험을 한 증권으로 보장된 '보험증권'을 보장자산으로 준비하고 살아왔기에 가능한 일이었다. 그것이 현실 사고로 발생하게 되었고 주력 소득의 경제주체인 아빠로서 평생을 후유장해로 살아가야 하고, 직업 선택에 많은 제한을 받아야 하는 어려움이 있긴 하지만 준비된 '보험증권' 보장금으로 총액 5억 5천만 원이라는 돈을 받으므로 이 가정이 앞으로 살아가는 데 절망도 극복할 힘이 되었다.

　나는 이 순간을 보면서 R.C(Risk Consultant)의 가치관과 보람을 다시금 맛보게 되었다. 2007년 고객을 처음 만나 보험 상담 후 계약했다. 12년이 지날 때까지는 행복했던 가정이었다. 그러나 한순간의 교통사고로 가정 경제를 책임지던 가장이 한 팔을 잃어 불행이 닥쳐왔다. 하지만 '보험증권'에 적힌 보상 금액을 보상받으면서 절망 속에서도 희망을 품고 살아가는 모습을 보았다.

　1997년, 젊은 나이에 보험인이 되기 위해 보험회사의 문을 두드리게 되었지만, 그 길은 그리 순탄하지만은 않았다. 하루에도 수많은 고객과의 만남은 거절로 이어졌지만 좌절하지 않고 묵묵히 이 길을 걸어왔다. 이렇게 한 해 한 해 보내온 지가 올해로 26년째이다. 나의 직업 자산이라고 할 수 있는 보험계약 '소관 계약'을 보면서 감사와 책임감이 동시에 교차한다.

　TV 뉴스를 보면 하루에도 크고 작은 사고 소식이 그칠 날이 없다. 나 또한 고객의 전화가 올 때면 기쁨보다 걱정이 앞서기도 한다. 갑작스럽게 발생하는 사고 소식이나 몸이 상당히 아파서 병원에 입원 중인데 보상 금액과 서류에 대해 문의 전화가 대부분이다. 이때는 고객과 한마음이 되어 현재 상황을 직시하고 최선을 다하는 '보험인'으로 뛰고 있다. 보험인의 길은 주변에서 많은 권유로 시작은 하지만 중도 포기가 많은 직업이기도 하다.

　선진국에서는 '보험인'이라는 직업이 전문 직업으로 이미 자리 잡고 있다. 이제 우리나라도 서서히 인식이 변화되고 있다. 폭넓은 보험 종류와 다양한 보험 상품은 많은 교육과 지식이 요구되고 있다. 그러기에 과거의 보험 시작 시점에서 '보험 아줌마'라는 인식은 시대에 뒤떨어진 기준이다.

지금도 보험설계사 명함을 받으면 부담이 되기도 하지만 시대적 변화와 같이 자기가 가지고 있는 '보험증권'도 한번 상담받으면서 보험료와 보장 가치를 꼼꼼히 따져 다시 결정하는 것 또한 중요하다. 전 국민이 가까이서 접하고 있는 보험은 현대사회에서는 꼭 필요한 사회생활 속의 준비라고 인식해야 한다.

나는 한 가정의 위험 예측과 '보험증권' 준비로 예측하지 못한 사고에 따른 보장보험 금액의 가치를 보면서 많은 점이 내 가슴에 다가왔다.

옛 선조들의 마을공동체 상부상조의 아름다운 관습처럼, 현대사회 생활의 일부로 발전한 보험회사, 보험영업인, 고객, 모두 사회공동체 속에서 병(炳)과 위험(危險)의 인생길을 받쳐주는 든든한 힘이 될 것이라고 확신한다.

3. 소중한 선물(膳物)로 구한 생명

우리가 살아가면서 없어서는 안 될 것이 있다면 매일 숨을 쉬면서 마시는 공기 속의 산소일 것이다. 공기의 주성분이면서 맛과 빛깔과 냄새가 없는 물질, 사람의 호흡과 동식물의 생활에 없어서는 안 될 원소(元素)이다. 산소는 우리 사람이 태어나서 죽는 날까지 살아있음을 유지해 주는 우주가 준 가장 위대하고 소중한 선물이다.

우리는 일상생활을 하면서 선물을 주고받으며 살아간다. 선물은 누구에게나 마음을 설레게 한다. 이 세상에 온(태어난) 것 자체가 첫 번째 선물이듯이 우리의 삶 그 자체 속에서 선물은 계속 주고받고 있다. 특히 누구나 이 아름다운 세상에 태어난 날(생일)은 축복받은 날로 기억하며 가족이나 지인들로부터 축하 인사를 받으며 크고 작은 선물을 받는다. 축하와 감사의 선물을 주고받음은 사회생활 하는 사람들이 정을 나누고 덕을 쌓는 일이다.

국가에서 건강보험료를 내는 전 국민에게 2년마다 건강검진권을 주듯 회사에서는 복지 차원에서 근속사원들에게 종합건강검진권을 주고 있다. 나 역시 회사의 근속사원으로 매년 종합건강검진권을 받고 있다.

누구나 살아가면서 병이 없는 건강한 삶을 원하지만 그렇지 못하여 몸에 탈이 생겨 불편하거나 어느 한 곳이라도 아프면 병원을 찾게 된다. 내 친인척이나 내 직업과 연결된 고객이 갑자기 병이 생기거나 사고로 병원에 입원했을 때, 병문안을 갈 때면 입구 접수 대기실에서부터 입원실까지 환자들로 꽉 찬 광경을 보노라면 평소 건강이 얼마나 소중한지, 얼마나 고마운지를 새삼 느낄 수 있다.

나의 직업은 보험을 판매하는 프리랜서이기에 크고 작은 선물을 주고받는 것이 일상이 되어버렸다. 특히 무형의 상품을 판매하기에 따뜻한 마음과 신뢰가 중요하다. 우리의 삶에서 이 시간 이후부터 미래에 다가올 각종 위험을 예측하고 그 고객에게 준비와 선택의 필요성을 가르쳐 드리면서 재무 설계를 통해 적정 보험료를 정한 후 계약한다.

한 개인과 가족은 물론 각종 사업장에서 발생할 수 있는 위험까지 한 해 한 해 지나갈수록 현재의 직업에 대한 가치와 중요성에 더 큰 사명감으로 내 발걸음을 재촉한다. 오늘은 고객께 건강검진권 선물을 드리게 되었고 그 건강검진을 통해 소중한 생명을 지킬 수 있었던 감동의 순간을 기억하고 싶다.

선물의 가치와 보람이 내 마음속에 지금도 자리 잡고 있다. 우리는 평소 몸이 아프지 않고 바쁘게 살다 보면 건강관리를 소홀히 하게 된다. 특히 자녀들의 청소년기 학창 시절엔 비용도 만만찮아 내 몸 챙길 겨를 없이 바쁘게 일만 하게 된다.

국민건강보험관리공단에서 보내오는 건강검진 우편물은 소중한 나의 선물인데도 일에 치여 살다 보면 까마득하게 잊고 한 해를 보내기 일쑤다. 특히 급여소득자인 직장인들은 일과 중에서 단체로 건강검진을 받기 때문에 자기 건강 상태를 체크할 수 있지만 개인사업을 하는 자영업자는 문을 닫고 하루를 쉬어야 하는 부담감 때문인지 건강검진 권리도 포기한 채 살다가는 어느 날 갑자기 찾아온 자기 몸의 이상 신호에 뒤늦은 후회를 하는 경우를 종종 보아왔다.

내가 '건강검진권'을 선물한 고객은 자영업자이다. 이 고객은 다른 자영업자와 다를 바 없이 평소 바쁜 일로 본인 건강 챙기기는 뒷전이기에 정기적으로 건강검진을 받지 않은 분이었다. 평소 건강 체크(검진)나 관리를 소홀히 하다가 병을 키워 뒤늦게 발견한 병 때문에 마지막 순간을 병실에서 보내는 지인들을 보아왔기에 나는 여러 분야에서 많은 사람을 날마다 만나면서 평소의 건강검진과 건강관리의 중요성을 홍보해 왔다. 따라서 나한테 '건강검진권'을 선물 받은 고객은 건강검진 예약을 하고 자의 반 타의 반으로 정밀 건강검진을 받게 되었다. 혹여 '건강검진권'만 받고 실천을 안 할 수도 있어 나는 수원의 성빈센트병원까지 건강검진에 동행하였다.

그런데 이게 웬일인가? 2주가 지나 건강검진 결과를 받은 고객은 힘이 없는 목소리로 전화를 걸어왔다. 검진 결과 갑상샘암과 초기 유방암이 발견되었다고 한다.

최근에는 의학 기술의 발달로 암에 대한 공포감이 덜어지기는 했지만 삶과 주검을 오가는 순간에 우리 가족이나 주변에서 흔히 볼 수 있는 질병이 다름 아닌 암이 아닌가.

그 이후, 이 고객은 '건강검진권' 선물 때문에 암을 초기에 발견하여 곧바로 암 수술을 받게 되었고, 치료를 잘 받아 완치되었다고 기쁨 반, 고마움 반으로 나에게 인사를 전해왔다.

암이라는 질병은 초기에 발견하고 치료하면 완치 확률도 높지만 늦게 발견하거나 온몸으로 퍼진 말기 암으로 발견되면 치료 한번 제대로 받지 못하고 저승길로 가야 하는 공포의 병이다.

이러한 현실을 보면서 여러 보험회사에서도 다양한 암보험 상품을 출시하여 판매하게 되었고, 요즘에는 암 발병률이 높으므로 암보험 가입으로 미리미리 준비하는 분들이 많아졌다. 최근에는 암 치료 의학 기술도 날로 발전하여 국내에서는 연세세브란스병원에 중성자 암치료센터가 완성되어 진료가 시작되고 있으니 다행인 점은 있지만 그 치료비가 고액이기에 평소 암 발병에 대비한 준비가 더욱 절실히 요구되고 있다. '건강검진권'의 선물로 좋은 결과를 얻었으니, 나의 마음은 보람으로 다가왔고, 내가 지금 하는 일이 뭇사람들의 생명을 지키는 일이라는 가치관이 더욱 선명하게 자리 잡게 되었다.

바쁘게 살아간다는 이유 하나만으로 자기 몸을 돌보지 못하고 일만 하는 고객에게 뜻밖의 '건강 유무 체크'를 권유하게 되었고, 그 권유가 받아들여져 '건강 검진'을 받게 되었고 그 결과는 암 조기 진단으로 생명을 구할 수 있었다.

내 형제자매 중 누님께서도 암을 늦게 발견하여 8개월 만에 세상을 떠나는 현실을 보면서 내가 할 수 있는 것은 하나도 없었다. 치료할 때 간간이 찾아가서 위안의 말과 아픈 사연을 들어주는 것뿐이었다.

우리나라가 최고의 의술이라 해도 말기 암에는 치료의 한계가 있기에 암은 일찍 발견하고 일찍 치료가 정답임을 누님을 떠나보내면서 깨달은 교훈이었다.

이 아름다운 세상에 온 것은 단 한 번뿐이다. 그러기에 생명처럼 소중한 것은 없다. 삶과 주검이라는 두 갈래 길에서 내 삶을 지키는 것은 내 건강이고 내 건강을 유지해 가는 것은 내가 할 일이다.

주위 사람들과 '소중한 선물, 기쁨의 선물'을 주고받으면서 고마움으로 살고, 배려하고 살고, 긍정의 에너지로 행복하게 살아가자고 외쳐본다.

제4부 오산문인협회 활동과 수록된 글

<오산문학>에 수록된 글(1995~2001)

1. 고향으로 간 여름휴가(1995)

사계절이 뚜렷한 우리나라는 학교에서 배웠던 세계 지정학적 기후 여건을 비교해 보아도 살기 좋은 복된 국가라고 말할 수 있겠다. 봄·여름·가을·겨울, 우리는 이러한 계절의 변화가 올 때마다 새로운 감정과 생각 속에 자기 자신을 되돌아보면서 마음을 정리하고 한 편의 시나 수필, 순수한 마음으로 한 편의 글을 쓰고 싶은 충동을 느끼곤 한다.

여름이 오면 가족이나 친인척간, 연인, 직장 동료와 함께하는 여름휴가. 이 여름휴가는 가난을 이겨내고 우리의 생활에 여유가 생기면서 자리 잡게 되었다. 한여름이 시작되면 전국의 바닷가 해수욕장, 산속의 계곡, 인위적으로 만든 수영장은 사람들로 초만원을 이루고 있다.

농업경영 사회에서 산업화, 공업화, 선진사회로 바뀌면서 관광과 휴가는 일상이 되었다. 나는 태어나 어린 시절을 보낸 고향에서 새로운 삶의 공간을 찾아 떠난 지가 10여 년이 지나면서까지는 여름휴가를 고향으로 가본 적이 없었다. 무엇보다 이동 거리가 먼 관계도 있었지만, 왠지 다른 곳에서 휴가를 보내고 싶은 마음이 앞섰기 때문이다.

초여름이 되면서 올여름은 왠지 고향의 계곡으로 가고 싶어졌다. 우리 정인, 수인이도 여름방학을 하고 어린 자녀 키우기에 고생이 많은 아내도 같이 휴가를 갈 수 있게 되었으니, 부모님이 계시는 고향의 계곡으로 가자고 권유하여, 한 달 전부터 장소를 결정하게 되었다.

내 고향은 전라남도 광양시 진상면에 있는 50여 가구 살고 있는 산촌이다. 주위는 온통 산으로 둘러싸여 있고 긴 계곡 위쪽에는 백운산이란 해발 1,218m인 긴 산줄기, 계곡물은 예로부터 물이 좋기로 소문난 곳이다. 백운산 계곡에는 고로쇠 물이라고 하여 고로쇠나무에서 수액을 받아 판매하는데 이른 봄이 오고 경칩이 되면 전국에서 많은 사람이 이곳을 찾아와 건강에 좋다는 고로쇠 물을 마신다. 어린 시절에는 여름이면 냇가에서 물안경을 쓰고 물속으로 들어가 물고기 잡고 수영하던 시냇물이 지금도 맑게 흐르고 있다.

우리 가족은 7월 30일, 새벽 시간에 고향으로 출발했다. 해마다 설날과 추석 명절 때면 고향으로 가는 길에 교통체증을 견디면서 다녀왔는데 명절이 아닌 휴가를 고향으로 간다는 자체가 마음이 편안하였다. 이른 새벽 시간에 고속도로를 자동차로 막힘없이 시원스레 달려 아침 9시경에 고향에 도착하니 연로하신 아버지가 마중을 나오셔서 우리 가족을 반겨주었다.

내가 어린 시절만 해도 젊은 층의 사람들이 농사를 많이 짓고 살았는데 지금은 다 도시로 나가고 농사를 짓는 사람은 50대 이후뿐이라고 한다. 고향 집에는 매미 소리가 시원스럽게 들리고 외양간에는 소가 풀을 먹고 있는 전형으로 조용한 농촌이다. 자동차의 소음도, 매연도 없다. 정인이, 수인이는 시골에 있는 여러 가지 물건들을 보면서 신기한 듯 할아버지께 물어본다.

부모님께서는 슬하의 우리 7남매를 결혼하여 분가시키고 농사를 천직으로 살고 계시는데 그런 부모님을 뵐 때마다 왠지 안쓰럽다는 생각이 든다.

정오가 되자 기온이 뜨겁게 달아오르는 시간이다. 정인이, 수인이가 나를 졸라대기 시작한다. 시원한 시냇물로 가자고 한다. 나는 어린 시절 한여름이면 매일 놀았던 그 추억의 시냇물로 데리고 갔다. 그러나 예전에는 볼 수 없었던 많은 피서객이 마을 앞 냇가에 텐트를 쳐 놓고 가족 단위로 피서를 즐기고 있었다. 차량 번호판을 보니 부산, 광주, 충남 등 인근에 있는 도시 차량 외에도 먼 거리에서 온 차량도 많이 볼 수 있었다.

10여 년 만에 찾은 고향의 여름휴가이지만 다른 어느 장소보다 좋고 피서객들과 같이 있게 되니까 마치 다른 피서지에서 시간을 보내는 느낌이 들었다. 바닥에는 자갈들이 맑게 보이고 물속에 피라미 떼가 오가는 맑은 물에서 노는 정인이, 수인이는 처음에는 물이 무섭다고 주저하더니 조금 지나니까 자신감을 가지고 원형 튜브를 어깨에 끼고는 즐겁게 놀고 있다. 1시간이 지나도 물에서 나오려는 생각을 하지 않고 재미있게 물장구치고 놀고 있는 모습이 천진난만하다.

어린 시절 여름이면 이 시냇물에서 헤엄치며 놀던 때가 눈에 선한데 어느새 세월이 흘러 내 자녀가 내 어릴 적 모습으로 놀고 있으니, 세월의 빠름을 다시금 느끼게 된다.

저녁나절이 되었을 때, 객지로 나가 살지만, 나처럼 고향으로 여름휴가를 온 친구가 네 명이나 있었다. 약속된 만남은 아니지만 고향에서 만나니 정말 반가웠다. 오늘 밤은 시냇가에서 새벽까지 옛이야기를 화제로 시간 가는 줄 모르고 많은 대화를 나누었다. 밤하늘은 유난히도 맑았고 총총히 보이는 별들의 모습에서 그동안 도시 생활의 바쁨 속에서 만끽하지 못했던 아름다움을 마음껏 누릴 수 있었다.

다음 날은 아버지께서 농사지으면서 겪는 고충을 덜어주기 위하여 팔을 걷어붙였다. 얼마 전의 태풍으로 인하여 우리 논에 들어오는 보막이(바위들로 물을 막은 댐)가 떠내려가 논에 물이 들어가지 못하고 있다고 걱정하고 계셨다. 농촌에서는 보막이를 돌로 하므로 큰비가 오면 돌이 떠내려가 다시 보막이를 논 주인들이 합심하여 만들어 놓는 것이 관습처럼 되어 있다.

나는 생각 끝에 고향에 온 친구 네 명을 불러 이 공사를 하기로 하고 친구들과 같이 물속에서 돌을 들어 수작업으로 보막이 공사를 완료했다. 메마른 논에 물이 들어가는 모습을 보니 여름휴가가 더욱 보람된 나날이 된 것이다. 보막이를 완료하고 어머니께서 가져오신 김치에 막걸리를 친구들과 한 잔씩 나누며 우정을 돈독히 하였다.

3박 4일의 짧은 여름휴가를 보내고 다시 고향을 떠날 시간이 되었다. 언제나 이 시간이 되면 마음이 섭섭하고 아쉬워지곤 한다. 그것은 부모님도 마찬가지겠지. 잠시 생활했던 아들과 며느리의 얼굴, 마냥 천진난만하게 뛰어놀던 두 손녀의 귀여운 모습이 눈에 밟히는 듯, 서운해하신다. 나 역시 고향에 들러 부모님을 만나는 기쁨도 잠시 부모님 곁을 떠난다는 현실에 눈시울이 붉어지는 것은 언제나 마찬가지이다.

아버지께서는 동구 밖까지 나오셔서 동네 가게에 들러 껌 3통을 사 가지고 손녀들 손에 안겨주고 "공부 잘해라" 하며 손을 흔들어 주신다. 정인, 수인이도 "할아버지! 건강하게 안녕히 계세요" 하면서 손을 흔들어 답례한다. 나 역시 눈시울을 붉히면서 자동차 시동을 건다.

서서히 출발하면서 백미러를 보니 내 차가 고개를 넘을 때까지 꼼짝하지 않고 서서 바라보고 계시는 아버지. '도착지까지 안전하게 가라'는

154

염원과 함께 같이 살지 못하는 오늘의 현실을 아쉬워하고 있는 것은 아닐까?

차를 타고 오산으로 향하면서 이번 여름휴가를 조용히 정리해 본다. 이번 휴가는 이제까지 보낸 10여 년의 여름휴가 중 가장 보람 있고 즐거웠던 시간이었다고 자신 있게 말해 본다. 결혼 후 한 번도 휴가다운 휴가를 가보지 못한 아내나 아이들도 모두 다 만족한 느낌이다. 정확하게 표현한다면 '일석삼조'가 되었다고나 할까. 고향에서 휴가도 보내고, 예전의 친구들도 만나고, 부모님과 잠시나마 생활했으니까 말이다.

우리는 여름휴가를 보내면서 남들은 배려하지도 않고 나만 즐거우면 최고라고 나대서는 안 되고, 휴가를 통해서 자기 자신을 한 번쯤 돌아보면서 내일의 새로운 삶의 에너지를 재충전해야 한다고 생각한다. 급변하는 국제적 환경을 우리 가정이나 직장이나 사회생활에서 느끼고 있으니 말이다. 구태의연한 안일한 사고를 버리고 새로운 정보화, 국제화 시대의 흐름에 맞추어 자기 자신을 변화시키고 갈고 닦아야 한다.

여름휴가!

좀 더 성숙한 여름휴가를 내년에도 기대해 본다.

-경기 제4지구 의료보험조합 발행 의보 한마당 -1995 가을호

2. 두 딸을 키우는 행복(1997)

인간은 이 세상을 살아가면서 행복한 삶을 추구한다. 아리스토텔레스도 '삶의 목적은 행복이다'라고 하였다.

결혼 후 10년하고도 3년이 지난 지금, 귀여운 두 딸이 건강하게 자라서 초등학교에 다니고 있다. 아내가 임신하였던 모습이 눈에 생생한데 어느새 품 안에 자라는 모습을 지나 가방 들고 학교에 다니고 있으니, 세월의 빠름을 실감 나게 한다.

큰딸 정인이가 태어날 무렵, 집안에서나 주변에서는 집사람의 모습을 보고는 분명 아들이라고 하였다. 나는 왠지 아들을 원했기 때문에 그 말이 사실이기를 내심 바라고 있었으며, 이름도 '대성'이라고 정하고 결론만 기다리고 있었다.

아들이면 무엇을 가져다주길래 우리나라에서는 예전 어른들은 딸보다 아들을 원하고 있을까. 시집온 며느리는 그 집안에서 아들을 낳아야 미움을 받지 않기에 첫아들을 낳으면 한숨을 돌리게 된다. 나도 그중에서 예외는 아니었나 보다.

병원에서 아기 울음소리가 들릴 때는 아들이건 딸이건 건강한 내 아이가 태어나기만을 바라고 있었지만, 막상 "딸이다"라고 말하는 순간에는 서운함이 들었다. 또한 '대성'이라는 이름도 바꾸어야 했다. 딸이라서 섭섭한 것은 잠시뿐, 건강하게 자라는 모습은 시간이 지날수록 귀엽기만 했다. 티 없는 맑은 웃음을 보노라면 인간 본연의 모습을 대하는 듯하였다.

아무튼 사랑과 정성으로 첫애가 다 크기도 전에 둘째 아이를 갖게 되었고 첫애의 모습이 아들 같아 둘째는 틀림없이 아들이라고 생각했지만, 이번에도 마찬가지로 딸이었다. 이제는 딸 둘을 가진 아빠의 모습이 바로 다른 사람의 이야기가 아니고 바로 나라는 현실이었다.

조용히 내 인생의 한 부분을 정리해 보았다.

한 가정에 내려진 자녀는 인간의 의지와 욕심보다는 하늘에서 내려주는 운명이라는 것을 믿고는 지금은 감사하며 살아가고 있다. '아들이어야 한다'는 욕심은 무리가 따를 수 있기 때문이다. 또한 아들만 선호하다 보면 사회적 문제로 이어질 수도 있다.

남자건 여자건 사람은 이 세상 그 무엇과도 바꿀 수 없는 소중한 존재요, 그 어느 것도 나를 대신해 줄 수 없는 절대의 존재가 사람 개개인이라는 것을 받아들여야 한다. 딸이면 어떻고 아들이면 무슨 대수이겠는가. 우리 인간은 이 세상에 태어날 때, 남자냐 여자냐 두 가지의 성 중에서 하나만을 선택하여 태어난다. 이 세상에 무슨 성으로 태어났느냐가 중요한 게 아니라 어떻게 살아가느냐에 따라 성취의 결과는 달라지게 마련이다.

올바른 가치관을 버리고, 열심히 살지는 않고 남의 등쳐 먹고 쉽게 쉽게 돈이나 벌어야겠다는 생각이라면 불행과 절망의 늪으로 빠지는 건 뻔한 일이다. 우리는 무엇으로 태어났느냐보다는, 이 세상에 태어나 어떻게 가치 있는 삶을 살 것인가를 고민한다면 건강한 아들딸은 하늘에서 내린

축복이라 생각하고 나의 2세들이 건강하게 자라는 것만도 큰 행운이라고
생각해야 한다.

새벽에 일어나 불을 켜자마자 큰딸, 작은딸이 잠을 자는 모습을 보면
아빠 된 책임감과 행복감을 동시에 느낀다. 옷을 이곳저곳에 벗어 던지고
아무 걱정 없이 잠자고 있는 모습이 너무도 사랑스러워 이마에 손을 대보
기도 하고 볼을 비벼보기도 한다. 학교 갈 시간이 되어 잠자는 두 딸을 깨
우려면 조금 마음이 아프지만, 즐겁게 학교엘 가는 모습을 보기 위해서
등 두드리고 깨울 때가 한편으론 행복하기도 하다. 이제 큰딸은 동생을
가르치기도 하며 언니 노릇을 하고, 동생은 언니를 의지하면서 게으름을
피우기도 하지만, 다정하게 커가는 두 딸의 모습이 얼마나 대견한지 모른
다.

어린이날 충북 청남대를 찾아 관람했던 행복의 추억

나는 지금도 기억하면서 실천하는 것이 있다. 큰딸이 여섯 살 때의 일
이었다. 저녁 식사 중에 아내와 나는 사소한 일로 말다툼하고 있었는데
큰딸 정인이가 그 모습을 보고는 한마디 하였다. 그것이 너무나 의미가

있어서 그것을 실천하고자 노력하며 살고 있다.

"아빠는 엄마를 사랑해 주고, 엄마는 아빠 말씀을 잘 들어요."

행복은 누가 가져다주는 것이 아니라 스스로 만들어야 한다. 벌들이 꿀을 만들기 위해서 꽃을 찾아 수없이 날고 들고를 반복하듯이 우리 삶의 행복도, 가정이라는 한 보금자리에서 서로 믿고 의지하며 배려하고 아껴주며 살아가는 지혜가 필요하다. 가정의 화목은 곧 사회에서의 성공으로 이어지는 것이기에 '가화만사성'이란 말까지 생겨났다.

두 딸을 키우는 행복!

아직은 철없지만 아름답고 건강하게 커가는 모습을 지켜보며 내 지나온 삶도 돌이켜본다. 앞으로 두 딸이 성공된 삶으로 잘 자랄 수 있도록 나는 주어진 위치에서 아빠로서 최상의 노력을 하련다. 나의 노력과 책임감 속에 우리 가족의 사랑과 화목은 결정되고, 먼 훗날의 행복도 약속될 것이니….

-1997 겨울, 오산문인협회 발행 『오산문학』 제6집

3. 어머니의 입원 소식을 듣고(1997)

올해(1997) 4월 5일은 식목일과 한식날이 겹쳤다.

초봄이면서 연휴 탓인지 도로 곳곳이 주차장처럼 변해 심한 정체 현상을 보인다. 모두 바쁜 연휴를 즐기기 위해 부산하게 움직이고 있다.

식당 일을 하는 나는 오늘도 이른 새벽부터 식당 건물 셔터를 힘차게 올렸다. 이것저것 준비하고 손님들 접대를 하다 보면 어느 틈에 해가 지고 저녁노을이 붉게 물들면서 어두워진다.

자정이 넘은 시간, 귀여운 아이들이 티 없이 맑은 모습으로 잠들어 있고, 아내는 가족들의 옷가지를 손질하고 있었다.

"따르릉! 따르릉!"

전화벨 소리가 요란하게 울린다. 심상치 않은 예감이 들었다. 걱정 반, 의심 반으로 수화기를 들었다. 순천에 사는 누나의 다급한 목소리였다. 어머니가 뇌출혈로 중환자실에 입원하였다는 소식이다. 누나와 서로 울먹이며 짧은 대화를 나누고 힘없이 수화기를 내려놓았다. 당장 어머니의 병실을 향해 달려가고 싶지만, 먼 거리에 있고, 내일 손님들 식사 때문에 마음만 급했다.

새벽에 일찍 준비를 해놓고 출발하기로 하고 잠을 청했다. 잠이 오질 않는다.

지난 시절의 어머니 모습을 떠올려 본다. 먼 거리로 통학할 때 새벽밥을 지어주시던 어머니. 화장품 한번 발라보지도 못한 거친 손으로 농사일만 하시던 어머니. 명절이면 객지로 나간 자식들을 기다리면서 정성 다해 손수 두부를 만드시던 어머니. 이제 자식들을 모두 출가시키고 조용한 산골에서 아버지와 함께 노년을 보내시던 어머니.

자주 찾아뵙지 못했던 것이 후회스럽다.

평소에는 바쁘고 피곤하여 TV를 보다가 스르르 잠이 들어버리곤 했는데 오늘은 좀처럼 잠이 오지 않는다.

새벽 4시.

그동안 장롱 깊숙이 보관해 두었던 사진첩을 꺼내어 보았다. 웃고 울던 지난날들이 주마등처럼 스치고 지나간다.

이른 새벽 오산역에서 기차를 타고 순천으로 향했다. 갑자기 가는 길이라서 좌석도 없이 서서 가야만 했다. 평소에는 그렇게 빠르게만 느껴졌던 기차가 오늘따라 왜 그리 늦게 가는지 마음만 답답했다.

전주를 지나 남원으로 가는데 차창으로 보이는 농부의 일하는 모습, 골목길에서 놀고 있는 어린이들의 모습이 내 어린 시절을 떠올리고 있다.

들판에는 보리가 융단을 깔아놓은 듯 새파랗게 보이고, 산에는 진달래, 들에는 개나리가 어우러져 한국적 아름다움을 뽐내고 있다. 그러나 오늘은 그러한 풍경들이 아름답게 보이지도 않고 쓸쓸하고 허무하게 느껴진다. 활짝 핀 꽃의 아름다움 뒤에는 조용히 시들어야 하는 자연의 섭리가 있다는 것이 새삼 피부에 와 닿는다.

어머니를 생각하며 차창 밖의 풍경을 아무 생각 없이 보는 동안에 기차는 순천역에 도착했다. 기차에서 내리자마자 쏜살같이 뛰었다. 남들이 보면 무슨 일일까 의심할 정도로 많은 사람의 틈을 헤치고 병원으로 향했다.

중환자실 입구에 누나가 초조하게 앉아 있었다. 주변에는 침울하고 걱정스러운 표정들의 가족들만 보인다. 병실에 누워 계신 어머니를 보는 순간, 한동안 멍하니 서 있다가 야윈 손을 잡고 "어머니, 어머니!"만 불렀다.

어머니는 아무 말도 못 하고 초점 잃은 눈동자만 천장을 향하고 계셨다. 호흡이 곤란하여 신음하고 있는 모습이 너무나 마음 아팠다. 유난히 하얀 머리카락과 깡마른 모습을 보고 있는 자체만으로도 안타깝기만 했다. 어머니의 건강이 빨리 회복되기를 빌고 또 빌었다. 의사 선생님과 간호사를 찾아가서 "우리 어머니 좀 잘 부탁합니다."라고 정중하게 인사를 드리고 병원을 나왔다.

이 세상에 단 한 분뿐인 어머니. 어머니의 은혜를 어찌 잠시라도 잊을 수 있겠는가. 고향을 떠나 먼 곳에서 생활하는 나는 고향을 찾아갈 때는 웃으면서 가지만 고향에 계신 부모님을 뒤로하고 돌아올 때는 끈끈한 정

때문에 아쉬움만 가득 안고 온다.

자정에 출발하는 서울행 기차를 타기 위해 순천역으로 향하면서 어머니 곁을 지키지 못하고 오는 마음은 착잡했다. 가까이 사는 누님과 형님들께 양해를 구하고 기차에 몸을 실었다.

'어머니! 건강하세요. 어서 건강이 회복되어 아버지가 외롭지 않도록 말벗도 해주시고, 우리가 찾아갈 때는 어머니께서 직접 만드신 두부를 해주세요. 맛있게 먹고 싶어요.'

-1997 봄, 오산문인협회 발행 『오산문학』 제5집

4. 새벽 출발은 새 희망을 낳는다(1998)

새벽, 아침, 저녁, 깊은 밤이 온다. 하루, 한 달, 일 년, 일생의 세월이 지난다.

새벽! 말만 들어도 조용하고 시작의 소리가 들린다. 이른 새벽에 먼동이 트면 아침이 찾아오고, 찬란한 대낮이 지나가고, 저녁노을이 아름답게 수놓다 보면 어둠은 서서히 찾아온다. 밤하늘의 별들은 하나둘 나타나면서 제자리를 차지하고 있다.

인간은 이런 자연의 신비함에 순응하면서 인생이라는 긴 여정을 메워가고 있다. 또한 수많은 시행착오를 겪으면서 새로운 출발을 시도해 보기도 한다.

육상 경기에서 출발점을 보자.

동일한 선상에서 동시에 출발하지만, 도착점의 결과로 순위를 결정한다. 승자는 감격의 눈물을 흘리고 패자는 아쉬움의 눈물을 흘리지만, 일등에게도 꼴찌에게도 최선을 다한 선수들이기에 박수를 보낸다. 주어진 상황에서 최선을 다한 그들이 장하게 보이기 때문이다.

나는 새벽 시간을 중요시하며, 새벽 출발을 생활화하고 있다. 물론 일찍 일어나는 것은 쉽지 않다. 서서 있으면 앉고 싶고, 앉아 있으면 눕고 싶고, 누워있으면 편히 잠자고 싶은 마음이 생긴다.

지금도 학창 시절 담임선생님의 말씀을 생활신조로 삼고 있다. '남과 같이 생활하다 보면 남보다 앞서갈 수 없다'와 '새벽에 나는 새가 먹이를 많이 먹는다'고 말씀하셨는데 '새벽을 열어 남보다 일찍 하루를 여는 사람이 성공할 수 있다'는 진리가 내 나이 마흔 살이 되고서야 절실하게 깨닫고 있다.

나는 고층 아파트에 살기에 새벽에 볼 수 있고 느낄 수 있는 일들이 있다. 벽에 걸려있는 괘종시계는 5시를 울린다.

'뻐꾹뻐꾹…' 출발, 출발….

감사하는 마음으로 조심스럽게 일어나 창밖을 본다. 동쪽 하늘에 동이 트는 모습이 하루의 시작이라는 이미지로 심장의 호흡소리로 들려온다. 이 순간은 누구도 막을 수 없으며 누구에게나 공평하게 다가온다.

오늘이라는 시간은 한 번 지나가면 두 번 다시 오지 않고 내 곁을 떠나간다. 기쁨이든 슬픔이든 시간의 흐름은 내가 만들어 갈 뿐이다. 그러나 내일은 다시 온다. 내일의 새벽도 준비된 사람에겐 기쁨과 설렘으로 희망 속에 다가온다. 그런 의미에서 시간을 알려주는 뻐꾸기 소리는 밝은 내일을 기약하는 동반자이다.

건너편 창밖을 보자. 하나둘 불이 켜지는 집들이 보인다. 지금쯤 무엇을 하는 집들일까? 가족을 위해 아침밥을 준비하는 주부의 모습일까? 상급학교 입시를 앞두고 시험 준비에 바쁜 학생의 모습일까? 출근 준비를 서두르는 직장인 가장의 모습일까? 어떤 모습인지는 모르지만 남보다 일찍 새벽을 여는 희망으로 가득 찬 가정으로 보인다.

새벽을 여는 사람들은 존경스럽다. 매일 새벽 처음으로 만나는 친구는 조간신문이다. 현관문을 열면 반가운 신문이 있다. 이 신문을 배달하는 사람은 새벽을 뛰는 사람이다. 가끔 신문 배달을 하는 사람을 만나면 내일의 희망을 걸고 사는 모습이 아름다워 보인다.

현실은 어렵지만 부지런함과 끈기 있는 노력은 희망을 낳을 수 있으니까. 현관문 옆에 걸린 우유 주머니에는 우유가 도착하여 있다. 새벽에 우유를 배달하는 사람 또한 대단해 보인다. 매일 수백 집을 다니면서 배달하는 그 사람의 땀방울은 신념에 찬 땀이요, 희망찬 내일을 여는 발걸음이다.

다음은 아침 운동을 하는 사람들을 보자. 나는 약수터 가는 길에서 많은 사람과 마주친다. 특히 회갑을 넘긴 분들이 삼삼오오 짝을 지어서 도란도란 이야기하는 표정을 본다. 어느 중년 부부가 매일 아침 푸르름으로 가득 찬 농로를 달리는 모습이 아름답다. 학교 운동장에서도 운동부 학생들이 아침을 여는 함성이 들려오고 있다.

모두 다 아침 일찍 출발하는 사람들의 모습이다.

건강은 삶의 기본이고 살아가는 원동력은 건강에서 나온다. 하루 중 가장 중요한 시간은 새벽이다. 새벽에 하루의 시작이 경쾌할 때 하루가 즐겁게 마감되고 하루하루가 충실한 사람에게는 미래가 보장되기 때문이다.

우리는 성공한 사람과 실패한 사람의 차이는 백지 한 장이라고 표현한다. 그것은 바로 작은 부분에서 결정되고 있다는 사실이다. 시간은 똑같이 부여되어 소리 없이 사라지고 있다.

우리 모두 눈을 감고 자기 자신의 위치에서 과거와 현재와 미래를 생각해 보자. 현실에 놓인 자기 시간을 헛되게 보내서는 안 된다는 결론이 나올 것이다. 내일을 생각하지 않고 꿈이 없는 사람은 시들어 가는 식물과 같다.

새벽 출발! 우리 미래의 희망을 영글게 하는 강인한 힘이다. 어렵고, 힘들고, 실패와 좌절로 절망 속에 있다고 해도 나 자신이 극복하려는 의지가 없으면 영원히 헤쳐 나오지 못하는 늪으로 빠지고 만다. 힘차게 새벽 출발을 하는 이웃 사람들의 희망찬 호흡소리를 들으면서 하루를 여는 지혜를 모으자.

자전거는 힘차게 페달을 밟는 만큼 앞으로 나간다는 사실을 기억하자. 새벽 출발은 인내 속에 끈기를 낳고, 끈기는 새 희망을 낳는다. 오늘도 새벽을 힘차게 출발하면서….

－1998, 오산문인협회 발행 『오산문학』 제9집

5. 앨범 속의 추억(1999)

차가운 겨울이다.

거리의 가로수는 앙상한 가지만 남아있다. 어느덧 한 해가 저물어 간
다. 이맘때쯤이면 사람들은 가득 메운 카렌다를 바라보면서 생각에 잠겼
다. '올 한 해를 어떻게 보냈지?' 하고 말이다. 또한 다가오는 새해를 알차
게 준비하기 위하여 새롭게 마음을 다잡는다.

새해를 준비하는 우리의 마음은 여러 곳에서 찾을 수 있다. 산이나 바
다를 찾아서 찬란한 태양의 솟아오름을 보는 사람도 많다. 가족과 같이
조용한 관광을 하며 새해의 출발을 다짐하는 사람도 있고, 흙의 진리를
터득하기 위하여 고향을 찾기도 한다.

나는 집 안을 정리하면서 새해를 준비하기로 했다. 이른 아침에 창문
을 열고 동이 트는 모습을 바라다본다. 올 한 해도 우리 가족 모두가 건강

하기를 기원한다. 아침 식사를 하면서 오전에는 각자 자기 방을 정리한 후 점심은 떡국을 먹기로 했다. 아내는 큰방과 부엌을 맡고 두 딸은 공부방을, 나는 책으로 가득 찬 방을 정리한다.

책장을 정리하는 순간이었다. 책장 맨 밑에 가득한 앨범들이 내 손길을 기다리고 있는 듯하였다. 어린 시절부터 지금까지 남긴 우리 가족의 앨범들이다. 결혼 후 아이를 낳고 두 딸이 커가는 귀여운 모습들도 그러하지만 내 학창 시절 공부하며 다니던 학교의 앨범들이 오늘따라 유난히 보고 싶었다.

백일 사진 속의 두 딸의 모습이 지금은 가방 메고 학교 다니며 엄마와 등을 대고 키 재기를 하는 것을 보니 세월의 빠름을 실감 나게 한다. 결혼할 때만 해도 늘씬하고 아름다웠던 모습의 아내가 어느새 중년 여인으로 변하니 역시 세월의 흐름을 느끼게 한다. 그동안 가정을 꾸리고 두 딸을 낳아 건강하게 키우는 모정과 남편 뒷바라지를 완벽하게 해내며 엄마와 아내라는 길을 걸으니 아름답던 여인의 모습은 사라져가고 있다.

이 모든 추억이 앨범 속의 사진으로 남아있다. 학교 친구들의 얼굴도 하나하나 떠올려 보았다. 선생님께 꾸중 많이 듣고 반에서 말썽을 많이 피우던 친구들이 더욱 선명하게 기억된다. 어려운 여건에서도 희망과 용기를 심어주시며 최선으로 지도해 주신 조용진 담임선생님을 20년이 지난 지금에도 연락드리며 영원한 스승의 모습으로 간직하고 있다.

앨범에 가득한 이 친구들은 어디에서 무엇을 하고 살고 있을까? 모두 결혼하고 행복한 가정을 갖고 사업을 하고 있을까? 또한 불의의 사고나 질병으로 세상을 떠난 친구들은 없을까?

이런저런 생각을 하면서 이 친구들에게 새해를 맞이하여 아침에 떠오른 태양, 나 자신이 비치는 거울을 보면서 안부를 띄운다. '어느 해보다 힘들었던 올해가 지나가니 새해에는 모두 잘될 거라는 희망을 품고 살아가라'고 전하고 싶다. 벽에 걸린 시계가 정오 12시, 종을 울린다.

세월의 흐름에 맞추어 하루의 공간을 메워가는 우리의 삶에 있어서 앨범 속의 사진들은 많은 생각을 가져다주었다. 앞으로도 나의 삶은 사진으로 기록되어 앨범에 차곡차곡 쌓여갈 것이다. 우리의 인생은 어제 지나 오늘이 있고 또 내일이 있다. 여기서 앨범 속의 추억은 지나간 어제의 모습들이다. 그러나 어제는 다시 돌아오지 않지만 한 번쯤 뒤돌아보면서 자신을 성찰할 줄 알아야 한다.

티 없이 맑은 표정과 진실한 마음을 간직했던 학창 시절의 새로운 꿈을, 결혼식의 엄숙함에서 사랑의 약속을, 자라는 애들의 성장에 책임을, 그리고 노후를 준비해야 한다.

배우는 것은 희망이 숨 쉬는 것이며 다가오는 미래를 준비하는 것이다. 배우는 자세는 언제는 진지하다. 새해를 맞이하여 앨범 속의 추억으로 지난날을 되돌아보며 그 속에서 많은 것을 느끼고 배운 시간이었다. 모두 정리하고 온 가족이 앉아 떡국을 먹을 때 희망찬 얼굴의 모습들로 가득 차 있다. 미래의 시간을 내 것으로 만들어야 한다는 계획이 있기 때문이다.

새해의 카렌다를 벽에 걸었다. 이 카렌다도 영원한 것이 아니라 1년이 지나면 새것에 자리를 비켜줘야 한다. 이렇게 시간과 세월은 쉼 없이 흘러간다.

나의 시간도 간다. 한 번 지나간 시간은 다시 오지 않는다. 앞으로 가는 길은 중요한 시간뿐이다. 새해 설계를 잘하고 시간을 알차게 보내다 보면 가을에는 풍성하게 수확하게 될 것이다. 씨앗을 뿌리지 않으면 싹이 트지 않고 가꾸지 않으면 시들어 버리는 진리를 배운다.

새해 아침이다.

지난 생활 속의 오해와 미움은 용서와 사랑, 반성으로 화해하고 깨끗한 마음으로 큰 배의 갑판 위에서 희망을 향해 긴 항해를 시작하자.

-1999, 오산문인협회 발행 『오산문학』 제10집

6. 초등학교 동창회 감동의 날(2000)

지금은 폐교된 초등학교

우리는 이 세상을 살아가면서 지난 과거를 생각하고 그리워한다. 그리움의 마음은 과거가 눈에 아른거리며 그리워지고 있으니 세월 속에 나의 존재는 소리 없이 가고 있다.

어느 날 일요일이었다. 광주에 있는 고향 친구로부터 전화가 왔다. 친구는 나에게 초등학교 동창회 소식을 전해 주었다. 졸업한 지 28년이 지났건만 그때 그 시절을 기억해야 했다.

전화 내용은 2000년 9월 12일 추석날, 오후 3시에 초등학교 졸업했던 학교와 공부했던 그 교실에서 만나자는 것이었다. 나는 그 순간 서랍에 보관된 한 장의 졸업사진을 꺼내고는 가슴 두근거리면서 만날 날을 기다리게 되었다.

지금은 어떻게 변화되었을까?

어디에서 살고 있을까?

여자 동창생은 중년 주부로서 어떤 모습으로 나타날까?

남자 동창생은 배가 나오거나 대머리로 변한 사람은 없을까?

담임선생님의 모습은 어떻게 변했을까?

이 생각 저 생각에 잠겨 온종일 초등학교 시절의 추억에 빠져들고 말았다. 나는 추석 하루 전날, 고향과 동창생을 만날 기대를 안고 기차에 몸을 실었다. 이번 추석만큼은 고향을 찾는 기분보다 어린 시절의 동창생을 만난다는 설렘에 가슴이 두근거렸다.

9월 12일 오후 2시를 시곗바늘이 가리키고 있다. 내 어린 시절 고향 집에서 학교까지는 걸어서 15분 정도 거리가 된다. 학교 다니는 길은 비포장도로였고, 시냇물의 징검다리를 건너면서 다녀야 했으며, 책보자기를 어깨에 띠처럼 메고는 고무신 신고 달렸다. 이런 추억의 길이 이제는 포장도로에다 시냇물에 놓인 시멘트 다리는 우리들의 추억을 앗아가 버리고 말았다.

학교 정문 들어가는 순간이다. 그렇게 넓었던 운동장은 좁아 보였고 교실 옆에 심었던 낙엽송은 울창한 나무숲으로 변해버렸다. 교실 건물 모퉁이에서 10여 명의 사람들이 웅성거리고 있다. 첫 느낌에 동창생의 모습임을 알 수 있었다. 헐레벌떡 달려가 보니 초등학교 동창생이었다.

"야, 수환아! 용환이 아니냐? 너 상기 아니가? 너 민택이…"

서로가 아른거리는 이름을 기억하면서 반가운 악수를 했다. 서로의 얼굴에는 어느새 주름이 하나둘 생기고 한 친구는 대머리로 변해 50대 중년의 모습으로 변해 있었다.

왜 이 시간에 여자 동창생은 오지 않았을까?

많이 기다리고 궁금했는데 저쪽에서 3명의 여자가 걸어오고 있다. 처음에는 알 수가 없었다. 좀 더 가까이 가 보아도 중년 주부의 모습이니 알아보기가 어렵다. 서먹한 모습으로 서로를 인식하고는 이름을 불러본다.

"행숙아! 명자야! 영애 아니니?"

"상기는 하나도 변하지 않았네."

28년이란 세월이 짧고도 긴 시간이었다. 책상에 앉아 중간에 경계선을 그어놓고는 넘어오는 것을 금지했던 그 시절, 여자애들이 고무줄놀이 할 때 살며시 가서 고무줄을 끊어놓던 개구쟁이 남자친구, 수업 후 청소할 때 어디론지 사라지는 염치없는 친구들이 이제는 모두 다 아름다운 추억으로 남은 채 오늘에야 모이게 된 것이다. 모두 가정을 꾸려 어린 자녀들이 옛 우리처럼 초등학교에 다니고 있으니 그만큼 세월이 흘러갔다는 소리다.

오후 3시에 우리 동창생들은 그 시절 6학년 교실에 모여 앉았다. 우리는 동창회 창립총회를 시작하였다. 여기서 우리는 또 하나의 감동을 연출했다. 6학년 담임선생님을 모시게 된 것이다. 박승래 선생님이시다. 교장선생으로 정년으로 퇴임하시고 지금은 광주에 사신다고 했다.

얼굴은 할아버지가 되었고 그때의 호통치고 패기에 찬 모습은 찾아볼 길이 없었다. 그때의 선생님 나이가 현재의 우리 나이와 비슷할 것이라는 생각을 해본다.

우리는 선생님께 수업 시간과 똑같이 "차려, 경례!" 인사를 올리고 선생님의 말씀을 들었다. 너무나 감격스러워 우리는 모두 눈시울이 뜨거워

진상북국민학교 6학년 졸업 기념사진 맨 뒷줄 중간에 박승래 담임선생님

졌다. 한 친구는 동창회 추진 경과보고를 하면서 너무나 감격한 나머지 눈물을 흘리고 말았다. 선생님께 행운의 열쇠와 감사패를 우리 동창 모두의 뜻을 담아 안겨드렸다. 이 순간 우리는 모두 스승과 제자 사이가 얼마나 그리웠고, 아름다운 추억으로 남아있는지 알 수 있었다.

이렇게 우리는 28년이란 시간이 지나서야 동창회 창립을 성공적으로 마치게 되었다. 학교를 찾고 담임선생님을 만나고 동창생들을 만나는 흐뭇한 시간이었다.

이제는 떠나야 한다. 전국으로 자기 삶을 찾아가야 한다. 자기 가정과 일터가 각기 다르기에 말이다. 가는 길에 아쉬움도 많지만, 다음을 기약하며 떠나야 한다. 모두 건강하고 행복하게 살아가기를 빌어본다.

과거는 지난 추억으로 묻고, 미래가 더욱 빠르게 변하기에 현실에 적응하고 고달픈 인생길을 지혜롭게 헤쳐 나가는 동창생들의 앞날에 성공이라는 열매가 달리길 두 손 모아 기원해 본다.

-2000, 오산문인협회 발행 『오산문학』 제11집

7. 오늘과 내일(2001)

가을날 제천 단양 관광하면서, 오늘이 가장 젊은 날로 기념 포즈

거리에는 낙엽이 뒹굴고 있다. 찬 서리가 내린다. 10월의 마지막 밤이 찾아왔다. 오늘 저녁은 일찍 집으로 돌아와서 한 잔의 술을 마시고는 지난 시간을 되돌아본다.

책꽂이에 있는 일기장을 꺼낸다. '자유 일기장', 어느새 누렇게 변해버렸다. 초등학교 6학년 때 일기장이다. 그때의 일기를 한 편 소개한다.

1971년 3월 2일

나는 이제 6학년이 되었다. 오늘 아침에 공부하고, 오전에는 학교에 가서 수업하고 선생님께서 각 부락에 2명씩 교무실로 오라고 하였다.

선생님 말씀을 듣고 집으로 돌아와 집안일을 도와드리고 저녁에는 일찍 잠을 잤다.

아주 짤막한 일기 내용이 그 시절의 내 일과를 말해준다.

밤이 되면 등잔불로 밤을 보내고 동네에는 TV는 없고 라디오 1대가 전부였던 두메산골에서 고무신 신고 학교 다니던 어린 시절이었다.

이제 아버지 어머니는 세상을 떠나시고 내가 결혼하여 두 딸이 중학교, 초등학교에 다니고 있으니 세월은 우리 곁에서 쉬지 않고 흐르고 있다.

'오늘과 내일'

10월을 보내면서 오늘과 내일의 의미를 내 생활을 통해서 표현해 본다.

지금, 이 순간에 내 방의 책꽂이에 내 손때가 묻은 많은 책을 보면서 지난날들의 시간에 묻혀버린다.

가슴이 뛰고 있다.

어린 시절부터 오늘에 이르기까지 내 책꽂이의 수많은 책이 오늘의 나를 만든 것이다.

계획표는 거창하게 세워놓고 '오늘 못하면 내일 하지' 미루면서 약속을 지키지 못했던 날이 더 많았다. 학창 시절 하루 생활표를 시계 모양으로 작성하여 벽에 붙여놓았건만 며칠도 못 가서 실천은 물거품이 되고 만 것이다.

모든 사람에게는 지난날인 어제가 있고 오늘이 주어지고 또 내일이

다가온다. 이것은 살아있는 누구에게나 주어지는 자연의 법칙이다. 그러나 우리는 이러한 과정의 연속에서 꿈을 갖고 그 꿈을 성취하려고 노력한다.

학교에는 우등생이 있고 열등생이 있다. 사업에는 성공하는 사람도 있고 실패하는 사람도 있다. 부자로 풍요롭게 잘사는 사람이 있고 빈곤하게 사는 사람도 있다. 삶의 의욕에 불타는 사람이 있고 절망 속을 허우적대는 사람도 있다. 이러한 결과는 자기 자신이 만든 것이기에 책임도 자기 자신에게 있다.

지금은 삼성화재 보험전문인으로 4년이란 시간이 지나면서 나에게 주어진 오늘이란 시간이 얼마나 소중한지를 깊이 깨닫게 되었다. 인생에서 '시간 관리가 성공을 결정한다'는 것이 내 삶의 여정에서 절실하게 느껴오고 있다.

시간은 인생이다.

그것은 변함없는 이치요, 진리이다. 시간을 낭비하는 것은 내 인생을 낭비하는 것이다. 시간을 다스리는 것은 내 인생을 다스리는 것이며 시간을 최대한 활용하는 것이다. 오늘, 내일은 언제나 다가오지만 오늘은 내일에 가서는 어제가 되어 나를 떠나버리고 만다.

성공한 사람들은, 이야기로 듣거나 책을 통해 읽어보면 공통된 내용이 있다. 오늘을 충실히 보낸 사람들은 성공하고 내일을 기다리며 미룬 사람들은 실패한다는 교훈을 주고 있다.

가을을 보내면서, 우리 모두 '오늘'이란 두 글자를 선명하게 써서 벽에 붙이자.

새 아침의 태양은 희망의 얼굴이요, 내가 나아가는 앞길을 환하게 비춰주고 있다. '실패는 성공의 어머니다'라는 말이 있듯이 실패와 온갖 고난이 앞을 가려도 오늘부터 희망을 버리면 절망이다. 오늘이라는 시간을 꽉 붙잡고 개척의 정신으로 희망을 채우자. 내일이 아닌 오늘을 붙잡고 최선을 다할 때 그 땀의 결과는 결코 나를 외면하지 않고 희망을 줄 것이다.

오늘.

24시간.

86,400초.

소중한 시간, 오로지 나.

'시작이 반이다'란 명언을 우리는 잘 알고 있다. 오늘에 최선을 다하자. 오늘 할 일을 내일로 미루지 말자. 오늘부터 시작이다.

-2001, 오산문인협회 발행 『오산문학』 제12집

제5부 소중한 인생길에 담은 편지

졸업 단체사진

1. 영원한 스승 -조용진 선생님

40년 지나 서울 시내 식당에서 조용진 선생님과 함께

인간은 이 세상에 태어나면 누구에게나 반드시 오는 것이 있다. 생로병사(生老病死)의 과정을 걸어가게 되고 마침내 그동안 함께했던 우연과 필연의 인간관계를 두고 이별하게 된다. 부모님 슬하에서 자란 나의 학창 시절, 한문 수업 시간이었다. 지금도 기억난다.

학이시습지 불역열호아學而時習之 不亦說乎兒(배우고 때때로 익히니 이 어찌 즐겁지 아니한가.)

새롭고 이로운 것을 배우고 배운 것을 제때 사용할 수 있는 것은 얼마나 즐거운 일인지는 세월이 지나면서 논어에서 나오는 공자의 말씀을 이해할 수 있고 공감하게 되었다.

1977년 3월이었다.

내 교복 상의 옷깃에는 'Ⅲ'의 배지를 달았다. 지금은 교복의 자율화로 많이 변화되었지만, 그때는 선후배 관계 규율이 엄격하기에 'Ⅰ', 'Ⅱ', 'Ⅲ'의 교복 학년 표시는 최대의 관심거리였다. 꿈 많은 고교 시절 청운의 부푼 희망으로 미래를 준비하는 시기이다.

나는 삶의 우연과 필연관계에 있어서 그동안 가족이란 둥지의 필연 속에서 학교생활의 필연관계인 고등학교 3학년 담임인 조용진 선생님을 만나게 된다.

이렇게 선생님과 학생의 필연관계를 맺은 지 46년이 지난 지금에 와서 학교에서는 스승이자 인생의 길을 제시하고, 사회에서는 삶의 모델이 되신 영원한 스승, 조용진 선생님과 꼭 붙잡고 싶은 추억들을 이 지면을 통해 담아본다.

이른 새벽에 일어나 책꽂이에 잘 보관된 그때 그 시절이 수록된 졸업 앨범을 꺼내어 선생님의 얼굴과 함께 공부했던 동창들의 얼굴을 한 명씩 한 명씩 기억해 본다.

고등학교 3학년, 어쩌면 인생에서 가장 중요한 학창 시절이라고 표현해도 지나치지 않을 것이다. 지금도 자기의 진로를 결정하는 고교 3학년의 끝자락에서 '수능시험'은 온 국민의 관심사가 되고 있다.

이때 담임을 맡은 조용진 선생님은 경북대 사범대학을 졸업하시고 주변 명문고에서 근무하시다 이어서 모든 환경이 열악한 시골 학교로 오셨던 분이다. 그 선생님과 고3 시절을 함께 했었고 1년이란 짧은 시간이 너무 아쉬웠지만 '졸업'이란 두 글자 앞에서 헤어져야만 했다.

우리들 졸업생 모두에게 자기 자신의 잠재 능력을 끌어내는 자신감을 심어준 훌륭한 스승으로 기억되는 조용진 선생님.

많은 세월이 흘렀지만, 함께 공부했던 그 시절의 동기동창들을 만나면 꼭 나오는 이야기가 공부하는 방법과 인생의 나아갈 방향을 일깨워 준 분이라고 한다.

그 예로 그때는 '예비고사', 지금은 '수능시험'이다. 시험지를 받고 사회, 지리 문항에서는 자신감 있게 정답을 쓸 수 있었고 그 결과도 좋았다. 비록 시험 총결과는 부족했지만, 사회 지리와 같이 선생님의 지도력이 1학년 때부터 눈을 뜨게 만들었다면 더 좋은 결과를 이룰 수 있었고 희망했던 진로의 꿈도 이룰 수 있었을 것이라고들 말한다.

이것이 발판이 되어 우리 졸업생들은 한 교실에서 계속 공부할 수 없었지만 포기하지 않고 도전을 멈추지 않았다. 먼 훗날 20년이 지나 동창회를 통해서 동창들의 근황을 알아본 결과 재수, 삼수의 학원 생활과 독학으로 원하는 대학에 50% 넘게 진학했다는 것을 알게 되었다.

비록 1년이란 시간을 함께하다가 졸업했지만, 전국적으로 흩어져 자기 삶을 향해 도전과 도전을 거듭하여 꿈을 이룰 수 있었던 것은 우리의 잠재 능력을 끌어내면 할 수 있다는 자신감을 심어준 조용진 선생님이 계셨기 때문이었다고 지금도 한잔 술을 나누다 보면 나오는 이야기이다.

1989년경이었다. 나는 군 전역 후 오산에서 첫 직장생활을 시작했다.

회사에서 인사관리 업무를 하게 되었고 신입사원 채용에서 면접하게 되었다.

나는 평소에 선생님과 소식을 전하고 있었는데 전남 완도에서 2시간가량 배를 타고 가는 금일도에서 근무하고 계셨다. 조그마한 섬에 위치한 학교였다.

선생님께 취업을 원하는 졸업생 추천을 부탁했고 10여 명의 졸업생들이 취업을 지원하게 되었다. 학생들은 졸업과 동시에 바로 직장생활을 하게 되었으며 이렇게 선생님과 나는 졸업 후에도 스승과 제자로서 끈끈한 정으로 이어져 왔다.

2020년 9월 30일 추석날이었다. 선생님과 나는 소중한 등산 약속을 하게 된다. 올 추석에는 순천 송광면에 있는 조계산을 등산하기로 약속하였다. 고등학교를 졸업한 후 43년만에 배낭을 짊어지고 산길을 걷는 뜻깊은 날이다.

추석날 이른 새벽 4시경에 오산에서 출발하여 9시에 조계산 주차장에서 만나기로 했다. 선생님 연세가 팔십이 넘었기에 등산하기는 다소 부담되기도 했지만, 선생님의 용기로 약속을 잡은 것이다.

날씨마저 축하해 주는지 아주 맑고 쾌청한 날씨였다. 조계산 입구에는 아주 유명한 선암사가 자리 잡고 있다.

선생님과 추석날 아침 조계산 입구를 걷는 순간 현실이 아니고 꿈같은 생각이 들 정도로 스승과 제자의 아름다운 동행(산행)이 시작되는 순간이다.

선암사 입구 전, 조선시대의 다리 무지개 모양의 승선교는 우리를 반

추석날 조계산 정상에서 조용진 선생님과 꿀맛 같은 점심 도시락

갑게 축하하는 모습이다. 가끔 이곳을 찾던 여행 기억이 나지만 오늘의 승선교는 더욱더 아름다웠다.

이어서 선암사 경내를 지나서 본격적으로 조계산 정상, 장군봉을 오르게 된다. 30분 정도 올라가는데 선생님은 힘이 좀 부치는지 쉬어가자고 한다. 천천히 산길을 오르면서 오랜 시간이 지난 학창 시절의 이야기를 나누게 되었다.

선생님은 첫 교사로 부임한 학교부터 정년퇴임 학교까지 많은 학생과의 만남을 가졌을 테고, 또 제자들이 생각날 것이다.

이른 가을이기에 날씨는 서늘했지만, 단풍은 아직 들지 않았다. 천천히 오르다 보니 어느새 조계산 장군봉(884m) 정상에 올랐다. 선생님과 나는 정상을 정복했다는 환희로 들떠있었고 장군봉 표지석 옆에서 나란히 손을 잡고 기쁨을 나누게 되었다.

43년 전에는 교실에서 필연의 담임선생님이 세월이 흘러 오늘 추석날 장군봉 정상에 서서 또 하나의 추억을 담게 되었다.

어느새 배가 고프다. 집에서 준비한 도시락으로 정상 밑 아담한 곳에서 돗자리를 펴고 점심을 먹게 된다. 처음으로 가져보는 야외 식사를 하는 순간이다. 선생님이 평소 좋아하시는 막걸리 한잔도 주고받으면서 오늘 추석날 조계산 정상에서 그동안 살아온 인생 이야기를 주고받는다. 더욱 놀라운 것은 선생님은 지금도 사회에 나와 평생교육을 강의하고 계시니 평생 교육자로 마음과 자세는 변함없이 이어지고 있다는 사실이다.

산에서 점심을 맛있게 먹고 천천히 산에서 내려온다. 이렇게 선생님과 제자는 아름다운 동행을 함으로써 오늘의 등산길은 행복한 추억을 담고 영원히 남기고 싶은 하루가 되었다.

나의 영원한 스승이신 조용진 선생님!

세월이 빠르기도 합니다.

어느새 스승님은 물론이고 이 제자도 인생 2막을 살고 있으니 말입니다. 지금도 선생님이 건강하게 살고 계시기에 너무 행복합니다. 어느 때는 이른 아침 시간에도 선생님께 전화 드려 안부도 묻고 때로는 서로 나라 걱정도 하고 말입니다.

선생님!

'가치 있는 사람이 된다는 것은 자신의 시간을 가치 있게 만든다'는 말씀을 기억합니다.

선생님은 지금도 삶을 가치 있게 살고 계신 모습을 저에게 보여주고 계십니다.

평생 교육자로서 학생들을 진솔하게 지도했으며 많은 사람의 귀감이 되는 길을 가시는 선생님이십니다.

남은 인생도 더욱 건강하시고 좋은 일들만 있으시기를 응원합니다.

선생님!

고맙습니다.

사랑합니다.

존경합니다.

이 제자는 영원한 스승으로 선생님을 기억합니다.

2. 서로 촛불이 되어 살아온 인생길 –권담 사장

죽미령 평화공원에서 권담 사장과 함께

우리는 한 인생을 살아가면서 수많은 만남과 인연을 만든다.

고대 그리스 철학자 아리스토텔레스는 인간을 '사회적 동물'이라고 설파한 첫 번째 사람이다. 인간은 사회를 떠나서는 살 수 없는 것이 현대 사회의 특성이다. 그러기에 우리는 모두 사회의 한 구성원이 되어 짧다면 짧고 길다면 긴 100년 안팎의 인생길을 가고 있다.

처음으로 밟아보는 오산 땅이었다.

1985년 7월, 내 인생 첫 직장을 가진 후 40여 년이 지나고 있는 지금에 와서 그간의 내 삶의 여정을 돌아보면서 마음의 편지를 전하고 싶은 사람이 있다. 그 사람은 서로 촛불이 되어 살아온 인생의 동반자 권담 사장이다. 사회 초년생으로 시작하여 중년이 지나고 어느덧 노년이 된 지금까지 희로애락(喜怒哀樂)을 함께하며 살아온 동반자다.

방 한 칸 전세방에서 시작한 신혼살림에서부터 어찌 평탄한 꽃길만 걸었겠는가? 가정에서 직장에서 사업장에서 발생하는 어려움과 기쁨들이 생기면 달려가서 밀어주고 이끌어 주고 박수치면서 나의 도전과 용기를 응원했던 사람이 다름 아닌 권담 사장이었다. 함께 걸어왔던 일들이 한두 가지이겠는가. 다 열거하다 보면 책 한 권이 되겠지만, 몇 가지만 짧게 인생록에 담아보고 싶다.

직장에서 있었던 일이다. 나는 사무실에서 총무과 업무와 생산관리를 했었고, 권담 사장은 자동선반 기술자로서 근무하게 되었다. 나에게는 첫 직장이면서 처음 접해보는 업무였다.

우리나라는 이 시기에 모든 제조업이 성장하는 시기로서 생산주문도 계속 증가하게 된다. 우리 회사는 전자부품을 생산하는 업종으로서 대기업의 VTR에 들어가는 절삭 부품이 주력 생산 품목이었다. 그중 아주 정밀도가 요구되는 부품으로서 생산량과 불량이 아닌 양품 생산에 회사의 사활이 걸린 상태였다. 대기업 VTR 제품을 완성 조립에는 각종 회사에서 부품이 납품되면 컨베이어 시스템으로 조립하여 완성품이 만들어지면 국내는 물론 세계로 수출하게 된다.

만약 부품업체에서 주문생산이 늦어지거나 불량이 발생하면 대기업에서 종합 완성품 라인이 멈추기 때문에 이에 따른 피해보상 책임을 해당 회사가 지게 된다. 이러한 완성 제품이 만들어지기까지는 각종 중소기업에서 주문받아 납기 지연 없이 생산되어야 하고 또한 제품 규격에 맞는 정품 생산이 회사의 생명이다.

회사 부품생산도 마찬가지이다. 한 부품을 생산하기 위해서는 주문 생산되어야 할 원자재가 있어야 하고 기계가공 공정을 지나 제품 품질검사를 하여 규정된 도면 치수에 이상 없이 되어야 포장 후 영업 부서에서 납품하게 된다. 매일 매일 납기수량 준수와 품질이 불량 없이 양품으로 생산되어야 할 두 가지 과제가 연속되고 있는 것이 목표가 되고 있다.

우리 몸에 비유해 보면 혈관을 통해 피가 산소를 운반하여 생명이 유지되고 움직이듯이 제품 생산 준비에서 완성되어 약속된 수량을 정품으로 납품해야 하는 모든 공정을 확인, 체크하기에 관련된 모든 공정 곳곳을 다니다 보니 하루해가 언제 가는지 모른다. 맨 첫 공정인 가공 부서 자동선반 앞에서 기름과 함께 열심히 일하시던 권담 반장에게 숨 막히던 생산 독촉 대화가 지금도 생생히 기억되고 있다.

이렇게 첫 직장생활을 하면서 업무는 다르지만 자기 맡은 업무에 최선을 다하는 사람이었고, 힘든 가정일이 생기면 아낌없이 서로 도와주면서 젊은 신혼생활에 활력소가 되어준 것이 정말 고마웠다. 이러한 직장생활의 경험과 본인이 가진 전문 분야를 기반으로 각자 회사를 퇴사하고 자기 사업 길을 가게 된다.

권담 사장은 자동선반의 기술자로서 최첨단 절삭물 가공하는 사업을 시작하게 되었고 나는 총무, 영업업무 경험을 바탕으로 현재까지 일하고 있는 삼성화재 보험 대리점에 26년째 근무하고 있다.

모든 사업의 길은 평탄하지만 않고 수많은 난제를 극복해야 하는 외로운 길이다. 그러나 도전하고 성장하여 그 목표가 성취되었을 때 그 기쁨은 월급쟁이보다는 사업에 직접 뛰어든 자가 수십 배 큰 것이 아니겠는가.

나는 39세 나이에 보험 일을 시작하면서 수많은 어려움을 겪었다. 1997년 11월, 우리나라가 IMF(국제통화기금) 경제위기가 시작되는 시기였다. 두 자녀가 가방 메고 학교에 가는 중학생이었다. 아빠로서 가장으로서 그 부담감은 서서히 책임감으로 다가왔다.

이때 용기를 주고 포기하지 않고 가는 길을 꾸준히 가라고 하였고 내 삶의 인생길에 촛불이 되어준 사람이 바로 권담 사장이다. 큰딸이 대학교 입학할 때, 등록금이 부족한 마음을 권담 사장께 진솔하게 전하니 주저 없이 통장에 입금해 주었던 것이 어찌 쉬운 일이며 내 평생 그 은혜를 잊을 수 있겠는가?

혈연으로 같이 살아가는 형제자매도 서로 가정을 가지고 살아가기에 내가 경제적인 난관에 부닥쳤을 때, 속사정을 터놓고 도움을 청하는 이야기를 하기가 쉽지는 않다. 내 인생길에서 가장 힘에 부치던 그 시기에 현실적으로 정신적인 위로와 재정적으로 도움을 준 권담 사장에게 고맙다는 마음을 간곡히 전하고 싶다.

나는 더욱 강인한 정신력으로 하루를 시작한다.

나도 보답하기 위해서 권담 사장 회사를 직원처럼 방문하면서 사업에 필요한 일들을 도와드렸다. 내가 하는 보험에 관련된 일은 물론이고 직원이 부족하면 직원을 소개하여 보충시켜 드렸고 사무업무가 필요하면 내 일처럼 준비해서 닥쳐오는 회사 일들을 하나하나 함께 처리하게 되었다. 서로 부족하면 채워주었던 것이 과거에도 그랬고 현재도 실천하고 있으며 미래도 영원히 어깨를 두드려 주며 용기와 열정을 채워줄 응원자가 될 것이다.

모든 사업이 항상 잘될 거라고 보장만 된다면 누구나 시작하겠지만 그러나 어떤 사업도 성공보다는 실패가 많다는 통계 수치가 있으니 급변하는 시장 변화와 경쟁의 소용돌이 속에서 잘 대처해 가야 하는 것이 현실이다. 요즘 도심 거리를 지나거나 걷다 보면 '사업정리 원가판매', '상가 임대 건물급매'라는 표지판이 점점 증가하는 것을 볼 수 있다. 몇 년 전, 개성공단의 산업현장이 북한과의 관계 악화로 일순간에 폐쇄되면서 사업의 어려움을 겪게 되었다. 주문 중단과 매출액 감소로 최고의 위기에 처하게 되었다.

하루는 새벽 3시쯤 카톡이 왔다. 그 소리를 듣고 잠이 깨어 읽어보니 고뇌에 찬 마음을 담아 보내왔는데 아무래도 불길한 예감이 들어 옷을 챙겨 입고 즉시 차 시동을 걸고 권담 사장 집으로 달려갔다. 이른 새벽 시간에 내가 온 것을 보고는 깜짝 놀라는 눈치다. 창백한 얼굴에 고심에 고심을 거듭한 모습이다. 나는 '사업은 실패할 수도 있지만 인생을 포기할 수는 없다'고 손을 잡고 마음을 달래주었다. 이 순간에 '기쁨은 나눌수록 커지고 어려움이나 슬픔은 나누면 나눌수록 적어진다'는 이런 말이 생각났다.

사업이든 개인이든 간에 좋은 일과 힘든 일을 나누면서 살아가는 것이 바로 힘이요, 행복이다. 어려운 위기에 처했을 때 주저 없이 찾아가서 용기를 주고, 응원해 주는 진정한 친구나, 대인관계가 삶 자체를 바꿀 수도 있는 것이다. 가족과 함께 생명을 구할 수도 있다.

이렇게 사회 첫 직장생활과 결혼생활을 시작하면서부터 인연을 맺고 살아온 지가 어느덧 인생 2막의 세월까지 이어지다 보니 머리는 하얀색으로 변하고 얼굴에 주름은 늘어가고 탁자 위에는 약봉지만 늘어가고 있다.

서로 촛불이 되어 살아온 인생길

기쁠 때 슬플 때 쌓아온 정으로 '오직 너뿐이야' 하면서 술잔을 기울이며 술을 권하던 우리 둘. 걸어온 앞길보다 걸어갈 뒷길이 짧은 것은 사실이다. 내가 지쳐있고 절박하여 삶을 포기하려는 순간에 가슴으로 다가와서 도와주었던 사람.

자네가 가장 힘들고 괴로웠을 때 언제든 찾아가서 '실패는 있어도 포기는 말자'고 간곡히 응원했던 나의 진정한 마음. 이런 마음이 교차하면서 이제까지 잘 살아오고 있지 않은가.

가장 힘든 시기를 들판에 고추, 대파, 마늘, 배추, 고구마, 감자, 땅콩, 호박, 오이, 토마토, 수박, 가지 등을 심고 재배하면서 마음을 달래던 자네의 모습은 참으로 훌륭했네. 들판의 식물은 거짓이 없고 자네의 마음을 알아주고 있지 아니한가?

그뿐이겠는가? 갓 태어난 병아리를 사다 어린아이 다루듯 키운 청계닭은 가장 힘든 시기에 가족이 되어주었고 친구가 되어 주었네. 어린 시절 부모님 밑에서 자라고 있을 때, 앞마당에서 닭들을 쫓아 뛰어놀던 추억이 많이 생각나겠지. 이른 봄날 암탉이 달걀을 품고 21일 만에 새로운 생명이 태어나면서 자네는 서서히 절망 속에 희망을 찾아가게 되었고 그 닭들과 대화하면서 서서히 미래의 꿈과 희망의 씨앗을 심는 모습을 나는 생생하게 지켜보았다네.

　자네와 나는 희로애락을 같이 경험하면서 살아온 오늘의 이 순간이 행복하지 아니한가. 예쁘게 키운 딸들 출가하여 아들딸 낳고 잘살고 있으니 말일세. 든든한 보물단지가 아니겠는가?

　이 순간에 나훈아의 노래 '남자의 인생'이 생각나네.

　'아버지란~ 그 이름은~ 그 이름은~ 남자의 인생~'

　이제 남은 인생길. '오늘이 내 인생에서 가장 젊은 날'이라고 여기면서 살아가세.

　어깨를 짓누르던 삶의 무게, 서서히 내려놓고 새털처럼 가벼운 마음으로 살아가세. 하고 싶지만, 여건이 안 되어 못한 취미생활도 즐기면서 살아가자고. 자네의 강한 마음으로 담배를 끊은 것처럼 내 몸을 아끼듯 술도 적당히 먹는 것으로 해 봅시다. 자네와 내가 건강을 유지하면서 자식에게 짐이 되지 않게 몸 관리에 신경이나 씁시다. 더 이상 탁자 위에 약봉지가 늘지 않도록 말일세.

　약속하게. 생로병사, 희로애락은 인생길에서 누구나 마주치는 것이지만 지금부터 건강관리 잘해서 100세 시대인 만큼 우리도 100세까지 살아보자고.

　자네와 나. 우리 둘만의 인생록에 많은 사연과 상처가 있지만 서로의 마음을 읽고 있으니 앞으로도 서로 격려하고 응원하면서 멋지게 살아가세. 두 손 잡고서….

3. 도전과 열정의 대명사 –김계순 지점장

삼성화재 유성연수원에서, 뒷줄 오른쪽이 김계순 지점장

2023년 1월 2일, 새해가 시작된 지 이틀째의 이른 새벽이다.

매일 아침 나와 마주하는 것이 조간신문이다. 새해가 되어도 그 습관과 행동에는 변함이 없다. 오늘 동아일보 새해 특집으로 로버트 월딩어 하버드대학교 의대 교수의 행복 비결을 추적한 '성인 발달 연구'의 기사가 신문지면 1장, 전면을 장식하고 있다. 이 연구 내용 기사를 가슴 깊이 받아들이면서 평생 도전과 열정으로 보험인 조직의 관리자와 사업가로 소통하고 있는 김계순 지점장에게 힘이 되고 에너지가 되어준 행복의 미소를 전하고 싶다.

세계 최장기 '인생' 연구로 꼽히는 '하버드 성인 발달 연구'는 대공황이 미국 사회를 덮친 1938년에 시작됐다. 하버드대 의대 연구팀은 '좋은 인생의 비결'을 과학적으로 추적해 보자는 취지로 당시 만 19세 무렵이던 하버드대 2학년 재학생 286명을 모집했다. 그중엔 미국 35대 대통령 존 F. 케네디도 있었다.

연구팀은 사회·경제적 대조군으로 1940년대 초, 보스턴 시내 저소득 가정 10대 후반 456명을 추가해 총 742명의 남성이 80대에 이르기까지 이들의 삶을 추적해 왔다. 연구팀은 2년마다 설문조사를 하고 5년 단위로 신체 건강을 측정했다. 5~10년마다 신규면접도 했다.

과학이 발전하면서 뇌 인지능력 검사, 유전자 연구도 병행했다. 현재는 베이비붐 세대인 이들의 자녀 1,300여 명을 연구하여 부모와의 관계 등 아동기가 중년에 미치는 영향을 연구 중이다. 1951년 미국 아이오와주에서 태어나 1978년 하버드대 의대를 졸업한 로버트 월딩어 교수는 정신과 의사, 정신분석학자, 선불교 승려로서 하버드 성인 발달 연구를 20여 년째 이끌고 있다.

2023년 새해는 불확실성의 안개가 짙게 드리워져 있다. 러시아의 무력 침공 이후 1년 넘게 이어지고 있는 우크라이나 전쟁, 끝이 없는 신종 코로나바이러스 감염증(코로나19) 확산, 인플레이션, 경기 침체 우려까지…. 불안감과 우울감을 호소하는 이들이 적지 않다. 한국도 마찬가지다. 우울증 진단을 받은 2030 청년들의 수가 최근 4년 동안 50% 급증했다. 특히 출산율은 세계 꼴찌인데 자살률은 경제협력기구(OECD) 국가 중 1위이다. 누구보다 열심히 산다고 자부해온 한국인은 왜 행복에서 멀어질까?

85년이라는 세계에서 가장 오랜 '인생 연구'의 책임자인 로버트 월딩어 하버드대 의대 교수로부터 과학적 연구 결과로 나타난 '행복한 인생'이란 무엇인지 들어본다.

'하버드대 졸업생이 저소득 가정 출신보다 더 행복한 삶을 살았을 것 같으냐'고 물었지만, 학벌은 행복과 관련이 없었다고 한다. 하버드대를 나왔다고 해서 이들이 더 행복한 삶을 사는 것이 아니라는 점이다.

돈과 명예도 인생의 종착점인 노년의 행복을 보장해 주지 못했다고 말한다. '행복의 열쇠는 사람들과 따뜻한 관계임이 과학적으로 여러 차례 증명됐다'고 강조한다. 로버트 월딩어 하버드대 의대 교수는 '인생에서 중요한 단 한 가지는 따뜻하고 의지할 수 있는 인간관계'라고 강조한다.

새해가 시작되면서 동아일보 2023년 신년 특집기사를 읽으면서 행복한 비결에 관하여 지금도 지속해 연구하고 있는 비밀을 공감하면서 행복의 열쇠를 재조명해 본다.

2000년도에 삼성화재 오산지점장으로 오신 김계순 지점장과 23년이 지난 지금까지도 소식 전하고 서로 응원해 주는 소통이 있는 것을 보니 '새해 특집' 기사를 보면서 그동안 '따뜻하고 의지할 수 있는 인간관계'가 마음속에 한 말씩 쌓아갔는가 보다.

2000년 10월쯤 함께 일하고 있는 오산지점 식구와 버스로 남이섬 야유회의 추억이 지금도 생생히 기억되고 있다. 계절이 가을이기에 남이섬 전체에 단풍이 오색으로 물들었다. 우리는 넓은 잔디밭 주변에 노랑 은행잎이 떨어지고 있는 장소에서 둘러앉아 단합게임을 하게 되었다.

이 행사 진행을 내가 맡아서 하게 되었다. 나는 군 생활에서부터 각종 야외 행사나 실내 행사에서 사회를 보게 되면서 지금까지도 즐겁게 재능 기부를 하고 있다. 나는 단합행사로 청 백팀을 즉석에서 만들어 게임을 하게 되면 단합 연기를 끌어내기 위해서 머리로 설계한다.

드디어 시작된다. 우리 지점 모든 식구가 자리에서 일어나서 손에 손 잡고 '고향의 봄' 노래를 부르면서 좌로 우로 강강술래처럼 돌게 한다. 순간 남·여 찾아 숫자를 고려하여 "남 다섯, 여 열 명" 하면 즉시 두 팀이 조건 없이 만들어진다. 청팀, 백팀으로 나누어졌고 우승 상금을 걸고 경기를 펼친다.

게임은 '노랑 은행나무 밑에 노란 귤 1박스를 펼쳐놓고 청 백팀 중 어느 팀에서 많이 줍느냐'다. 어린 시절 초등학교 운동회 때 '오자미를 바구니에 던져서 많이 담는 팀이 이기는 것'과 같은 게임이다. 그런데 웬일일까. 노란색 은행 단풍잎이 떨어진 곳에 노란 귤 찾기가 쉽지 않았나 보다. 그 게임을 하던 야유회 추억을 지금도 생각하면 슬며시 웃음이 나오고 그때가 그리워진다.

오산지점장으로서 나는 팀장으로서 함께 근무하면서 많은 발전을 하게 되었던 시간이었다. 그 원동력은 도전과 열정으로 함께 노력하는 에너지를 불러일으키는 것이다. 어려움에 부닥치고 계약 건이 없어서 마음고생하고 있을 때 '할 수 있다'는 용기를 주고 목표를 달성했을 때는 더 큰 칭찬으로 반겨주었던 김계순 지점장으로 내 마음에 각인되었다.

영업조직 관리의 특징을 고려하여 회사에서는 일반적으로 2년간 근무하게 되면 다른 영업지점으로 인사 발령을 내려 이동한다. 보험 영업에서는 '실적이 곧 인격이다'라고 근무하는 사람끼리 이야기하면서 주어진 목표의 달성 여부에 따라서 해당 지점은 평가받게 되고 그 결과로 지점장은 인사고과를 받는다.

우리 오산지점은 더욱 성장하여 잘 평가받게 되었고 인사 발령으로 다른 지점으로 떠나면서 승진도 하게 되었고 축하하면서 아쉽기는 하지만 더 큰 발전을 응원해 드렸다.

2015년 4월, 평소 기업인의 모임을 통해 친목을 가지고 있는 한상열 사장님께서 평생교육 일환으로 수원시민로스쿨 교육과정을 소개해 주었다. 4개월 과정으로 법에 관한 기본 지식을 배우는 기회였다. 현직 법학교수, 변호사, 검사 등 법에 관한 전문가의 강의를 통해서 평소 관심이 있는 법과 사법부의 역할에 대해서도 배운다. 수강생 모두는 평소 다른 직업에 속해 일을 하면서 저녁 시간을 통해 교육과정으로 강의를 수강하게 되고 특히, 현장학습으로 법원 재판장에서 모의재판을 열어보기도 하고, 교도소를 방문하여 죄를 범했을 때 구속 수감되는 교도행정의 현지 모습도 처음 볼 수 있었다.

이렇게 4개월 16주 과정을 마치면 대학 졸업식 때 입는 졸업식 의상과 사각모를 쓰고 수료식을 할 때는 정말 과정은 힘들지만 보람 있는 결과를 가슴에 안게 된다.

이 수원시민로스쿨 과정을 마치고 주변 지인에게 추천해 주고 싶었다. 그동안 누구보다 도전과 열정으로 살아가시는 김계순 지점장이 생각나서 수료한 뒤의 느낀 소감을 말씀드렸더니 주저 없이 수강 신청을 하겠다고 한다.

이렇게 하여 이듬해 김계순 지점장은 수원시민로스쿨 과정을 바쁜 와중에도 내가 배운 과정을 수강하게 되었고 우리는 새롭게 수원시민로스쿨 동문으로서 인연을 맺게 되었으며 연말 졸업 수강생 총 동문 송년회에서는 함께 자리를 같이했다.

이렇게 바쁘게 기간을 보내니 세월은 유수처럼 흘러만 간다.

그 김계순 지점장은 회사 직속 보험 법인장으로 최고 리더의 자리에서 왕성하게 사업을 하는 모습이 대단하게만 느껴진다.

나는 보험 일을 시작하면서 만나 3년간 함께 근무했지만, 그 사이 올해로 25년째가 되어 회사로부터 근속패를 받고 상금도 받게 되었으니 감개무량하다.

그동안 바쁜 현업에서도 가끔 안부 소식 전하게 되었고 특히 이른 아침 출근 시간에 생동감 있게 현재의 보험 정보로 대화할 때는 동기부여와 함께 많은 도움이 되었다. 대화 끝에는 빠지지 않는 단어가 있다.

'나이가 들어도 그 도전과 열정은 식을 줄을 모른다.'

보험 일은 누구나 권유와 인정으로 시작은 하게 되지만 그 가는 길은 쉽지 않다. 어떤 직업이든 마찬가지이지만 보험일은 시작도 많이 하고 포기도 많이 한다. 이렇게 되다 보니 주변의 친인척간에는 보험 일을 했던 경험이 많이 있다.

매달 1일이 시작되면 처음이 되고 말일이 되면 그동안 관리 중인 고객의 수금 마감과 월 목표 실적 마감을 하는 것이 달마다 반복되고 있다. 그러기에 어떤 직업보다 시간은 자유스러울지 모르지만 자기 자신의 시간 관리와 약속 이행이 매우 중요하다.

이런 보험인의 직업을 가지면서 함께 근무했던 수많은 지점장과 총무 여직원에게 감사의 마음을 전하고 싶다. 우리의 삶이라는 게 만나면 헤어지고 또 만나면 헤어지고 그러다가 어쩌다가 다시 만날 수도 있는 것 아니겠는가.

내가 하는 보험 일과 인간관계는 만들어진 것이 아니고 내가 만들어 간다는 것을 알게 되었다. 한 건 한 건 계약 건의 목록인 소관 계약을 보면서 소중한 한 분 한 분의 고객님께 고마움을 전하고 싶다. 또한 그동안 맺은 인연의 인간관계를 펼쳐보면서 늘 부족한 내 자신을 돌이켜보며 안부를 전해야겠다.

이 길목에서,

삼성화재 오산지점을 떠난 지가 20여 년이 훌쩍 지나간 지금에도 평소 가진 도전과 열정은 식지 않고 용솟음치는 그 모습이 닮아서인지 지금도 힘찬 응원을 보내고 있다. 가끔 소통하면서 출가한 자녀가 낳은 손자·손녀들 자랑을 하고 있으니, 우리의 인생도 저만큼 저물어 가고 있다. 행복하고 건강한 삶의 원천은 '따뜻하고 의지할 수 있는 인간관계'라는 것을 다시 한번 강조하고 싶다. 우리 모두 건강하고 멋진 삶을 응원해 본다.

멋진 인생을 살고 계신 김계순 지점장님!

당신은 보험 인생 중에서도 챔피언입니다.

4. 보약 같은 친구 최동주

서산시 대산읍 웅도 섬에서 제2 인생을 펼쳐가는 동주 친구

우리는 이 세상을 살아가면서 가족이란 둥지 속에서 살아가지만 함께 따라다니는 단어가 있다. 바로 '친구'다. 가족은 피로 연결된 혈연이지만 친구는 필연이 아닌 선택이 될 수 있다. 그것은 서로 공감이 된 마음 동의가 필요함에서 출발하여 서서히 이모저모 추억의 조각들을 쌓아가며 '친구'라는 둥지를 만들게 된다.

어린 시절을 키 재기하며 함께 보냈던 고향 친구 '죽마고우'. 유치원 친구, 학교 친구, 사회 친구 등 한평생을 친구라는 이름으로 소통하면서 살아간다. 나는 이제 인생 후반기를 맞아 그동안 사귀었던, 동고동락했던 많은 친구를 생각해 본다. 친구들과의 좋은 추억들은 내 가슴에 가득 쌓여 있지만 로또 당첨과도 바꿀 수 없는 친구가 있다.

예부터 술과 친구는 오래될수록 잘 익어 좋다고 하지 않았던가. 알게 된 지가 40여 년을 넘겼지만 오늘도 하루 24시간, 아무 때나 스스럼없이 전화할 수 있는 친구, 최동주를 불러본다.

동주 친구를 처음 만난 때는 1980년 봄, 광주광역시에 있는 대학교 행정학과 재학 때이다. 나보다 키가 크기에 처음에는 선뜻 호감이 가지 않았지만 고향이 순천이라서 그런지 우리 둘의 관계는 빠르게 가까워질 수 있었고 소탈한 성격이 좋았다. 이렇게 시작된 둘 관계는 좀 더 발전하여 네 명의 친구로 확대되었다.

광주가 고향인 전광진 친구, 순창에서 온 허용무 친구가 함께 어울리게 되었다. 하루는 모임의 명칭을 정하기로 했다. 최동주는 의(義), 전광진은 신(信), 허용무는 호(好), 김상기는 인(仁)이다. 그러나 네 글자는 모임 명칭으로 너무 길어 세 자로 줄이기로 하여 선택의 주사위를 던져 호의인(好義仁)으로 결정하였다.

우리는 이렇게 소모임을 만들었고 학교생활에서는 물론이고 사회로 진출하여 40여 년이 흘렀건만 지금도 소식을 전하며 오가면서 멋진 친구로 살아가고 있다. 그중 동주와의 특별한 추억이 있어서 그때의 마음을 표현해 본다.

매일 만나던 우리 4명의 친구는 학교 졸업 후, 제각기 자기 갈 길을 가게 되었다. 그것은 각기 꿈과 목표가 다르기 때문이다. 우리는 대한민국 남자로서 국방의 의무가 주어지기에 입대 영장을 받았다. 맨 먼저 내가 1982년 7월 19일, 순천에 집결하여 논산훈련소에 입대하였고 2주 후에 동주 친구가 역시 논산훈련소로 입대하게 되었다.

그 후로 광진 친구는 공군으로 자원입대하고, 용무 친구는 전투경찰 제도가 있어서 근무를 자원했다. 순천에서 동주보다 먼저 입대하면서 헤어지고 나니 혹시나 논산훈련소에서 만나질까 기대해 보았다. 그러나 논산훈련소에서 푸른 훈련복을 입고 훈련을 받는 과정에서 눈을 부릅뜨고 찾아보아도 보이질 않았다.

2개월 훈련을 마칠 때까지 동주와 나는 서로 만나지길 기대했지만 만나지 못하여 아쉬움만 남긴 채 나는 훈련을 끝내고 국토 저 동쪽의 춘천에 있는 제1 보충대로 이동했다. 이곳은 전국에서 훈련을 마친 육군 훈련병들을 강원지역 각 부대로 병력을 보충해주는 장소이다. 나는 행정병과라는 주특기를 받았기에 행정병으로 근무하기를 기대했다. 그러나 운전 훈련을 받고 다시 부대로 배출되는 6주간 후반기 훈련 교육을 받기 위하여 야전수송학교 운전병과 장소로 이동했다.

나는 입대하기 전, 운전면허증 취득도 하지 않았고 당연히 운전 경험도 없었기에 자동차를 운전한다는 것이 조금은 두려웠다. 물론 군대서 운전면허증을 취득하여 운전병으로 근무하다 사회에 나가면 큰 경험과 내 경력이 될 수는 있다고 들었다. 그러나 강원도 산간 지역에서 운전병으로 근무한다는 것이 두려웠다.

이곳에서 1주일 정도 생활하니까 훈련병들에게 설문 조사가 실시되었다. 훈련 지휘관께서는 운전 병과가 안 맞는 사람은 지금 손을 들라 하였다. 나는 그러잖아도 고민하고 있었는데 운전에 막연한 공포감이 있었기에 손을 들었다. 그랬더니 바로 군용차에 태워 다시 제1 보충대로 이동하여 다른 병과를 받기 위해 대기하게 되었다.

이때는 2주 늦게 논산훈련소에 입대한 동주 친구가 훈련이 끝나고 전국 어디로 갔을까 궁금해하던 시기였다. 그런데 이런 우연한 인연이 또 있을까? 저녁 식사를 하기 위하여 식당으로 가고 있는데 그토록 논산훈련소에서 찾았던 동주를 만나게 된 것이다.

그 시절엔 젊은 사람들은 장발 머리가 한창 유행하던 시기였다. 우린 입대하면서 그 길던 장발 머리를 빡빡 깎았다. 이런 훈련병 모습으로 이곳 제1 보충대에서 동주를 만난 것이다.

우린 보자마자 얼싸안고는 반가운 마음에 눈시울이 붉어졌다. 입대는 2주 간격으로 했지만 동일한 장소에서 동일한 훈련을 받았고 지금은 동일한 자격으로 서로 마주한 상태이다. 이렇게 만나 잠시라도 정을 나누게 된 것은 큰 행운이 아닐 수 없다. 그러나 이 만남도 길게 이어질 수는 없다. 군대라는 특수성과 훈련병이라는 신분 때문이다. 나는 바로 옆 PX(부대내 매점)로 달려가서 친구가 좋아하는 담배 한 보루를 사서 친구에게 건네주었다.

"동주야, 너와 나는 동부전선에서 근무하게 되었구나. 건강하고 씩씩하게 군 생활 잘하자."

힘주며 악수를 하고 아쉬운 눈물을 흘리며 서로의 모습이 안 보일 때까지 손을 흔들던 그때 그 순간이 지금까지도 생생하게 기억되고 있다.

나는 강원도 2군단 포병 작전 서기병으로 행정사무를 맡게 되었고 동주 친구는 키가 커서 군 의장대병과로 군사령부에서 근무, 군 생활을 잘 마치고 건강한 모습으로 둘 다 전역했다.

우리는 군에서 전역 후, 각자 직장생활을 하기 위하여 다른 도시로 떠났지만 꾸준한 만남을 가졌고 서로 소식을 전하게 되었다. 동주는 서울지하철공사에 근무하게 되었고 대구에서 결혼식을 올린다고 소식이 왔다.

그리고는 본인 결혼식 사회자로 나를 지목했다. 나는 흔쾌히 대답했다.

나는 그동안 군에서부터 시작하여 사회생활 하면서 어떤 행사든 당차게 진행하고 즐거운 분위기를 자아내는 재능을 가졌었기에 또 한 번 발휘하고픈 마음으로 결혼식 진행을 수락한 것이다.

최고 친구인 동주 친구 결혼식장에서 친구 부부와 결혼식 축하 손님 앞에서 한껏 내 재능을 발휘하여 사회를 보았던 추억도 내 인생의 한 페이지에 아름다운 추억으로 남아있다.

우리는 결혼 후, 자녀 낳아 기르며 빠르게 흐르는 세월을 앞만 보고 달려왔다. 그 긴 시간이 어떻게 지나갔는지 우리 4명의 호의인(好義仁) 친구는 어느덧 정년퇴직이라는 사회의 규율을 따라야 했고, 자녀들 결혼 초청장을 주고받으며 아빠로서 자녀들을 출가시키는 입장에 서 있다.

이제야 나를 키워주신 부모님 마음을 조금은 헤아려 보곤 한다.

가끔이라야 명절 때이지만 부모님이 계신 선산을 찾아 엎드려 절하면서

"이제서야 아버지 어머니 마음을 알겠습니다."

효도 한번 제대로 못 하고 떠나보낸 부모님께 사죄하는 마음으로 예의를 표한다.

최고 친구 동주야!

광주의 대학교 교정에서 처음 만난 인연으로 지금까지 살아온 시간들은 짧고도 길었지만 그동안 너와 나는 수많은 추억을 담았다.

어찌 이 글에다 너와 나의 우정의 깊이를 다 말할 수 있겠냐?

지나간 40여 년의 세월.

이제는 인생 2막을 살아갈 시간.

자네와 난 즐겁게 긍정의 에너지가 넘치며 살아왔기에 지금도 조금의 변함이 없지.

인제 보니 학창 시절엔 국어, 영어, 수학이 중요했지만 지금은 남은 인생 소일거리로 예능을 찾아내 인생을 즐기는 것이 더 중요하다네.

자네는 학교 교정에서부터 기타 치는 실력이 좋아 나는 엄청 부러웠었지. 그 끼를 잘 계발하여 즐겁고 멋지게 살자꾸나.

나는 어울림의 재능 기부가 좋아서 바쁜 하루라네. 늦게 배운 '스포츠댄스'는 '노후건강보험'이라 할 만큼 내 마음을 즐겁게 해 주고 내 건강을 책임져 주고 있지.

지난날들은 이미 지나간 시간들이고 미래를 위해 꾸준히 배우고 즐거움을 배가시키는 것이 중요하다고 생각하네.

멋쟁이 친구 동주!

앞으로는 더 자주 막걸리 한 잔씩 나누면서 기타 치고 노래하면서 또 다른 추억을 만들어 가세.

머리는 하얗게 변해 가도 우리는 아직도 '청춘'이라네.

살아있는 오늘이 우리 친구들 인생에 가장 젊은 날이네.

이 세상 다하는 날까지 영원한 보약 같은 친구로 기억하겠네.

이 생명 다하는 날까지 우린 행복하자.

제6부 등산 속에서 삶을 배우다

설악산 흘림골의 아름다운 가을 단풍

지리산 천왕봉(智異山 天王峰)

하늘이 은혜롭게 베풀어 우리나라 국토의 약 70%가 산(山)이다. 우리 나라에는 4,440개의 산이 있는데 그중 100대 명산으로 꼽히면서 남한에 서는 제주도에 있는 한라산(1,950m)에 이어 두 번째로 높은 산이 지리산 천왕봉(1,915m)이다.

사람들의 삶의 구조가 변화 발전되면서 도시 형태의 환경으로 바뀜 에 따라 물질의 혜택은 더욱 풍요로워졌고 문명은 발전에 발전을 거듭하였음에도 한편으로는 정신적으로나 육체적으로나 고달픈 구석이 생겨나는 사회구조가 되었다. 이러한 현실 속에서 도시의 삶과 숲의 생태가 피부에 와닿는 경험인 등산이야말로 일상의 찌든 심신을 맑게 해주는 가장 바람직한 수단이 되고 있다.

즐겁게 산을 오르면서 자연스럽게 차오르는 고운 생각과 감정뿐 아니라 산행 내내 펼쳐지는 아름다운 자연을 눈에 담고, 맑은 공기를 마셔가며 심신을 정화하고 호연지기(浩然之氣)를 기른다. 계절의 바뀜이나 기상의 변화에 따라 시시각각 다채롭게 펼쳐지는 산의 모습에서, 느끼고 감동하며 자연과 교감하면서 여유를 갖는 가운데 삶의 활력을 주는 등산이야말로 이 시대의 어떤 가치로도 비교할 수 없는 최고의 운동이자 취미라고 생각한다.

지리산 천왕봉 오름은 이번이 두 번째이다. 첫 번째는 광주에서 대학 생활 중 여름방학에 유네스코 서클 회원들과 1981년 8월 10일 오전 9시 15분 20초에 정상을 밟았다. 전남 구례 화엄사에서 출발하여 노고단(1,507m)까지 10km를 오르고 1박 했고, 다음 날 20km를 계속 걸어서 연하천 산속에서 1박, 그다음 날은 22km를 걸어 장터목산장에서 1박 하고, 3일을 산길을 올라 지리산 최고봉 천왕봉 꼭대기에 오를 수 있었다.

평소에도 여행을 다녀오면 여행길에서 마주치거나 체험한 특별한 추억이 있으면 메모해 두는 습관이 있는데, 42년 전에 16장으로 기록된 지리산 천왕봉 산행기를 읽어보면서 그 시절로 되돌아가 추억에 젖어 본다. 산을 오른 16명의 회원과 함께 찍은 기념사진을 보면서 한 사람 한 사람 이름을 불러본다. 언제인지는 모르지만 앞으로 꼭 만나보고 싶은 사람들이다. 이병연 회장님을 중심으로 채영, 김명술, 김희관, 정권연, 정준섭, 박

희엽, 서종기, 차용욱, 김근택, 민치문, 추영미, 염진이, 오경숙, 이민자.

지금은 대한민국 어느 하늘 아래서 살고 있는지 소식을 다 알 수는 없지만 이병연과 채앵 친구는 지금도 서로 안부 전하고 자녀들 결혼식에도 서로 오가면서 만남은 지속되고 있다.

대학 시절에 지리산 천왕봉을 처음으로 오를 때는 많은 지리산 등산 코스 중, 가장 긴 코스로 오름을 택했다. 그 후에는 좀처럼 갈 기회가 생기질 않았지만 언젠가는 꼭 한 번 또 올라서 봐야겠다는 생각만 안고 살아왔다. 그 꿈이 마침내 이루어졌다. 2020년 10월 17일이었다.

마음은 설렜지만 60이 넘은 나이라 천왕봉 정상에 도전장을 내면서도 한편으로는 걱정이 앞서기도 했다. 평소에도 산악회 활동으로 매주 산행은 계속해 왔지만, 야간에 오르는 정상 도전은 망설여지기도 했다. 그러나 어린 시절부터 산을 오르내리며 자랐기에 지난날이나 지금이나 산행만큼은 누구보다도 자신이 넘쳤다.

이번 산행에는 함께 근무하면서 주말마다 전국의 산을 찾아 산행을 즐기는 조은길산악회 산악대장으로 왕성하게 활동하고 있는 최세영 동료가 있어 마음부터 든든했다. 주말이 지나 월요일이 되면 아침에 만나자마자 주말 산행에 관한 대화로 시작할 때가 많다.

산 중의 산이라고 평가받는 지리산 천왕봉을 무박으로 가자는 제안이 왔다. 즉, 밤 11시에 출발하여 경남 진주 중산리에서 새벽 3시 30분에 야간 등산을 시작하여 4시간 후, 7시 30분에 천왕봉 해돋이를 보는 일정이었다. 때는 가을 단풍이 곱게 물드는 계절이다. 나는 일주일 정도를 고민하다가 결정을 내렸다. 꼭 한 번 더 오르고 싶었던 산이기 때문이다.

　첫 번째 산행은 천왕봉 정상에서 가파른 내리막길 중산리로 내려왔지만, 이번 산행은 반대로 중산리에서 정상쯤으로 최단 거리 급경사 코스로 오르는 산행이다. 또한 어두컴컴한 밤에 산을 오르면서 정상에 오르면 하루의 희망을 여는 해돋이를 보는 것이기에 등산 시간을 잘 지켜야만 하는 것은 물론 안전 산행이 최고의 관건이다.

　이러한 야간 등산의 어려운 문제를 안고 정상 도전은 시작된다. 기회는 잡는 사람에게 주어지는 결과이고, 도전은 내가 살아있음을 증명해 주는 증거이기에 새로운 삶의 가치가 생기고, 내일을 살아갈 활력을 재충전시켜 주기도 한다. 살아가면서 수많은 도전을 선택하고, 도전의 성패에 따라 웃기도 하고 울기도 하면서 인생길을 가는 것이 사람이다.

　10월 16일, 캄캄한 밤 11시에 등산 일행 4명은 승용차에 올랐다. 모두 다 평소 산행을 즐기는 사람들이기에 체력에 자신감들이 넘친다. 나도 가본 지는 오래되었지만, 가본 경험도 있고 체력에는 자신이 있다. 그러나 잠도 자지 못하고 밤새워 야간산행을, 그것도 지리산 최고의 단거리 급경사로 오른다는 것이 절대 쉽지만은 않을 것이다.

　우리 일행은 야간산행이라는 난관을 뚫고 정상에 올라 아침 해돋이를 본다는 기대감 속에 경부고속도로를 거쳐 대전-통영 고속도로를 달려 깊은 밤 3시 10분에 목적지인 진주 중산리 등산로 입구 주차장에 차를 세웠다.

　주변은 온통 캄캄하지만, 우리처럼 야간산행을 목적으로 오는 등산객들이 삼삼오오 도착하기 시작한다. 우리도 마음을 다잡고 정상 도전에 첫발을 내디디며 산행이 시작되었다. 캄캄한 밤, 랜턴을 켜고 앞사람을 따라서 걷는다.

　계절은 가을이어서 춥지는 않다. 20분쯤 가니 드디어 급경사 길로 접어든다. 다행인 것은 이곳 현지 진주에 살면서 지리산 산행길의 정보를 잘 알고 계신 분이 동행하게 되어 마음 든든하다. 그러나 올라가면 올라갈수록 힘이 들었다. 특히 잠을 자지 못한 상태라서 야간산행이 예측하기보다도 더 힘이 드는 것 같았다. 다행인 것은 함께 가는 동료들이 있어 힘을 내게 되고 포기하고 싶어도 포기란, 후퇴란 있을 수 없다. 오직 자기 자신과의 싸움만이 있을 뿐이다. '나는 할 수 있다. 정상 도착의 기쁜 마음으로 내 마음을 끌어당겨야 한다.'

2시간 정도 올라가니까 반가운 곳이 나온다. 산속에 자리 잡고 있는 사찰 범계사다. 여기서 잠깐 쉬면서 산속의 물을 한 잔씩 들이켜며 에너지를 충전시킨다. 다시 힘을 내 정상 도전은 계속 이어진다. 역시 급경사 오르막길이 계속되고 있다. 출발과 동시에 긴장해서인지 속도를 오버페이스로 걸었는지 이곳 지리에 밝은 분이 천천히 가라고 조언을 해준다.

정상에 도착했을 때와 해돋이 시간과 맞아야 하는데, 내 나이도 망각한 채 서두르며 속도를 내다 보니 더욱 힘에 부쳤던 것 같다. 캄캄한 등산길이어서 시간을 보면서 정상이 얼마나 남았는지 예측할 수밖에 없다. 다행인 것은 잘 정돈된 등산길이기에 고맙다는 마음만을 갖게 한다. 오르막길은 철계단을 만들어 바닥에 고무를 덧대어 충격을 덜 주지만 한 계단 한 계단 조심스럽게 오르고 있다.

정상 가까이 있다는 개선문을 지난다. 웅장한 돌 사이로 나 있는 개선문을 지나니 천왕봉이 한결 가까이 있을 것이라는 기대감에 반가운 마음이 앞선다. 이제부터는 없던 힘도 솟는지 에너지가 넘친다. 먼 곳에 어렴풋이 산이 보이고 여명이 밝아오기 시작한다. 현재 위치가 높다는 것이 실감 난다.

드디어 목표지점인 지리산 천왕봉에 도착했다. 시간은 아침 7시 10분이다. 정상에 도착하니 100여 명의 등산객이 이미 도착해 있다. 모두 해돋이를 보기 위해 모여 있다.

조금 있으니 먼 동쪽 하늘 끝에서 동이 트고 해돋이는 시작된다. 계절은 가을이지만 이곳 정상엔 세찬 바람이 불어서 겨울 기온이다. 준비해 온 점퍼를 꺼내서 입었고 두꺼운 장갑을 끼어야 했다.

39년 전인 1981년에 이곳을 밟았고, 이번이 두 번째로 정상에 서서 기념 촬영을 했다. 소문에 의하면 시시각각으로 변하는 날씨 때문에 지리산 천왕봉 해돋이는 아무에게나 보여주지 않는다는 것이다. 전생에 나라를 세 번 정도 구했거나 3대에 걸쳐 덕을 쌓은 집안의 식구들에게만 허락한다는 믿거나 말거나 한 이야기가 전해온다.

천왕봉 정상 정복 후 거림탐방지원센터로 내려가는 길목에서

오늘의 해돋이는 너무 멋져서 볼수록 장관이다. 천하를 내려다보며 온 우주를 포용하고 희망의 빛을 내려준다. 해돋이를 보면서 나는 다시 한번 다짐한다.

'할 수 있다는 희망 앞에서 불가능은 없다.'

어제 늦은 밤에 내심 걱정 반, 기대 반으로 산행을 시작하면서 그 과정은 고달팠지만 결과는 이렇게 희망의 빛을 보면서 내 자신을 이겨냈다는 성취감에 다시 한번 내가 나를 위로하고 쓰다듬는다. 우리의 삶에도 도전이 없으면 결실이 없다. 이렇게 도전은 인내와 고통을 요구하지만 그 결과는 환희와 행복을 안겨주기에 우리는 일생을 살면서 끊임없이 도전을 계속하고 있다.

우리 일행은 이곳에서 장엄하게 떠오른 해를 바라보며 앞으로도 열심히 살아보겠다는 의지를 다지고, 기념사진도 찍고, 그림처럼 아름다운 자연을 감상하면서 산에서 내려오기 시작한다. 30분 정도 내려와 잘 정리된 장터목산장에서 아침 식사를 했다.

1981년, 이곳 산행에선 텐트를 치고 밥을 해 먹기도 했지만, 지금은 자연보호 산림법이 강화되어 지정된 장소 외에는 일체 불을 사용할 수가 없다. 이곳에서 준비한 라면으로 간단한 식사를 하는데 그 맛을 그 어떤 음식에 비유하랴. 그야말로 꿀맛이다.

날씨마저 쾌청하다. 능선을 따라 지리산 줄기의 이곳저곳을 눈에 담으며 촛대봉(1,704m)을 지나 세석산장에서 잠시 휴식을 취하고 점심을 먹으니 바닥난 체력이 보충된다. 세석산장을 떠나 아주 맑고 쾌적한 가을 날씨 속에서 거림골로 내려오는데 가을 단풍이 절정이다. 오색으로 물든 나무마다 우리들의 눈을 홀릴 정도로 아름답다.

지리산 천왕봉 정상 정복 후, 뒷쪽 먼 곳에 노고단이 보인다

깊은 밤의 산행 시작이었지만 무사히 고지를 점령하고 내려오는 산길이라 몸도 마음도 한층 가볍기만 하다. 물론 밤잠을 못 자고 계획한 산행이라 지칠 만도 하고 발목과 발바닥이 아플 만도 한데 그런 것쯤은 이루어 냈다는 자부심에 즐거운 에너지로 바뀌어 한결 가벼운 걸음을 내딛게 한다.

우리는 오후 4시경, 하산길 종착점인 거림마을에 도착했다. 이곳에서 중산리 주차장까지는 택시를 타게 된다. 지역 택시를 타고 우리가 처음 출발한 중산리로 왔다. 이곳, 맛집 식당에서 저녁 식사를 하면서 우리 일행의 오늘 산행 일정이 아무 사고 없이 마무리하게 됨을 막걸리 한 잔을 높이 들고 자축한다.

"자, 우리의 건강, 우리의 젊음, 우리의 행복을 위하여, 건배!"

이제 우리는 먼 귀갓길에 올랐다. 피곤한 몸 상태이지만 서로서로 격려하면서 밤 11시경에 오산에 도착했다. 짧은 무박 2일, 지리산 천왕봉 산행에는 어려움도 많았지만, 우리 일행은 서로 힘이 되어 주어 성공적으로 마칠 수 있었고, 거침없이 인생길을 달려가라는 힘을 주었고, 가슴에는 좋은 추억을 남겨주었다.

이번 산행이야말로 내가 선택한 길이기에 매 순간 힘들어도 이겨내야 한다는 결의를 다지게 되었고 즐거운 마음으로 극복해 낸 것이다.

호남의 금강산인 월출산(月出山)

　우리나라 3대 악산(岳山)하면 설악산, 치악산, 월악산을 꼽지만, 그다음 악산이 영암의 월출산이라고 한다. 월출산은 달밤에 바라보아야 형체가 아름답고, 달을 제일 먼저 맞이한다고 하여 신라시대엔 월나산, 고려시대엔 월생산, 그리고 조선시대부터 지금의 월출산이라고 불렀다고 한다. 주봉인 천황봉(天皇峯 해발 809m)을 중심으로 동쪽으로는 사자봉, 서쪽으로는 구정봉, 억새밭으로 펼쳐지는 자연경관과 절벽으로 이루어진 산세가 천하절경으로 일찍이 호남의 소금강이라 불려 왔으며 1988년 6월 11일 국립공원으로 지정되었다. 천황봉 동쪽 구름다리는 지상 120m, 길이 54m, 폭 1m로 우리나라에서 가장 높은 곳에 있다.

　산행 코스로 가장 긴 코스는 도갑사에서 출발하고, 경포대에서 경포대 계곡으로 산을 오르는 코스, 세 번째는 영암 월출산 천황탐방지원센터에서 시작하는 코스가 있는데 등산객들이 가장 선호하는 코스가 세 번째 코스다. 현지에 거주하면서 월출산을 세 코스 모두 올랐던 이력을 가진 이건영(부동산 중개업) 사장님이 동행하며 안내받게 되었고 세 번째 코스인 영암 월출산 천황탐방지원센터 주차장에 차를 대고 산을 오르게 되었다.

월출산 산행은 이번이 세 번째이다. 월출산을 처음 오른 때는 1981년 5월 20일, 광주에서 대학 재학 중 중간고사 시험을 끝내고 화창한 봄날, 친구들과 기분 전환으로 산에 올랐고, 두 번째는 2017년 10월 산악회를 통해 가을 단풍놀이 산행을 했었다. 두 번 산행 모두 쉽지 않은 등산이었지만 힘이 든 뒤에 남는 좋은 추억들이 있기에 이번 세 번째 산행도 주저하지 않고 오를 수 있었다.

2022년 4월 30일, 지구온난화로 일찍 온 봄이라 들판이 연초록으로 물들어 가는 봄날이다. 평소 산행을 즐기는 지인들과 승용차로 새벽 4시에 출발하여 전남 영암군 월출산 입구에 도착하니 8시경이 되었다.

우리 일행 중 이곳에 살고 있는 이 사장께서 마중을 나와 있어 바로 아침 식사를 하고 월출산 천황탐방지원센터로 이동, 주차한 뒤 고개를 드니 오늘 올라갈 월출산이 눈앞에 펼쳐진다. 이제 젊은 나이는 아니지만 힘에 부칠지라도 산행을 시작해 본다. 맑은 봄 날씨가 산을 오르는 데는 최고로 적당한 날씨다. 등산 장비를 꼼꼼히 챙기고, 점검하고, 현지에 살고 계신 이 사장님의 든든한 산행 안내를 받으며 산을 오른다.

월출산을 산행하면서 인내와 배려 도전의 마음을 배웠다

월출산 천황봉까지 갔다 오는 거리는 6.5km, 6시간 30분 정도가 걸린다고 한다. 가파른 악산이라 거리에 비하면 시간이 오래 걸린다는 것을 알 수 있다. 이곳 월출산을 노래한 하춘화의 '영암 아리랑'을 부르면서 월출산 정상으로 향한다.

달이 뜬다 달이 뜬다

영암 고을에 둥근 달이 뜬다

달이 뜬다 달이 뜬다

둥근 둥근 달이 뜬다

월출산 천황봉에 보름달이 뜬다

아리랑 동동 쓰리랑 동동

에헤야 데헤야 어사와 데야

달 보는 아리랑 님 보는 아리랑

풍년이 온다 풍년이 온다

지화자자 좋구나

서호강 몽햇들에 풍년이 온다

아리랑 동동 쓰리랑 동동

에헤야 데헤야 어사와 데야

달 보는 아리랑 님 보는 아리랑

흥타령 부네 흥타령 부네

목화짐 지고 흥겹게 부네

용칠도령 목화짐은

장가 밑천이라네

아리랑 동동 쓰리랑 동동

에헤야 데헤야 어사와 데야

달 보는 아리랑 님 보는 아리랑

등산로 입구까지 가는 길에 각종 예술 조각품이 전시되어 있는데 가던 길을 잠시 멈추고 자연(自然)과 인간(人間)이란 제목으로 표현한 박양선 작가의 작품(2001년)을 보니 마음이 숙연해진다. 자연과 인간은 신토불이처럼 떼어놓을 수 없는 동반자가 아니겠는가.

20분 정도 완만한 길로 올라가는데 등산길 안내로 천황사지구 탐방로 입구가 있다. 마치 집에 들어가기 전, 대문처럼 월출산이 우리들을 반갑게 맞이하는 기분이다. 여기서 우리 일행은 기념사진을 찍고 "아자 아자, 힘내자, 정상을 향하여!" 하면서 외치고 하이 파이브로 손바닥을 부딪치며 자신과의 싸움은 시작되었다.

이정표에는 천황봉까지 거리가 3.1km로 적혀 있다. 이제부터 가파른 오르막길이 시작된다. 지금은 등산로가 잘 정비되어 있어 등산객들에게 편리하게 걷도록 되어있다. 나무로 계단을 만들면 오래가지 못하고 눈비에 썩어버리기 때문에 물이 스며도 오래 견딜 수 있는 한층 발전된 재질인 나무형 발포로 설치해 놓아 전국 관광지 둘레길이나 국공립공원 등산로는 걷기가 훨씬 편하다. 또한 가파름이 심한 곳에는 철계단이 있어 안전하고 편리하게 산을 오를 수 있게 등산로를 잘 정비하여 1981년 첫 등산 때와는 완전히 다른 느낌으로 다가왔다.

가는 길목마다 각종 나무와 철 따라 피고 지는 이름 모를 기화요초(琪花瑤草)들이 우리를 반겨준다. 살갗을 파고드는 북풍한설을 이겨내고 온갖 새싹이 움트고 자라는 봄, 그대로 생명의 힘이 넘치고 꽃들이 여기저기 피어서 저마다 아름다운 모습을 뽐내고 있다. 나무들 사이에서 피어난 작은 풀꽃을 보면 마치 아기들이 아장아장 걸음마를 배우며 맑고 천진하게 웃는 그 모습과 똑같다는 생각이 든다. 가파른 계단을 오를 때는 숨이 차기도 하지만 월출산의 정기를 받는다는 기쁨에 이마에 송골송골 맺히는 땀을 손으로 닦아낸다.

1시간 넘게 올라가니 시원한 물줄기 소리가 들려온다. 바로 바람폭포였다. 높이 15m의 바위 사이에서 물이 떨어지고 있다. 폭포에서 물이 떨어지는 자연의 소리를 들으면서 잠시 쉬다가 다시 정상을 향한 산 오름은 계속된다. 함께 간 일행들은 월출산의 모습을 사진으로 담느라 연신 핸드

폰 카메라가 바삐 움직인다.

왼쪽으로 멀리 육형제바위를 볼 수 있는 전망대에 도착했다. 이곳 월출산의 지리에 밝고 봉우리에 얽힌 전설까지 다 알고 있는 이 사장님께서 가는 곳마다 얽힌 전설을 이야기해 주어 그 이야기에 귀를 기울이며 산을 오른다. 6개의 봉우리가 나란히 서 있어 육형제봉이라고 부른다. 육형제봉 바위의 기이함과 묘함은 월출산을 찾는 등산객들의 눈을 매료시키고도 남는다.

정상이 가까워오자 바위 문이 서 있다. 통천문(通天門)이라고 한다. 통천문은 월출산 최고봉인 천황봉(809m)을 올라서는 마지막 관문으로 하늘로 통하는 높은 문이라는 뜻을 지니고 있다. 높이 3.5m, 폭 1m, 길이 5m 정도지만 한 사람씩 통과할 수 있는 문이다. 통천문을 지나 300m 정도 더 올라 월출산 정상, 천황봉에 도착했다.

오늘 이곳에 오르기 위하여 새벽잠도 설치면서 먼 길을 달려왔고 정상을 밟고 기념사진도 찍고 아래를 내려다본다. 맑고 쾌청한 봄 날씨, 하늘에 서 있는 기분으로 월출산 굽이굽이를 굽어보며 경치를 감상하다 보니 구름에 떠가는 기분이다. 소문대로 호남의 금강산이라 불리어도 손색없는 아름다운 자연 모습 그대로이다.

이제 땀도 식고 정오가 넘어가 배고픔이 느껴진다. 산꼭대기 넓은 바위에 걸터앉아 준비해 간 도시락을 펼친다. 각자 준비해 온 도시락을 펼치니 산중 뷔페가 된다. 맛있게 허겁지겁 먹기에 바쁘다. 많은 에너지를 소비했다는 증거이다.

이때, 커다란 카메라를 어깨에 멘 낯선 카메라맨이 나에게 다가오더니 내게 제안한다. KBS 방송사에서 월출산 프로그램 취재 차 올라와 있는

데 오늘 월출산 등산의 느낌과 자랑을 할 수 있겠느냐고 묻는다. 나는 "좋지요!"라고 말하고 산을 오르게 된 배경과 정상에서 아름다운 풍광을 바라다본 느낌을 주저 없이 말했다.

나와 인터뷰한 내용은 2022년 5월 5일 아침 8시 30분 방영되어 방송에까지 내 얼굴이 비춰지고, 그 동영상을 주변 지인들에게까지 자랑하고 다녔으니 월출산 등산은 나에게는 또 하나의 값진 추억으로 남아있다.

이제 천황봉과 작별을 하고 월출산에서 가장 아름다운 경관을 자랑하는 사자봉으로 향한다. 사자봉이라는 이름은 암봉의 모양이 수사자 갈기처럼 보인다고 하여 붙여졌다고 하고, 건너편 바람폭포에서 바라본 모습이 사자가 앞발을 구부리고 있는 것처럼 보인다고 하여 유래되었다고 한다. 월출산의 봉우리 가운데 산세가 가장 험난한 구간으로서 암릉 등반 명소로 알려져 있다. 우리는 사자봉에서 사방을 보면서 또 한 번 월악산의 아름다운 경치에 반하여 사진으로 추억을 담고 하산길을 서두른다.

월출산에서 대표적인 자랑거리 중 하나가 '구름다리'이다. 시루봉과 매봉을 연결하여 1978년 5월에 처음 가설하였으나 노후화로 철거하여 2006년 5월에 지상 120m 높이의 허공에 설치된 다리가 지금까지 존재하고 있다. 구름다리를 건너며 내려다보는 경치야말로 아찔아찔하여 오금이 저릴 정도에다 바라보는 경관마다 빼어남을 지녀 월출산의 대표적 명물로 꼽힌다. 구름다리에서 기념사진을 찍고 오늘 출발했던 곳으로 발걸음을 재촉하며 하산한다. 오후 4시경 차를 세워둔 주차장에 도착했다.

아침 출발 직전 바라보았던 월출산, 정상을 밟고 내려와 다시금 한 번 더 쳐다보았다. 멀리 보이는 구름다리는 주황색으로 보이고 산 굽이굽이가 새로운 모습으로 보인다. 무사히 산행을 마치고 오늘 월출산 산행을

안내 동행한 이곳 이 사장님께서 맛집으로
유명한 식당으로 안내했다.

식당 앞에는 잘 정돈된 크고 작은 수십
개의 장독들이 나열해 있고 옛 우리 시골에
서 사용하던 절구통, 탈곡기, 쟁기 등 마치
농촌 박물관을 찾은 듯 식사와 함께 옛날을
되돌아볼 수 있어서 좋았다.

산행을 무사히 마친 동료들끼리 막걸
리 한잔을 나누면서 오늘 월출산 산행에서
느낀 이런저런 소소한 감정들을 이야기로
나누었다.

다음은 이 사장님께서 이곳 산기슭에
있는 봄꽃들로 장식된 아름다운 찻집으로
안내했다. 바로 앞에는 나주시로 지방 이동
한 한국전력공사 본사 빌딩이 서 있다.

어느새 날이 어두워진다. 오는 길도 멀었지만, 돌아갈 길도 멀다. 오
늘 산행을 처음부터 끝까지 안내해 주신 이 사장님과 아쉬운 작별의 악수
를 하고 집으로 향하는 차에 시동을 걸었다.

영남의 가야산(伽倻山)

　　소의 머리와 모습이 비슷하다고 하여 우두산(牛頭山)이라고 불렸으며 우두봉, 상왕봉이라고도 불린 가야산. 가야산이란 이름은 이 산이 옛날 가야국이 있던 이 지역에서 가장 높고 산세가 좋은 산이었기 때문에 자연스럽게 가야의 산, 가야산이라 부르게 되었다고 전해진다.

　　양산 통도사 및 순천 송광사와 더불어 우리나라 3대 사찰 가운데 하나인 합천 해인사를 품고 있는 가야산(1,433m)은 조선 8경의 하나로 상왕봉을 중심으로 두리봉, 남산, 비계산, 북두산 등 해발 1,000m가 넘는 고봉들이 마치 병풍을 두른 듯 이어져 있다. 주봉은 우두봉(1,430m)으로 상왕봉으로도 불리며 최고봉은 칠불봉(七佛峯)이 대신한다.

우리나라 100대 명산 중의 하나인 가야산을 오른 때는 2022년 9월 25일, 계절적으로 초가을에 접어들 때다. 매월 넷째 주 일요일에 전국 명산 순례 산행을 하는 조은길산악회 회원들과 함께 가게 되었다. 가기 전, 가야산 산행 정보를 검색해 보니 오산에서 이동 거리가 멀긴 하지만 나는 산행을 즐기기에 같이 기기로 했다.

버스는 아침 6시에 출발했다. 버스 안에서 오늘 등산하는 가야산 산행 지도를 주면서 산행 코스에 대하여 설명하고 산행에서 꼭 지켜야 할 안전에 대하여 다짐을 준다. 생명의 안전을 위하여 꼭 지켜야 할 수칙들이다.

대표적인 등산코스는 합천 해인사에서 정상으로 가는 코스가 있고, 반대로 백운동탐방지원센터에서 시작하여 만물상 코스를 지나 정상에 올랐다가 하산은 해인사로 향하는 코스가 있는데 오늘 우리는 후자를 선택했다.

백운동 주차장에 도착하니 9시 20분이다. 오늘 산을 오를 거리로는 약 10km 정도이고 소요되는 시간은 산행 중간에 점심식사 시간을 합하여 6시간 정도이다. 평소에 오산 집 근처 필봉산을 자주 오르내리기는 했지만 6시간 동안 움직여야 한다니 다소 긴장이 되기도 한다.

가야산은 전국에서 많은 등산객이 선호하는 산이라 사전 예약 신청하지 않으면 오를 수 없는 산이다. 등산객들의 안전을 위해서라고 한다.

오늘 산행에서 가장 중요한 것은 하늘이 주는 날씨였다. 맑고 밝은 초가을 날씨가 산에 오르기에는 안성맞춤이다.

지금부터는 가야산 오름의 시작이다. 10분 정도 올라가니 가파른 오르막길이 다가온다. 여기에 두 갈래 길이 있다. 만물상으로 가는 길과 용기골로 가는 길이 있는데 우리는 아름답다는 만물상 코스를 오르기로 했다.

산행에 있어서는 자기 체력에 맞는 컨디션 조절이 중요하다. 마치 마라톤 선수가 초반에 앞서가려고 오버페이스하면 끝까지 뛰지 못하거나 후반에 급격한 체력 저하로 중도 포기하는 그런 결과를 초래한다는 것과 마찬가지다. 1시간 정도 오르니 이마에 땀이 흐르기 시작하고 힘은 들지만, 산세의 아름다운 절경을 눈에 담으며 계속 걷는다. 전망바위를 지나면서 본격적인 가야산의 기암괴석들이 줄지어 그 자태를 뽐내고 있다.

가는 길에 넓은 쉼터바위가 있다. 잠시 배낭을 내려놓고 삶은 달걀과 과일을 꺼내 간식을 먹는다. 수없이 펼쳐지는 바위들의 모습에서 눈을 뗄 수가 없다. 우리가 선택한 만물상 코스는 등산 난이도가 최고로 높지만 그에 따른 보상이라도 하듯 아름다운 풍광을 계속 보여준다. 만물상은 선캄브리아기 편마암과 화강암을 지닌 만 가지 형상으로 보이는 절경(바위)이고 일곱 번의 오르내림을 반복하면서 느끼는 감정은 설악산 축소판 같다는 생각이다. 그만큼 우리를 매혹하는 산이다. 그냥 지나치기가 아까울 정도로 산세가 아름다워 등산 시간이 지체될 정도로 사진으로 담느라 정신이 없다.

등산 시작 2시간이 지나 11시 30분 되니 체력이 소모되어 배가 고파온다. 이정표를 보니 서성재 갈림길에서 전국에서 온 많은 등산객이 준비해 온 도시락으로 점심을 먹고 있다. 아직 정상까지는 1.2km 남았고 1시간 20

분 정도가 걸린다고 한다. 우리 일행도 이곳에서 점심을 먹는다. 둘러앉아 각자 준비해 온 도시락을 여니 진수성찬이다. 마치 산중에서 뷔페 음식을 차려놓고 나누어 먹는 느낌이다. 이처럼 각자 준비해온 음식을 서로 나누어 먹으며 음식의 맛과 사람 사는 정을 느낄 수 있는 것도 산행의 묘미다. 산행 준비물 중에서 알루미늄 잔을 가져왔는데 이 잔에다 막걸리를 한 잔씩 나누니 그 맛 또한 꿀맛이다.

점심으로 에너지를 충전하고 서둘러 정상으로 향하는 발걸음을 옮긴다. 저 가까이 정상이 보이기 시작한다. 오늘 안개나 구름도 없고, 바람도 강하지 않아 시야가 확 트이는 게 하늘이 준 날씨에 고마움을 느끼며 산행을 즐기고 있다. 가파른 오르막길을 오르며 힘에 겨운 때도 있었지만 정상이 가까워 오니 그 힘든 기색도 사라지고 생기가 돌기 시작한다.

1시간 정도 오르고 마지막으로 가파른 철계단을 오르니 정상 바위 능선에 도착한다. 시간은 오후 1시다. 먼저 우측 칠분봉(1,433m)에서 기념사진을 찍고 마주 보고 있는 상왕봉(1,430m)에 가서도 역시 기념사진을 찍었다. 함께 간 일행들도 각자 나름의 폼을 재면서 사진 찍고 정상을 밟은 기쁨에 얼굴에는 웃음들이 가득하다.

사방으로 고개를 돌리며 가야산의 멋진 풍광에 매료된다. 앞으로 한 달 뒤면 푸르른 나무들도 단풍으로 곱게 옷을 차려입고 가을 등산객을 맞이할 것 같다.

이제 내려갈 시간이다. 내려가는 길은 오르막보다는 힘이 덜 들겠지만, 다리 힘이 풀리면 오히려 더 위험하다. 그러기에 등산객들은 하산길에 안전사고가 더 많이 발생한다고 한다.

나는 어릴 적 초등학교 때부터 시골에서 걸어서 학교에 다녔고 방학

이면 산에 올라 땔감 나무를 해서 지게에 지고 산을 오르내렸기에 아직도 산을 타는 데는 자신감이 있고 체력도 달리지 않는다. 부모님이 나에게 준 소중한 자산이 바로 건강이다.

토신골 계곡으로 내려오면서 이름 모를 야생화에 눈도 맞추고 가끔 도망가는 다람쥐에 미소를 보내기도 하면서 오늘 산행의 즐거움을 만끽해 본다.

2시간 정도 한 걸음 한 걸음 내딛다 보니 해인사 이정표가 보인다. 지금 상황에서 이보다 더 큰 반가움은 없다. 산에 오를 때는 산 정상이 가까이 있다는 이정표가, 산에서 내려올 때는 처음 출발한 곳의 이정표가 눈에 들어올 때가 제일 반갑다. 드디어 하산 길 해인사에 도착했다.

가야산 남쪽 자락에 자리한 해인사는 14개의 암자와 75개의 말사(末寺)를 거느리고 있는데 조선시대 강화도에서 팔만대장경을 옮겨온 이후 불보사찰인 통도사, 승보사찰인 송광사와 함께 법보사찰이라는 이름을 갖고 있다.

내가 고등학교 수학여행 때로 기억되는데 이곳 해인사에 와서 소장된 팔만대장경을 직접 볼 수 있었는데 지금은 국보이자 유네스코 세계기록유산으로 등재되어 철저하게 관리되므로 이번에는 사찰 경내만 둘러보게 되었다.

사찰 앞에는 여러 모양으로 단장된 국화꽃이 너무 아름다워 일행들은 저마다 사진 찍기에 바쁘다.

오늘 아침 4시에 일어나서 등산 준비를 하고 6시에 버스를 타고 이곳 가야산 등산길로 향했고 오후 4시에 산에서 내려와 30분쯤 이동, 산마루 식당에서 반주를 곁들인 저녁을 먹으면서 피곤함도 잊은 채 산행의 즐거움을 담소로 나눈다.

사회생활을 하면서 각종 산악회에 회원으로 가입 정기적으로 산행을 즐기고 있다. 오늘 경남 거창군, 합천군, 경북 성주군에 걸쳐있는 가야산 등산과 해인사 순례는 내 산행수첩에 아름다운 추억으로 고스란히 간직될 것이다.

해인사는 현대에 와서 백련암에서 장좌불와(長坐不臥)로 수도했던 성철 스님으로 인해 더욱 유명해진 사찰이다. 성철 스님이 던진 '산은 산이요 물은 물이로다'라는 법어는 '진리는 세월이 흘러도 절대 변하지 않는다'는 뜻인데 홍류동 계곡의 맑은 물에 심신을 씻듯 가야산과 해인사를 찾는 사람들의 몸과 마음을 깨끗하게 씻어주기도 한다.

오늘 산행을 기획하고 준비하여 차질 없이 일정을 마무리한 조은길 산악회 관계자 여러분과 산행하면서 동고동락한 일행들께 감사를 드리면서 산행기를 마무리한다.

제7부 인생 2막의 행복과 추억

<인간 김상기의 인생 60년>

소중한 인연속의 행복

때 : 2019년 4월 27일(토요일)
곳 : 감나무집(충남 계룡산 동학사 앞)

백운회(白雲會) 창립 발기문

내가 태어난 고향, 부모님이 계시는 고향.

조상들이 잠들어 계신 고향, 우리는 이곳 전남 광양시 진상면 어치리에서 태어났다. 죽마고우(竹馬故友)로서 어린 시절을 보낸 이곳, 시냇물에서 마냥 물장구치던 이곳, 이곳에서 우리는 철없이 자랐지.

세월이 가면서 떼이지고 자적거리며 그곳을 추억으로 남긴 채 헤어져야만 했었지. 자기 삶의 터전을 찾아서 이곳저곳을 전전하다 보니 어느새 홀몸이 아닌 가정이 되어 있었고, 슬하에 자녀를 두면서 가신(家神)의 신장(神將)과 같이 아버지의 역할이 필요했었지. 얼마나 바쁜 시간을 보내야했던가?

우리 떨어져 살아도 마음은 항상 동심의 세계를 그리워하여, 정을 나누기 위하여 백운회(白雲會)를 창립하게 되었지. 백운산(白雲山)의 정기를 이어 받은 우리는 아무리 세찬 풍파(風波)가 몰아치더라도 힘차게 앞으로 나아가야지.

백운회의 무궁한 발전을 기원하면서, 백운회 회원의 가정에 행복과 건강이 함께될 수 있도록 모두 힘차게 살아갑시다.
　　　　　　　　　　　　　　　　　　　　　－ 1988. 2. 18

고향 : 전남 광양시 진상면 어치리 억불봉 계곡

1. 인간 김상기의 인생 60년

-2019년 4월 27일(토요일) 충남 계룡산 동학사 앞 감나무집

비 개고 맑은 날씨(2019년 4월 27일).

모처럼 동풍이 불어오니 하늘을 늘 뿌옇게 흐리던 미세먼지도 사라지고 정말 얼마 만에 만나보는 이런 날씨인지 너무도 기분이 좋은 날이다.

충남 공주시 계룡산 동학사를 향하여 오산시 수청동 필봉산 약수터 앞에서 관광버스가 출발(30명)하고 그곳에 개인적으로 도착한 20명과 합류하니 총 50명이다.

보험인인 김상기 씨의 회갑 축하 파티를 열기 위하여 동학사 한 바퀴 순례를 마치고 절 아래 행사장인 대형식당 '감나무집'에 모였다.

'황금돼지해에 맞이하는 인생 2막-소중한 인연 속의 행복'이란 플래

카드를 걸고 1부 행사가 김종영 씨의 진행으로 시작되었다.

행사 시작을 알리는 빵파르에 이어 참석한 손님 소개, 오늘의 주인공 김상기 씨의 회갑을 축하하는 축시 '아름답게 익어가는 인생'을 박민순 시인이 낭송하여 박수받았다.

김상기 씨의 감사 인사, 세 살짜리 외손자의 꽃다발 증정, 고향(전남 광양시 진상면 어치리) 친구 모임 백운회 이순호(광주광역시청 근무) 회장, 국제 와이즈맨 오산클럽 고금식 남부지방장, 오산 온정산악회 정의준 회장의 축사가 이어졌다.

축하 공연으로는 대학 친구 최동주, 기온한마음회 한상열의 기타 연주, 조남주 외 1인의 스포츠댄스 공연이 끝나고 점심 만찬에 들어갔다.

오후 1시 30분부터는 '오블라디 오블라다(인생은 그렇게 흘러가는 것)'란 주제로 참석자 50명이 친교의 시간을 가졌는데, 초대한 지역 가수 두 분(하태춘, 박승희)이 4곡씩 노래하고 참석한 분들의 노래와 춤은 3시 30분까지 계속되었고, 김상기 씨의 시 '이런 사람 있다면'을 낭송하면서 막을 내렸다.

2019. 5. 8. 주간 ≪한국문학신문≫ 오산 박민순 기자

• 아름답게 익어가는 인생

-보험인 김상기 회갑을 축하하며

박 민 순 (시인)

고향 옆 섬진강과 아름다운 하동 송림

하늘만이 빠끔히 보이는 전남 광양 진상면의 두메산골에서

20세기가 강력히 원하여 떡두꺼비로 탄생

산딸기, 돌배 따 먹고 산토끼 쫓으며

발가벗고 멱 감던 소년이

이 고개 저 고개를 넘으며

쉼 없이 달려오니 한 갑자(60년)를 돈

인생을 찬미(讚美)할 나이
꽃처럼 아름다워 화갑(華甲)이다.

한때는 '젊음'과 '청춘', 그 좋은 것이 있어서
뒤는 돌아다보지도 않고 앞만 보고 나아갔고
총기(聰氣)가 가득한 눈으로 천 리를 보았고
세심하고 빠른 동작으로 일했고
왕성한 소화력으로 양푼으로 밥을 먹기도 했고
청춘의 뜨거운 피가 온몸에 흘렀었는데
젊음은 바람과 함께 사라졌지만
이제는 아름답게 익어갈 인생 2막이다

적게 벌면 적게 쓰고, 모자라면 아껴 쓰고
작은 것 하나라도 이웃과 나누고
모든 일에 감사하며 살다 보니
햇살 한 줌, 땀을 식혀주는 바람
신선한 공기, 물 한 컵, 밥 한 사발, 모두가 소중하고
가족, 친인척, 학교동창, 이웃사촌, 일과 중에 만나는 사람
인생길에서 만나 함께 걸어가는 사람들 모두가 고맙고
한 순간, 한 시간, 하루하루가 금쪽 같이 소중하기만 하다.

배신도 당하고, 남을 배신하면서
산전수전, 공중전까지 치르고
100세 시대를 맞이하여

지난날을 뒤돌아보며 남은 삶을 행복으로 수놓을

인생을 성찰(省察)할 나이 만 60세

꽃처럼 아름다워 화갑(華甲)이다.

• 인사말 –소중한 인연 속의 행복

김 상 기

국제와이즈멘 경기지구 오산클럽 베트남-다낭 여행

인간은 사회 속에 태어나서 사회 속에서 생을 유지하며 자기의 삶을 발전시켜 나갑니다. 이런 점에서 아리스토텔레스는 인간을 가리켜 '사회적 동물'이라고 말하였습니다. 인간은 '사회를 떠나서는 살 수 없다'는 공동체라는 의식(意識)을 가지고 있습니다.

이 세상에 태어나 살아가는 동안 '옷깃만 스쳐도 인연'이라는 말이 있습니다. 우리는 순간순간이 이어지면서 수없이 많은 사람을 만나 스쳐 지나가기도 하지만 그 만남으로 인하여 때로는 아름다운 인연의 꽃이 피기도 합니다.

오늘, 잠들었던 겨울의 땅에서 깨어난 새싹들이 꽃을 피우고 온 세상이 연초록빛으로 물들어 가는 4월, 봄의 한가운데에서 이곳 계룡산 동학사 앞에서 저와 함께 '소중한 인연 속의 행복'한 만남을 함께 하게 되어 감개무량한 마음입니다.

그동안 앞만 보고 달리다 보니까 세월이 주마간산처럼 지나고 있으며 한 해가 지나가는 속도는 점점 더 빨라지고 있습니다.

올해는 그 어느 해보다도 새해 아침부터 깊은 생각을 하게 되었습니다. 내가 한 갑자(甲子)를 돌고 인생 2막을 시작하는 해이기 때문입니다.

보통 사람들은 회갑이라면 국내외 여행을 하거나 가족 친인척 지인들을 초대하여 만찬을 즐기며 축하와 함께 기쁨을 나누기도 합니다. 그래서 저도 회갑을 맞아 내 인생 인연의 끈이었던 소중한 분들과 여행하면서 음식을 대접하고 진솔한 마음을 열고 고마움을 전하고 싶었는데 그날이 바로 오늘입니다.

내가 태어나서 어린 시절에 발가벗고 물장구치며 놀던 고향 친구들, 학창 시절 함께 공부하며 청운의 꿈을 키우던 학교 친구들, 회사에서 희로애락을 함께하며 생활했던 직장 동료들, 사회생활 하며 동향(同鄕), 친목, 봉사, 등산, 취미 등으로 맺어진 각종 모임에서 상부상조로 정을 나누던 소중한 분들, 고등학교 때 만나 40년 세월을 스승과 제자로 든든한 조언자로 힘이 되어준 조용진 선생님, 보험인으로 일하는 22년 동안 나를 믿고 큰 힘이 되어준 고객님들.

이 소중한 분들을 오늘 이 자리에 모시게 되어 저는 너무 기쁘고 행복합니다. 개인적으로나 공적으로나 바쁜 주말의 소중한 시간을 저를 위하여 이렇게 할애하여 참석해 주신 그 고마움은 제가 살아가는 동안 평생 가슴에 안고 간직하겠습니다.

『백 년을 살아 보니』 자서전을 쓰신 철학자 김형석 교수의 인생론 중에 '황금기는 60세에서 75세'라고 합니다.

100세 시대를 사는 우리에게 인생 2막이 열리는 60세는 이제 은퇴가 아니라 새로운 인생을 펼쳐나가는, 내 행복을 가꾸어 가는 황금기인 것만은 확실하다고 생각됩니다.

끝으로 오늘 '내 인생의 소중한 끈이 되어 행복 여행'에 함께하여 자리를 빛내 주신 모든 분에게 진심으로 감사드립니다.

또한 앞으로 더욱 건강하시고, 못다 이룬 꿈은 그간의 경험과 노력으로 이루기를, 그리고 행복한 삶을 이어가기를 진정으로 기원합니다.

고맙습니다. 또 고맙습니다. 그리고 사랑합니다.

2019년 4월 27일 김상기 올림

• 축하의 말 -김상기 친구의 회갑을 축하하며

이 순 호

먼저 김상기 친구의 회갑을 축하드립니다.

회갑이라는 인생 2막을 준비하는 가운데, 새로운 추억의 한 페이지를 장식하기 위한 행사에 초대해 준 친구에게 고마움을 전합니다.

김상기 친구는 국토의 남쪽 중심부인 따뜻한 산업도시 광양시에서 태어났습니다. 어린 시절은 광양에서 교육받고, 광주 등에서 대학 생활을 하였습니다. 어린이 때부터 총명하고 공부 잘하던 죽마고우(竹馬故友)가 회갑이라는 인생 2막을 시작한다니 감회가 새롭습니다.

짧다면 짧고 길다면 긴 인생 60년, 회갑이라는 고개를 넘으면서 사랑과 행복은 멀리 있는 것이 아니라고 생각했습니다. 우리들 사람 사는 세상엔 사랑이 있고 소소한 행복 또한 우리 주위를 맴돌고 있습니다. 우리는 너무 큰 희망과 이상향을 바라다보고 그 꿈을 이루려 하다 보니 어깨를 짓누르는 짐 때문에 작은 부분을 놓치곤 합니다.

우리 김상기 친구는 항상, 긍정적이고 적극적인 추진 마인드를 가졌다고 주위의 칭송을 많이 받고 있습니다. 활기찬 리더십, 명랑한 표정과 대화는 친구의 장점입니다.

마음 같아서는 김상기를 사랑하는 모임, '김사모'라도 만들고 싶습니다. 같이 공유하고 공감하면서 제2의 아름답고 행복한 삶을 위한 힘찬 전진에 찬사와 박수를 보냅니다.

바쁘신 중에도 참석하신 귀빈 여러분, 사회는 공존, 공생하는 것입니다. 꼭, 우리 김상기 친구의 장점을 키워주시고 협조하여 주실 것을 부탁드리면서 참석하신 여러분의 가정에 항상 건강과 행복이 충만하기를 바랍니다.

광주광역시청에 근무하는 죽마고우

이 순 호

• 자작시

슬플 때 울어주고

이런 사람 있다면

김 상 기

눈 떠도 보고 싶고

눈 감아도 보고 싶은

이런 사람 있다면

목소리 들어도 보고 싶고

전화 소리에 그 모습 떠오르는

이런 사람 있다면

혼자 산길 걸어도

나무처럼 반겨주고

풀잎처럼 웃어주는

이런 사람 있다면

외로움을 달래주고

그리움을 알아주며

슬플 때 울어주고

기쁠 때 함께 웃는

이런 사람 있다면

찻집을 지나면서

은은한 음악 소리에

차 한 잔 생각나는

이런 사람 있다면

새벽길 힘들어도

하루 일이 피곤해도

용기 주고 응원하는

이런 사람 있다면

세찬 바람 불어오고

쏟아지는 폭우에도

믿음으로 손을 잡는

이런 사람 있다면

엄마처럼 따뜻하고

아빠처럼 든든하여

친구처럼 다정하고

연인처럼 보고 싶은

이런 사람 있다면

오늘도 내일도

그 어느 날도

'너뿐이야'로 동행하는

이런 사람 있다면.

지리산 천왕봉 정상 일출에 파이팅한다

• 축하 수필 −열정과 사랑의 인생, 위하여!

박 민 순 (시인·수필가)

유성 연수원에서

'인생(人生)'을 사전에서 찾으면 '목숨을 가지고 살아가는 사람', '이승 에서의 인간 생활', '사람이 살아있는 동안'이라고 풀이되어 있다.

목숨 있는 모든 것들이 그러하듯 살아가기 위하여 먹이 활동을 해야 하고, 분명한 사실은 언젠가는 삶을 마감한다는 것이다.

영원불멸을 꿈꾸며 신하들을 시켜 불로초를 구해오도록 했던 중국의 진시황도, 죽을 때가 되면 3년 고개 위에서 한 바퀴 뒹굴 때마다 3년씩 더 살아 삼천갑자(18만 살)를 살았다는 설화 속의 동방삭도 결국은 죽고 말았다.

삶과 죽음은 둘이 아니라 하나다.

사람은 누구나 살아가면서 '나는 누구인가? 어디서 와서 어디로 가는가?' 의문을 품는다. 이 세상에 태어나고 싶어서 태어난 사람은 아무도 없다. 우리는 모두 태어나 세상에 내던져진 존재일 뿐이다.

살아가면서 한 번쯤 아니 수백 번 자기의 존재를 자신에게 질문하지 않은 사람은 없다.

자신의 존재에 대한 가치, 의미, 목적 등 전체적인 사고방식을 인생관(人生觀)이라 하여 누구나 갖고 있다.

사람이 한평생 살아가는 일을 험한 바다의 뱃길에 견주어 인생 항로라 일컫는다. 사람에 따라, 타고난 사주팔자나 노력 여하에 따라 순풍에 돛을 달고 순탄한 삶을 살아가기도 하고, 열심히 정직하게 노를 저었는데도 폭풍과 높은 파도, 또는 암초를 만나 배배 꼬이는 삶을 살거나 제명을 다 살지 못하고 침몰하는 경우도 있다.

러시아의 대문호이자 인생을 위한 예술을 주장했던 톨스토이는 단편소설에서 '사람은 무엇으로 사는가?'라고 물었다.

물론 사랑이다.

독일의 작가이자 철학자 괴테도 '사람에게는 사랑이 있다'고 했다.

남녀 사이의 사랑, 가족 간 동기간의 사랑, 이웃사촌 간의 사랑, 지구촌 모든 사람과 사람 사이의 사랑. 그래서 '살다'와 '사랑한다'는 어원이 같다고 한다.

산다는 것은 사랑한다는 것이라서 사랑은 인생길의 태양이다.

이성 간의 사랑으로 종족을 이어가고, 가족 간 동기간의 사랑으로 우애를 다지고, 이웃 간의 사랑으로 더불어 살아가고, 글로벌 시대에 지구촌 모든 사람과 사람 사이도 사랑으로 인간애를 펼치고 있다.

'아침에 눈 떠서 잘 때까지 무조건 퍼주는 삶'을 살았던 '가난한 이들의 친구'였던 고(故) 이태석 신부가 아프리카 수단에서 헌신의 삶을 보여준 것, 고(故) 마더 테레사 수녀가 인도에서 선교회를 설립하여 가난한 사람들에게 사랑을 베푼 것도 인간애(휴먼 러브)였다.

감동적인 삶, 멋진 인생은 얼마나 보람되고 가치 있는 삶을 살았는가에 달려있다. 그래서 호랑이는 죽어서 가죽을 남기고 사람은 죽어서 이름을 남긴다.

톨스토이는 <참회록>에서 죽음이란 명제 아래 '삶은 무의미하다'고 표현했는데 물론 죽음이라는 명제가 붙긴 했지만, 나는 그 대답에 반기를 들고 싶다. 사람이 살아볼 만한 가치가 있는 것은 자기가 맡은 분야에서 일하면서 열정과 사랑을 쏟기 때문이다.

열정과 사랑으로 산 사람은 죽어도 그 이름만은 아름답게 빛이 난다.

나무를 심는 것은 풍수해 방지나 다른 여러 가지 이유가 있을 수 있지만 인간에게 꼭 필요한 산소를 공급해 주고 여름에 시원한 그늘을 제공해

달라고 심기도 한다.

그렇다면 사람의 그늘은 무엇일까?

나보다 약한 자, 나보다 더 장애를 가진 자, 나보다 덜 가진 자에게 봉사하고 가진 것을 나누는 것, 그것이 정을 나누고 덕을 쌓는 일이다.

'불교의 눈으로 보니 기독교가 더 잘 보인다'는 세계적인 신학자 미국의 유니언 신학대 폴 니터 교수를 만난(2010년 말) 진제 스님(현, 대한불교 조계종 종정)께선 '인생은 오늘 왔다가 내일 가는 것'이라며 '누구든 참나를 찾으면 갈등과 반목은 없다'고 했다.

백 년 안팎의 인생은 길다면 길고 짧다면 짧지만, 태초의 인류 역사에 비교할 때 오늘 왔다가 내일 가는 것 같은 찰나의 순간이다.

인간의 앞날(吉凶禍福 길흉화복)은 예측할 수 없다는 '인생만사 새옹지마(人生萬事 塞翁之馬)'란 고사성어가 있듯이 앞이 보이지 않는 안개 짙은 길을 헤쳐 나가는 것이 인생이다.

지구촌이라는 무대에서 삶이란 연극을 펼치다 막이 내리면 지구촌을 떠난다는 것을 생각한다면 가치 있고 보람 있는 치열한 삶을 살기 위해서라도 단 하루도 소홀히, 헛되게 보내서는 안 될 것이다.

우리네 인생을 조병화 시인은 '부모님 심부름으로 이 세상에 나왔다가 심부름 마치고 돌아간다'고, 천상병 시인은 '세상에 소풍 왔다가 소풍을 끝내고 하늘로 간다'고, 윤근택 수필가는 '유모차를 타고 왔다가 유모차를 밀면서 저물어 가는 것'이라고 했다.

미완성인 인생을 완성하기 위하여, 살아있는 동안 내 손에 없는 내 것을 움켜쥐려 욕심을 부리며 요지경 속이라는 세상을 살아가지만, 결국엔 빈손으로 왔다가 빈손으로 가는 것이 인생이다.

하늘에는 해, 달, 별이 있고, 땅에는 꽃이 있고, 사람에게는 사랑이 있는 아름다운 이 세상에 태어난 이상, 언젠가는 가는 인생인 만큼 가족 간 동기간에는 우애를, 이웃과는 배려하고, 봉사하고, 나누면서 덕행을 쌓아 멋지게 행복하게 살아가자고 호소해 본다.

2. 취미활동이 행복의 에너지이다

추석 전 요양원을 방문하여 효행 공연 중

세계 인구는 80억 명에 도달했다고 한다. 우리 각 개인은 그중 한 명이다. 그러나 동일한 얼굴은 없으며 성격 또한 가지각색이다. 똑같은 얼굴, 똑같은 성격은 지구상에는 없다. 그만큼 각 개인의 존재는 소중하고 귀하다.

오늘은 지금까지 살아오면서 자기가 좋아하는 취미활동에 대하여 지난 과거를 돌이켜보고 현재의 삶의 에너지에 대해 마음을 표현해 본다.

중·고등학교의 학교 시간표를 돌이켜 보자. 국어 영어 수학 사회 등 과목도 있지만 음악 미술 체육 시간도 있다. 어떤 사람은 국·영·수 과목 시간이 기다려지기도 하고 또 다른 사람은 예체능 시간이 기다려지기도 한다. 특히 미술 시간에 교실 밖에서 그림을 그리는 시간이 있는데 그곳에서 자기 잠재 소질을 발견할 수 있다.

후천적인 노력도 중요하지만 태어나서부터 선천적으로 예체능을 특기로 태어난 친구도 있다. 미술 시간이 끝나고 자기가 연상한 그림을 선생님께 제출하면 수업이 끝난다. 그렇게 그린 그림의 결과에 따라서 평가받고 우수작품을 교실 뒤편 환경 정리하면서 부착해 놓는다.

이러한 것은 음악 시간, 체육 시간도 우리 개인은 취미와 자기 특기를 발견할 수 있다. 그 대표적인 것이 100m 단거리 달리기를 측정해 보면 선명하게 드러난다.

이렇게 학교생활과 교육 과정을 통해서 내가 앞으로 진학하고 취업해서 어떻게 살아갈 것인가 하는 희망을 설정하면서 조금씩 그 희망을 향해 노력하게 된다.

인생 1막을 지나고 인생 후반전(60세 이후)을 살아가면서 먹고살기 바쁜 시간에는 생각하지 못한 것이 가슴에 다가왔다. 평생 돈만 벌고 살 것인가에 대해 회의를 느끼기도 한다. 왜냐하면 우리 삶의 길에는 왕복 길이 아닌 편도 길로 가야 하는 길이라는 것을 잊고 산다.

인생 후반전의 시간 속에서 느낀 것을 표현해 본다.

그 어느 땐가 대학교수의 강의가 생각난다. 인생 1막 때는 국·영·수 과목의 우수한 실력자가 주목받고 부러움의 대상이지만 인생 2막 때는 예체능 계열에 특기가 있어 그 예체능을 즐기며 살아가는 사람이 많다고 말씀하셨다. 이 말씀이 아마 학창 시절이었다면 그것을 받아들이고 인정해 주겠는가? 대학입시 관문을 통과하려면 국·영·수 과목으로 결정되는 경우가 많았으니 말이다. 그러나 왕성한 활동기가 지나고 정년퇴직 후 삶에서는 예체능의 취미 활동 시간이 즐겁게 기다려지고 배우기를 희망한다. 그런 친구나 주변 사람들의 이야기가 귓가에 들려오고 부럽기도 하다.

취미 활동의 시간이 생활의 활력소요 에너지가 된다. 신바람이 난다고나 할까? 나의 취미 활동은 젊은 시절에는 가끔 휴일을 이용하여 등산을 즐겼다. 태어난 곳이 산으로 둘러싸인 산촌이어서인지는 모르지만, 등산만큼은 자신이 있었다. 어릴 때부터 생활 자체가 산을 오르내리며 놀았기에 말이다. 목표로 정한 산의 정상에 올라 고도가 적힌 정상 표지석을 만져가며 기념사진을 찍고 산 아래 세상을 내려다볼 때의 그 기분은 산에 올라서 본 사람은 다 알 것이다.

또 다른 취미 활동으로 배우고 싶은 것이 사교댄스와 댄스스포츠였다. 거기다가 악기로는 젊은 시절엔 기타를 배우고 싶었는데 시도하다가 포기하고 이제는 아코디언 악기를 배워 연주하고 싶다.

내 나이 50대 중반에 그 꿈을 이루고자 서울까지 가서 아코디언을 구입하고, 학원에 등록하고 배우기 시작했다. 그러나 예술은 꾸준한 연습이 답인가 보다. 학원에 결석이 잦다 보니 연습도 제대로 하지 못하고 학원 선생님 뵙기가 민망해졌다. 마치 학창 시절에 숙제하지 않고 수업을 맞이하는 두려움의 마음이 지금과 똑같았다.

아코디언을 배우는 것이 생업이 아니기에 늘 연습은 뒷전이었다. 그렇게 하다가 결국은 포기하고 말았다. 지금도 아코디언은 커버가 씌워진 채로 방구석을 차지하고 있다.

아코디언을 포기하고부터 사교댄스를 적극적으로 배우기 시작했다. 배우게 된 동기는 이미 배워서 즐기고 있는 선배님이나 친구들의 이야기 속에서 나도 배워야겠다는 강렬한 욕구가 솟구쳤기 때문이다. 그들의 이야기를 들으면 댄스를 배우면 노후 건강보험이나 마찬가지라는 것이다.

길다면 긴 인생길에서 노후 건강보험이라는 친구나 선배의 이야기가 거짓이 아니라는 걸 내가 배우고 나서야 알게 되고 내 주위 친구들에게도 권하게 되었다. 사교댄스를 배우고 즐기는 장소가 바로 '콜라텍'이다. 콜라텍의 유래를 찾아보니 콜라+디스코텍으로 처음에는 청소년들이 음주와 흡연이 금지된 공간에서 건전하게 춤을 추며 맘껏 놀 수 있는 문화공간으로 시작되었다고 한다. 그러나 입장료와 음료수 판매만으로는 업소를 운영할 수 없어서 점차 사양길로 접어들다가 지금은 콜라텍이 중년 노년들로 채워지면서 전국 곳곳에 취미활동 공간으로 많이 생겨났다.

노년을 연구하는 학자들은 말하고 있다. 인생 2막에서 가장 큰 리스크가 건강, 생활의 궁핍(가난), 외로움, 소통 부족이라고. 핵가족(혼자 또는 둘이 살다가 한 사람이 먼저 가버렸을 경우) 시대를 살고 있기 때문이다.

부부와 자녀가 함께 살아가는 생활을 하다가 세월이 흘러 늙은 부모님께선 세상을 떠나고 자녀들도 성장하여 독립하면 부부만 남게 되는데 결국은 부부도 한 사람이 먼저 떠나고 혼자 남아 살다 가는 것이 인생길이다. 이러한 현실을 지금은 누구도 부정하지 못하고 있다. 어쩌면 서글픈 현상이다.

부부 둘이, 또는 혼자만 남아서 살아갈 때 몸이 아프거나 생활비를 걱정하거나 외로울 때, 만날 사람이 나를 반기지 않을 때가 되면 얼마나 슬프겠는가. 이런 현실이 다가오기 전에 미리 나 자신을 준비하는 것이다. 그중 하나가 취미활동의 하나인 사교댄스를 배우고 익히면서 이런 사람들이 모여 함께 어울리는 곳으로 가서 즐겁게 지내는 것이다.

지금도 댄스학원을 찾아 운동하고 있으며 내 체력단련을 하는 헬스장처럼 나 자신을 가꾸고 있다. 주말이 되면 늘 설레는 마음으로 함께 어울릴 수 있는 콜라텍의 문을 두드리고 있다.

주변 사람들이 전하고 있는 부정적인 시각보다는 함께 어울려서 즐겁게 운동하는 긍정적인 삶의 에너지 충전소로 변하는 것이다. 그 실행은 바로 나 자신에 있다. 내 건강관리에 투자해야 한다. 그 선택도 바로 나 자신이다.

정신건강, 육체적 건강관리가 자율적인 운동을 통해 내 자신을 활동적으로 만들지 않는가? 인생 2막에서 자기가 즐겨하는 취미활동은 또 하나의 멋진 행복의 에너지가 된다. 자동차가 노화되면 각종 부품에서 녹슬고 고장이 나는 것처럼 우리 인생도 노년에는 모든 장기 곳곳에서 아픔의 신호가 나타나지 않는가? 그런 결과물로 병원을 찾아 후회하기 전에 내 건강관리에 신경 쓰고 또 관심을 가질 때다. 그중 하나가 취미활동의 시작이요, 생활화이다. 그 선택은 내가 하기 나름이다.

3. 오늘이 가장 젊은 날

남자로서, 아버지로서, 할아버지로서 세월을 살면서 '나' 자신을 되돌아본다.

부모님 곁에서 영아, 유아 시절을 보냈고, 어머니의 정성과 사랑이 담긴 도시락을 싸 들고 청소년기 인성을 배우고 꿈을 키우며 중·고등학교를 다녔고, 대학 시절부터는 부모님과 떨어져 살기 시작했다.

성년이 되면서 가족이라는 울타리, 즉 나의 요람인 둥지를 떠나 혼자 살아갈 수 있는 능력으로 일터를 잡고, 이성의 짝을 만나 결혼, 한 가정을 꾸려 새로운 인생을 출발하였다. 이제는 바다를 항해하는 선장처럼, 독립된 내 가족의 둥지를 지키는 가장이 되어 내 아버지가 걸어갔던 그 길을 나 역시 아버지라는 가장이 되어 걸어가고 있다.

설날, 추석 같은 명절이나 휴가철에 고향을 찾아가면 반겨주던 부모님, 부모님처럼 의지했던 큰형님(수목장), 모두 세상을 떠나 이제는 선산을 찾아가 예를 올리며 술잔을 붓고 말 없는 대화를 나누고 오곤 한다.

내가 낳은 딸 둘은 잘 성장하여 배우자를 만나 가정을 이루고 아들, 딸 등을 낳아 그 손자와 손녀들은 나만 보면 '할아버지' 하면서 품에 안기니 돌아가신 부모님의 애틋한 마음을 이제야 헤아려 보게 되었다.

우리 사는 세상은 발전하고 또 발전하여 우리 손에는 함께하는 것이 있다. 바로 소형 컴퓨터라고 할 수 있는 휴대전화이다. 이제는 배고픔은 참을 수 있지만 휴대전화가 없으면 왠지 불안하고 암흑세계에 갇혀있는 것 같은 착각이 들 정도로 되어버렸다. 휴일에 유튜브를 찾아보는데 행복한 노년을 준비하는 영상이 내 눈을 사로잡는다. 어느새 나에게도 노년이란 단어가 현실로 다가와 있다는 것은 숨길 수 없는 사실이다.

뉴스나 사회적 관심이 쏠리고 있는 정보는 '저출산 고령화' 사회의 병리적 현상이다. 한때는 한 해 100만 명 이상의 아기가 태어났는데 요즘엔 한 해 30만 명 출산이 무너졌으며 2020년부터는 우리나라도 인구 감소가 시작되었다. 2025년부터는 65세 이상이 전체 인구의 20%가 넘는 초고령화 사회가 시작된다고 보도되고 있다.

'내 나이에서 10년을 빼고 살자.'

나는 인생 2막을 살기 시작하면서 이런 생각으로 살아가고 있다.

우리 부모 세대보다는 분명 오래 살고 있다. 통계 수치로 보더라도 10년 이상 평균 수명이 늘어난 것만은 사실이다. 이런 현실에서 내 나이에서 10년을 빼 버리고 모든 활동에서 실천하며 살아가자는 것이다. 결혼 적령기가 없어지고 100세 넘게 사는 분들이 많다 보니 요즘 세대를 이렇게 분류하는 사람도 많다.

20대에서 49세까지 청년기
50세에서 69세까지 장년기
70세에서 99세까지 노년기
100세 이후는 장수년기

젊게 사는 선택과 비결의 주인공은 다름 아닌 '나' 자신이다. 우리 부모 세대에서는 1 갑자(인생 60년)를 돌면 다시 1 갑자가 시작된다고 하여 회갑 잔치(오래 살아서 기쁘다)를 경사로 치르기도 했던 것은 60년만 살아도 장수했다고 믿었던 시대였기 때문이다. 지금은 회갑 잔치는 가족 간의 생일잔치처럼 치르고, 친인척간 여행을 다녀오는 것으로 바뀌었다.

나는 언젠가 교육을 통해서 이런 말을 들었다.

생각을 바꾸면 행동이 바뀌고
행동을 바꾸면 습관이 바뀌고
습관이 바뀌면 운명이 바뀐다.

이 가운데 첫 단계인 생각을 바꾸는 것이다. 어떤 생각? 내 나이에서 10년을 빼고 사는 생각이다. 이렇게 생각하니 아직도 인생 2막이 아닌 인생 1막의 장년이요, 그에 따라 행동이 바뀌고 바뀐 행동에 따라 실천에 옮기고 있다.

가끔 볼 일이 있어 서울에 갈 때는 전철을 타면 교통편이 편리하여 자가용을 사용하지 않고 이처럼 대중교통을 이용한다. 가는 길, 환승역에서 바꿔 타야 하는데, 가는 길마다 오르내리는 에스컬레이터가 있다. 나는 가능하면 이 에스컬레이터를 이용하지 않고 계단으로 오르내린다. 계단은 기다릴 필요도 없고 복잡하지도 않다. 그리고 에스컬레이터 이용자보다 더 빨리 갈 수 있는 장점도 있다. 더 좋은 것은 남을 위해 배려심도 생기고 있다. 이뿐이겠는가? 우리가 살아가는 도시에서는 수많은 빌딩, 아파트에서 승강기를 이용한다. 특히 근무하는 사무실이 빌딩이라면 매일 출퇴근할 때 승강기를 이용하게 된다.

나는 생각을 바꾸었기에 습관도 바꾸었다. 승강기를 기다리다 보면 2층, 3층인데도 걸어서 올라가질 않고 꼭 승강기를 이용하는 나보다 훨씬 젊은 청춘들을 만난다. 승강기를 선택하는 것은 마음의 자유이지만 나와는 생각이 다르기 때문이다.

산업이 발전하면서 우리 인간의 삶에는 많은 편리함이 더해지고 있다. 특히 모든 생활 이동 수단이 빛의 속도처럼 자꾸만 빠르게 더 빠르게 변해가고 있다. 이와 동일하게 우리 삶의 가치 결정 또한 하루에도 수없이 다가오기에 내가 선택해서 결정해야 한다.

초고령화 사회.

나 자신도 예외가 될 수는 없다. 누군가한테 들은 이런 문구가 요즘 여기저기서 유행으로 번지고 있다. '9988234'로 살 것인가, '8899234'로 살 것인가. 99세까지 팔팔하게 살다가 2일 3일 앓다가 갈 것이냐, 아니면 88세까지 구질구질하게 살다가 갈 것인가 하고 묻는 말이다.

우리는 살아가면서 가족과 친인척으로부터 시작하여 주변에서 수많은 안타까운 사연을 접하고 있다. 특히 가족 중에 건강을 잃고 긴 세월을 투병 생활하며 가족 간의 도움이 필요할 때는 함께 사는 가족이 병간호에 매달려야 하기에 가족들이 힘들게 살아가야만 된다.

세월 따라 노쇠해지고 노쇠에서 오는 질병은 누구에게나 닥쳐오는 피해 갈 수 없는 현상이다. 요즘 유치원 숫자는 점점 줄어들고 있으며 노인요양원 숫자는 급속히 증가하고 있으니 급속한 산업 발전과 더불어 급속히 변하는 사회적 현상에 대비하고 생각도 바꾸어야 한다. '내 나이 10년을 빼고 살아가'는 생각으로 바꾸자는 것이다.

노후에 병원으로 가는 횟수와 시간을 줄이려면 평소 생활하면서 내 자신의 건강관리를 위하여 운동하는 습관과 운동하는 시간을 늘려가며 지혜롭게 살아가는 것은 내 선택에 달려있다. 생각의 선택은 마음에서 바꾸는 것이라 돈이 들어가는 것도 아니고 자기 뜻에 달려있다고 본다.

후회는 빠를수록 좋다고 한다. 오늘, 지금, 이 순간부터 시작해 보자. 조금씩 한 발짝 쉬운 것부터 하면서 꾸준히 실천해 보자. 후회보다는 생각을 바꿈으로 희망과 행복의 에너지를 만들어 보자.

'돈을 잃은 것은 조금 잃은 것이요,

명예를 잃은 것은 많이 잃은 것이요,

고향 친구와 식사하면서 오늘이 가장 젊고 행복하자고 한다

건강을 잃은 것은 모든 것을 잃은 것이다.'

먼저 세상을 살다 간 선인들의 말씀을 마음으로 받아들여 본다.

100세 시대의 인생.

10년 빼는 나이로 끌어당김으로써 내 삶의 생각을 통째로 바꾸어서 오늘을 살아가자. 그 선택의 주인공은 바로 '나'다. 오늘이 내 생애, 가장 젊은 날이라고 하면서 하루를 시작하자. 점점 더 늙어가는 삶이 아니라 점점 아름답게 익어가는 삶이 되도록 소중한 내 인생의 기관차에 에너지를 충전하고 힘차게 달려갑시다.

4. 손주를 안아보는 행복

백일기념, 손주 신다하를 안아주다

나는 할아버지, 할머니께서 돌아가신 이후에 태어났다. 즉 내가 태어나기 전에 이미 할아버지, 할머니께선 이 세상에 안 계셨다. 아버지께서 음력 정월 초하루(설날) 명절날에 조상의 산소로 성묘를 가면 나란히 계신 할아버지, 할머니 산소 앞에서 두 번씩 절을 했다. 내 아버지를 낳아서 길러주신 아버지, 어머니가 잠들어 계신 산소이다.

그 옛날엔 의학 기술의 발전도 안 되고, 영양가 있는 먹거리도 지금처럼 풍족하지 않아 만 60세 회갑이 되면 장수한 기쁨을 회갑 잔치, 70세가 되면 칠순 잔치를 한 것만 보더라도 평균 수명이 짧았던 것을 알 수 있다.

어린 시절, 추석날이나 설날에는 아버지와 형제들이 함께 선산에 올라 5대조 고조할아버지 묘소까지 찾아다니며 성묘를 올렸던 기억이 난다.

함께 살던 형제자매들도 세월이 흐르면 하나둘 배우자를 만나 결혼하여 살림을 나고, 부모님 곁을 떠나간다.

나 역시 결혼과 동시에 분가하여 전라도 고향을 떠나 아주 먼 이곳 오산 땅에서 살고 있다. 이곳에서 딸 둘 낳아 기르게 되고, 명절이 다가오면 먼 고향길이지만 고향 가는 길에 차가 막히고 막혀 10시간이 걸려도 꼭 고향을 찾아 부모님께 큰절을 올리곤 했다.

우리 딸들은 할아버지, 할머니 앞에서 재롱을 부리고 그러면 할아버지께선 손녀들을 등에 업고 동네 가게로 가서 과자를 사 주시기도 했다.

농촌에서는 추석보다 설날을 더 큰 명절로 여겼다. 설날에는 분가하여 객지에 나가 살고 있는 형제들이 모두 고향 집으로 모이고 떡국은 물론 어머니께서 손수 만든 두부, 쑥떡, 찰떡, 시루떡에다 화롯불에다 구워 만든 유과 등이 설날 제사상에 올리는 준비 음식이었다. 또한 아버지께서는 손주들 줄 세뱃돈을 준비하느라 행복한 고민에 빠지시기도 했다. 이렇듯 손자에 대한 깊은 사랑을 내가 할아버지가 되어 손주들을 안아보니, 알고도 남는 듯하다. 자식 사랑은 내리사랑이라 하지 않았던가?

2023년 3월 11일, 작은딸 수인이가 출가하여 예쁘고 복된 딸(신다하)을 낳아서 100일 되던 날, 티 없이 맑은 눈동자를 굴리는 손녀를 안아보는 행복감은 어디에다 비할 바가 없다.

큰딸이 낳은 손자 둘에다 작은딸이 낳은 손녀까지 세 명의 손주를 안아보는 이 행복은 겪어보지 않은 사람은 모를 것이다. 큰딸 정인이는

2016년 12월 11일에 출가하여 아들 둘(신지호 7살, 신채호 5살)을 낳고 대전에서 살고 있다. 가끔 딸네 집에 가면 할아버지인 나를 알아보고는 서로 안아달라고 달려들기도 한다.

결혼이란 낯선 남녀가 부부가 된 그 축복 속에서 새 생명이 탄생하면 또 다른 가족이 생겼다는 것은 더 큰 축복이다.

내가 하늘에서 떨어져 사는 것은 아니다. 부모님의 둥지에서 사랑 속에 태어났고, 이 세상을 살아갈 수 있도록 진자리 마른자리 갈아주시며 손발이 다 닳도록 고생하신 부모님이 계셨기에 나는 이 세상에 존재하고 있다.

나도 똑같이 결혼이란 두 남녀의 약속으로 이루어진 가정의 둥지에서 자녀를 낳아 길렀고, 또 내 자녀가 자라서 결혼하여 새로운 둥지를 만들어 자녀를 낳아 기르는 삶의 연속성에서 우리는 수천 년을 자자손손 이

설날, 손주 신지호 · 신채호를 안아주다

어가고 있다.

그중 대표적인 것이 문중(門中)이다. 성(姓)과 본(本)이 가까운 혈연 관계의 집안이다. 이러한 영향으로 예부터 아들 선호 사상으로 어느 집안이나 아들 낳기를 바랐지만, 요즘에 와서는 많이 바뀌었다.

나는 지금 너무 행복하다.

두 딸 낳았더니 잘 자라주어 행복했고, 결혼 후 가정 이룬 두 딸이 아들 딸 낳아 손자·손녀들을 내게 안겨주니 이 또한 행복이다. 만날 때마다 지갑을 꺼내 손자·손녀의 손에 지폐를 쥐어줄 때도 행복하다.

지금 우리는 저출산 고령화, 인구절벽이란 시대를 살고 있다. 우리 부모님 세대에서는 출산율이 6명이 넘어 폭발적인 인구 증가로 사회적 문제로 대두되자 '아들딸 구별 말고 둘만 낳아 잘 기르자'란 표어를 내걸고 인구 억제정책을 쓰기도 했다.

지금은 뉴스를 통해 보도된 내용을 보면 우리나라 평균 출산율이 0.8명으로 내려가 이제는 저출산이 심각한 사회문제로 대두되고 있다.

내가 다니던 초등학교가 전교생 400여 명이었는데 지금은 학생이 없어 폐교가 되었다. 짧은 반세기 만에 이루어진 일인데 농촌이나 어촌으로 갈수록 인구 감소는 더욱 뚜렷한 현상이다.

우리의 삶은 사회라는 공동체 속에서 서로서로 관계를 맺고 어우러져 살아가게 되어있다. 독불장군처럼 홀로 무인도에 들어가 사는 삶이 아니다.

나를 기준으로 가족이란 둥지에서 혈연관계를 이루고 국가라는 큰 틀의 사회로 나와 서로 도움 주고받으면서 사는 것이 우리네 공동체 사회이다. 누군가의 말이 생각난다. 사람은 살면서 피할 수 없는 두 가지가 있다. 하나는 세금이고 또 하나는 죽음이다. 국민이 낸 세금으로 국가는 나라 살림을 꾸려가고 국민은 누구나 세금의 의무를 지고 살아간다. 세금만큼 중요한 것도 없다.

오늘 손녀 100일 기념일에 손녀를 안아보면서 이런저런 생각을 열거해 보았다.

가는 세월은 누구도 잡을 수가 없다. 이 순간, 우리 손자·손녀들에게 전하고 싶은 말이 있다.

첫째는 건강하게 잘 자라고
둘째는 부모님 말씀 잘 듣고
셋째는 부지런하라.

할아버지인 나는 우리 손자·손녀들이 씩씩하고 무럭무럭 자라라고 멀리서나마 응원할 것이다. 언제든 아름답고 행복한 삶을 살아가길 바라는 마음이다. 내 큰딸과 큰사위, 작은딸과 작은사위, 행복한 가정 꾸려가면서 부지런히 살아가는 모습이 너무 장하다. 나에겐 보물 같은 존재요, 든든한 울타리들이다.

5. 송구영신(送舊迎新) 크루즈여행

크루즈 선상에서 새해 일출을 보면서 소원을 빈다

새해를 출발하는 첫날 아침은 늘 일출을 보기 위해 오산시 은계동의 필봉산, 또는 오산시 지곶동의 독산성 세마대로 간다.

집에서 가까운 거리에 위치하여 지인과 같이 캄캄한 새벽길을 손전 등 켜고 새로운 마음을 간직하기 위해 새해 아침, 해돋이를 본다.

올해는 지인들과 같이 여행사를 통해서 부산항 국제여객터미널에서 출발하는 크루즈여행으로 송구영신을 계획하면서 1개월 전에 예약을 마쳤다.

때는 2022년 12월 31일 이른 아침 서울에서 관광버스가 출발하고 수원시청을 지나 금강휴게소에서 쉬면서 세종시에서 출발한 여행 일행과 만나게 된다.

우리나라에서 유일하게 고속도로 상하행선이 교차하여 만날 수 있는 곳이 금강휴게소이다. 휴게소 바로 옆에는 금강이 흐르고 있어 대자연이 아름답다. 겨울이기에 오늘은 금강 물이 꽁꽁 얼어있다.

여기서 잠시 쉬고는 다시 부산으로 향한다. 다음 가는 곳은 대구로서 대구에서 10명 정도 버스에 타면 여행사에서 추진한 크루즈여행은 42명이 되어 1박 2일(즉 2022년 12월 31~2023년 1월 1일)을 함께 여행하며 추억을 쌓게 된다.

대구에서부터 부산까지는 2시간 정도 가게 되는데 하이크루즈여행사를 통해 전국에서 예약하고 동행하는 만큼 돌아가면서 자기소개를 시작했다. 인천, 서울, 수원, 세종, 대구, 속초에서 모인 만남의 인연이었다. 모두 다 얼굴과 옷차림을 보니 60세가 넘어 보이는 나이였다. 그동안 앞만 보고 살아가기 바빠서 새해 출발 여행은 계획하지 못했던 것이 사실이다.

우리나라 노래 가사 중에 '노세 노세 젊어서 노세, 늙어지면은 못 노나니'가 현실이다. 인생의 길은 왕복 길이 아니고 편도 길이기에 오늘 이 여행 가는 시간이 내 인생의 가장 젊은 날이기도 하다. 내 스스로 여행할 수 있을 때가 행복하기 때문이다.

자동차가 오래되면 될수록 고장이 자주 나듯이 우리 인간의 몸도 나이가 들어갈수록 어디부터 아픔이 시작될지 아무도 모른다. 따라서 오늘 전국에서 모여 이 관광버스를 타고 가는 사람은 살아가는 곳이 달라도 마음만큼은 같았기에 동행을 하는 것이다.

어느새 부산에 진입하자 연말연시라서 도로가 꽉 막혀서 문제가 발생했다. 점심을 먹고 크루즈 여행선을 타야 하는데 예약된 식당을 거쳐서 가면 출발 시간인 오후 3시 크루즈 여행선을 탈 수가 없었다.

전국에서 이른 새벽 5시부터 집에서 나온 사람들이기에 배가 많이들 고팠다. 그러나 예약된 식당에는 차량 정체로 취소하고 바로 부산항국제여객터미널로 향했다. 여행객 모두 점심 식사를 기대했는데 배고픔을 참고 이동해야만 했다. 우리 일행은 부산항국제여객터미널에서 임시 점심으로 배달된 햄버거를 먹게 되었다. 이렇게라도 점심을 해결하고 우리는 설레는 마음으로 팬스타 크루즈선에 탑승했으며 각기 배정된 숙박 객실로 가서 준비한 여장을 풀었다.

오늘 이 배 안에서 여행 프로그램대로 진행하면서 송구영신의 추억을 담게 되었다. 배는 부산항을 출발하여 부산의 명 관광대교인 광안대교를 밑을 지나면서 태종대로 향한다. 조용필의 노래 '돌아와요 부산항에' 가사 중 '오륙도'가 멀리 보인다. 해운대해수욕장 주변 높이 솟은 빌딩들도 한눈에 들어온다.

어느새 배가 고프다. 저녁은 이 선상에서 뷔페로 준비한다. 우리 일행은 선상에서 저녁 식사를 정말 맛있게 먹었다. 점심을 햄버거로 때웠으니, 저녁은 한잔 술에 식사하면서 2022년 12월 31일, 지나간 한 해를 돌이켜보면서 나 자신에게 '고맙고 대견스럽다'라고 칭찬을 했다.

크루즈선은 어느새 태종대를 지나 국가별 해안선을 지나 대마도 히타카츠를 지난다는 방송을 한다. 이때는 가지고 있는 휴대전화가 터지지

부산 앞바다, 크루즈 선상에서

않았다. 새벽부터 이동했으니, 피곤도 몰려왔다.

그러나 해넘이를 보기 위해서 선상으로 올라갔다. 2022년과 이별을 하기 위하여 해가 넘어가는 순간이다. 한 해 동안 무탈하게 넘김을 감사와 사랑하는 마음으로 기도하면서 붉게 타오르면서 넘어가는 해를 바라본다.

선상에서 밤 12시, 날짜가 1월 1일로 바뀌고 해가 바뀌는 시점에서 환상의 축포 행사를 한다. 함께한 여행객 400여 명은 하늘을 향해 쏘아 올리는 각종 불꽃을 보면서 탄성을 지르기 시작한다.

　한 해를 보내고 또 한 해를 맞이하는 순간을 축포로 환영하는 이 순간은 나에게 처음 보는 광경이자 추억이다. 이제는 지금까지 걸어온 인생 1막보다는 앞으로 걸어가야 할 인생 2막이 짧기에 오늘, 이 순간을 감사하고, 용서하고, 사랑하고, 희망으로 살아가련다. 먼저 가신 부모님과 형님, 누님들의 생전 모습이 떠오른다.

　이제 내일 아침 해돋이를 보기 위해서 숙소로 향했다. 오늘 저녁에 1박 하는 룸메이트와 그동안 살아온 인생 이야기를 숨김없이 털어놓았다. 둘은 인생 2막을 사는 시기의 또래라서 아쉬움도 토로하고 후회도 많이 나눴다.

　나는 그분의 이야기를 들어주는 편이었다. 여기서 가슴 아픈 이야기가 나왔다. 1달 전에 몹시 숨이 가빠서 병원을 찾았더니 폐암 4기 판정을 받았다고 했다. 항암치료로 머리가 많이 빠져 있었다.

　내가 하는 일이 보험업이라서 현재의 암 판정은 잘 알고 있다. 담배를 피웠느냐고 내가 질문을 던졌다. 40년 넘게 담배를 피웠고 폐암 판정을 받은 지금도 담배를 끊지 못하고 피우고 있단다. 폐암 4기는 극도로 위험하며 통증이 동반되면서 삶의 끝을 준비해야 할 시점이다. 그러나 이분은 마지막 실낱같은 희망을 이야기한다. 인터넷 검색 결과 울산에 가서 치료받겠다고 한다.

　나는 이 순간 그분에게 무슨 말을 해주어야 할까? 오늘, 이 순간이 이분하고는 처음이자 마지막이 될 수도 있는 상황이다.

　조심스럽게 나는 그분에게 말했다.

　"이제부터라도 폐가 싫어하는 '담배'와 '술'은 끊으세요. 이번 여행을 끝으로 정말 끊기를 권유합니다. 내가 마지막 가는 길은 주변의 가족 형제 모두 두고 나 홀로 가는 길이죠. 하루라도 더 살고 싶으면, 치료받고 건강한 몸으로 다시 태어나고 싶다면 위 것부터 실천하세요. 부산항에 도착하면 담배와 라이터부터 바다에 던지든지 쓰레기통에 버리세요. 그 용기를 저는 칭찬할 겁니다."

2023년 1월 1일 이른 아침.

해돋이를 보기 위해서 선상으로 올라갔다. 시간은 7시 30분.

저 바다 먼 곳 수평선이 서서히 붉게 물들어 가고 있다.

나는 한 해가 시작되는 이 시간에 우리 가족과 형제들이 건강하고 소원을 성취하는 해가 되어달라고 기도한다.

그리고 나에게는 '따뜻하고 의지하고 싶은 인간관계'를 맺고 살아가자고 다짐한다.

해가 솟아오르는 이 순간을 사진으로 담아본다.

살고자 하는 사람은 그 어떤(how) 상황도 견딜 수 있다(why).

가치 있는 사람이 된다는 것은 자신의 시간을 가치 있게 만드는 것이다.

크루즈 선은 어느새 출발했던 부산항국제여객터미널로 향하고 있다. 부산에 도착하여 관광 명소인 동백섬 주변을 돌아보게 되었다. 해운대 백사장을 밟으면서 새해 아침을 맞이한다. 그리고 부산을 떠나 버스를 타고 삼국시대 신라 수도 경주 관광을 하게 된다. 중학교 시절에 수행 여행으로 다녀온 곳인데 그때 기억이 아련히 떠오른다.

첨성대(국보 제31호)는 동양에서 만들어진 가장 오래된 천문관측소이다. 신라 선덕여왕(632~647) 때 만들어진 것으로 추정된다. 첨성대는 중학교 수학여행 때나 지금이나 변함이 없었다. 경주향교(보물 제1727호)는 훌륭한 유학자를 제사하고 지방민의 유학교육과 교화를 위하여 나라에서 세운 국가교육기관이다.

이렇게 경주 관광지를 돌아보고는 점심은 경주의 맛집에서 맛나게 먹고 경주 명품인 경주빵, 찰보리빵을 3대째 이어오고 있는 가게에서 선물용으로 사서 다시 버스 타고 서울로 향했다.

대구와 금강휴게소에서 함께 여행한 분들과 이별의 인사를 나누고는 서울로 향하는 30여 명 일행은 피곤하기는 했지만, 한 분 한 분 이번 크루즈 여행 소감을 말하기로 했다. 모두 다 바쁜 일정이었지만 만족했다는 말씀이 많았다.

나는 여기서 깊은 생각에 빠졌다. 어젯밤 룸메이트였던 분이 다음에 또 여행할 수 있을까 생각해 보았다. 한참 고민하다가 그분과 마지막이 될 수도 있기에 폐암 투병자를 버스 앞으로 불렀다. 그리고는 사연을 말씀드리면서 부디 '술'과 '담배' 끊고 잘 치료하여 다음 여행 때 또 만나자고 간절한 마음을 전했다. 눈시울이 뜨겁게 말이다. 또한 치료하면서 맛난 것 사 드시라고 지갑에서 5만 원을 꺼내 그분의 주머니에 넣어드렸다. 그분은 앞으로 나오셔서 어젯밤에 나에게 털어놓았던 투병 사실을 여행객들에게 말했다. 알고 보니 이번 여행에 그분의 다섯 형제가 함께하고 있었다. 형제들은 현실을 알고 있기에 많은 걱정을 하고 있었다. 이렇게 깜작 펼쳐진 인사가 고맙다고 형제들은 나에게 인사를 했다. 나는 암 투병을 잘 극복하고 완쾌하여 다음 여행에서 다시 동행하기를 간절히 기도했다.

어느새 버스는 수원에 도착했다.

1박 2일을 함께한 여행객 모든 분에게 작별의 인사를 나누면서 발걸음을 오산 집으로 돌렸다. 이번 송구영신 크루즈 여행은 내 인생에서 처음이기에 많은 추억을 담아온 뜻깊은 여행이었고, 이제 2023년 한 해를 힘차게 시작해 보련다.

제8부 제20회 삼성화재 영업수기 수상

1. 정년 없는 보험 직업의 가치와 행복

인생은 선택의 여정이다.

나는 깊은 산으로 둘러싸인 농촌에서 농민의 아들로 태어났다.

아버지는 이른 새벽부터 농사일을 시작하셨다. 지금은 농기계가 발달하여 기계 농업을 하지만 내가 어렸을 때만 해도 지게를 지고 소와 쟁기로 농사를 지었다. 엄동설한 겨울에도 아버지는 새벽부터 일어나 손으로 새끼를 꼬았다. 그 모습에서 부지런함이 느껴졌지만 그래서 더더욱 농부가 되고 싶지는 않았다.

학창 시절의 꿈은 교사와 공무원이었다. 학교에서 선생님이 장래 희망을 쓰라고 하면 주저 없이 교사와 공무원을 선택했다. 특히 학생들을 가르치는 선생님을 동경하였다. 농부가 되기는 정말 싫었다. 아버지와 가족들이 하는 일들이 너무 힘들었기 때문이다.

'새벽종이 울렸네. 새 아침이 밝았네. 너도나도 일어나 새마을을 가꾸세. 살기 좋은 내 마을 우리 힘으로 만드세.'

1970년대 새마을운동이 전국적으로 메아리치면서 가난한 두메산골에도 발전의 바람이 불었다. 지금도 나는 이 노래를 들으면 온 동네 주민이 나와 골목길을 단장하던 시절이 떠오른다.

농촌을 벗어나고 싶어 제대 후 형님이 있는 서울로 상경했다. 복잡한 시내버스를 타고 종로학원을 다니면서 공무원 시험을 준비했지만 낙방하고 다시 인생의 갈림길에 섰다.

아버지는 농업 후계자로 일하자고 했고, 반대로 형님은 일반 기업에 취업하라고 적극 권유했다. 밤잠을 설치며 고민한 끝에 직장에 다니기로 하고 이력서를 냈다.

경기도 오산에서 첫 직장생활을 시작했다. 사회생활이 처음이라 군인정신으로 누구보다 열심히 일했다. 우리나라가 비약적으로 발전하던 시기라 회사도 급성장하였고, 나도 기여도를 인정받게 되었다.

8년 직장생활을 하는 동안 30대 중반이 되자 고민이 생겼다. 새로운 일에 도전하고 싶었다. 결국 나는 직장생활을 마무리하고 자영업의 길을 걷게 되었다. 평소 동경하던 교사의 길을 포기할 수 없어 직장인 전문 교육컨설팅 사업을 시작하였다. 하지만 경험 부족으로 첫 사업은 실패했다.

　　그 뒤 농촌에서 배운 부지런함과 체력을 믿고 회사 배달 전문 식당을 시작하였다. 명절 빼고는 주말에도 일을 했다. 1년 365일 중 363일은 식당 문을 연 것 같다. 열심히 하는 만큼 소득은 괜찮았지만, 체력적인 한계에 부딪혔다. 그 무렵 식당으로 찾아와 저축보험을 계약한 보험설계사가 있었는데 나를 볼 때마다 보험 일을 하면 잘하겠다고 권유하였다. 보험은 평소에 관심이 있었던 분야였다.

직장생활도 해보고 사업 실패도 경험했고 돈도 벌어보았지만, 여전히 '나의 천직은 무엇일까?' 하루하루 고민했다. 1997년 많은 고민 끝에 삼성화재 보험인의 길을 선택하였다. 막 39세가 되었고 두 딸은 초등학교에 다니고 있었다.

평택지역단에서 스물일곱 명이 열정과 희망 속에 교육을 마쳤다. 우리들은 무엇이든 할 수 있다는 자신감에 차 있었지만, 코드를 받을 무렵 TV에서 속보로 IMF 사태가 터졌다는 뉴스가 흘러나왔다. 이런 국가적인 경제위기 속에서 R.C(위험설계 컨설턴트)로서 첫발을 내디뎠다.

공무원 도전 실패, 직장생활, 자영업, 실패와 성공 등을 경험했으니 새롭게 도전하는 보험의 길에서는 꼭 성공해야겠다고 결심했다. 교육을 받아보니 오랫동안 꿈꿔왔던 공무원이나 교사는 아니지만 보험도 소득과 일의 가치를 동시에 잡을 수 있는 꿈의 직업이라는 것을 알게 되었다.

오산에는 혈연도 없고 학교 동문, 친구도 없고 지인이라고는 오직 전 직장 동료들뿐이었다. 코드가 나오자마자 전에 근무했던 회사를 찾아가서 명함을 주고 인사했는데 뜻밖에도 반응이 냉담했다. 가장 믿었던 곳에서 받은 냉대에 나는 크게 실망했다. 회사 총무과장으로 근무할 때와 보험설계사로 인사를 할 때가 이렇게 다른가? 정문을 나서면서 얼마나 눈물을 흘렸는지 지금도 그때를 생각하면 가슴이 저릿하다. 계속 가야 하나? 고민이 깊어졌다.

이때 번득 어떤 생각이 떠올랐다.
'개척! 그래, 내가 공략할 것은 개척시장이다. 누구나 고객이 될 수 있으니까!' 개척으로 방향을 정하고 명함 1만 장을 주문했다. 그 무게가 A4 용지 1박스였다. 이 명함으로 개척하러 다니면서 아파트, 회사, 거리의 오고 가는 사람들에게 나를 알렸다. 또 나의 보험 철학을 알리기 위해 1999 년 『든든한 보험맨』책자 3,000부를 발간하여 회사, 아파트, 상가 등을 다니면서 개척 활동을 하였다.

2000년부터는 회사에서 실시하는 '명예보상위원'으로 위촉되어 자동차 사고 현장출동을 하였다. 사고는 언제 발생할지 모르기에 24시간 출동 대기로 활동하였고, 밤 12시에도 사고 현장으로 달려 나갔다. 명예보상위원으로 13년간 현장 출동 3,700여 건을 처리하면서 정말 많은 것을 보고 배우고 느꼈다. 생생한 사고 현장 상황, 고객들의 다급한 심정을 접하면서 진정한 보험의 가치와 보험인으로서 보람과 긍지를 가지게 되었다.

2000년대 후반 보험시장에 변화의 바람이 불기 시작했다. 온라인으로 판매되는 다이렉트 자동차보험이 출시된 것이다. 보험료가 15%나 저렴한 다이렉트 보험은 출시와 동시에 대대적인 광고가 진행되었고, 자동차보험 시장의 지각변동이 시작되었다.

대면조직의 설계사들은 긴장하지 않을 수 없었다. 삼성화재는 끝까지 설계사들을 지키기 위해 다이렉트 보험을 지연시키다가 2009년 후발주자로 '마이애니카보험'을 출시하였다. 이 점에 대해서는 회사에 감사하게 생각한다.

이러한 시장의 변화에 맞춰 나는 명예보상위원의 경험과 지식을 기반으로 '전문성'이라는 가치를 탑재한 '안전벨트대리점'으로 활동하고 있다. 치열한 자동차보험 시장에서 꾸준히 연평균 2억 7천만 원 이상을 계약하면서 가장 강력한 공격수인 다이렉트 보험, 회사의 정예부대인 대면조직과도 가성비 경쟁에서 승리하고 있다.

자동차보험에 있어 보험료 차이보다 더 중요한 가치는 종합적인 관리능력이다. 나를 믿고 20여 년간 꾸준히 계약해 준 고객들이 산증인이다. 결정적인 순간에는 자동차보험 계약 내용 상세, 사고처리 경험, 할인, 할증, 세금 등 전문지식이 너무나 중요하기 때문이다. 기존 고객들이라는 든든한 기반이 있기에 치열한 자동차보험 시장에서 꾸준히 갱신 계약을 유치할 수 있었고 또 장기보험으로 확대할 수 있었다.

인생은 선택의 연속이다. 39세에 선택한 보험의 길, 22년이 지난 지금 나는 환갑이 되었다. 공무원 친구는 이미 정년퇴직했고 지하철 공사에 근무하는 친구는 올 12월에 정년퇴직이라고 한다. 모임에서 술 한잔하는데 정년 없는 내가 부럽다고 했다. 퇴직하면 연금은 나오지만 일이 없으니, 걱정이 많다고 심정을 토로했다.

보험의 길 22년과 회갑을 기념하여 지난 4월, 충남 계룡산 동학사에 고객들을 초청하여 '소중한 인연 속의 행복'이란 감사 행사를 진행하였다. 5년 전부터 준비해 온 행사였다. 인생 2막을 시작하면서 정년 없는 보험 직업의 길을 걷게 해준 고객들에게 감사하는 한편 자축의 의미도 있었다. 화창한 봄날이었다. 행사에 참여한 모든 분이 되레 내게 감사 인사를 전했다. 내 인생 최고의 순간이었다.

정년 없는 직업, 보험의 가치와 행복.

학창 시절에 가졌던 공무원이나 교사의 꿈은 이루지 못했지만 인생 2막을 시작하는 회갑을 맞이해서는 아침 일찍 정장 입고 나갈 수 있는 사무실이 있기에 너무 행복하다. 공무원, 교사, 공사에 근무했던 친구들이 하나둘 정년퇴임을 맞는데 나는 정년 없는 보험인이라는 것이 너무 감사하고 행복하다. 나의 몸값은 100억 원의 은행 이자와 비슷한 수준으로 가족들에게 가장으로 당당한 모습을 보일 수 있으니 또한 감사하다.

비록 교사의 꿈은 접었지만 매달 신인 R.C 교육에서 자동차보험 과목을 맡아 지난 5년간 교육해 왔는데, 나의 열정에 감동했는지 교육 평가도 최고여서 너무 행복하다.

모두가 노후 걱정을 하는 시대, 나에게는 노후의 안정과 왕성한 삶을 보장하는 일자리가 있다.

끝으로 나의 보험 가치관 5가지를 전하고 싶다.

1. 나는 할 수 있다(신념).
2. 아는 것이 시장이다(지식).
3. 뿌린 대로 거둔다(노력).
4. 경쟁력을 갖추자(경쟁력).
5. 고객에게 혼을 심자(고객관리).

이 지면을 통해 오산지점에서 함께했던 지점장님, 총무님의 발전과 건강을 응원합니다.

2. 고객들에게 보답하기 위해 노력

삼성화재 김 상 기 R.C

김상기 R.C는 어릴 때부터 선생님이 되는 것이 꿈이었다. 제대 후 그는 꿈을 이루기 위해 무작정 서울로 올라왔다. 하지만 시험에 낙방한 뒤 고향으로 내려갈지 새로운 도전을 할지 갈림길에 섰다.

오랜 고민 끝에 경기도 오산에서 직장생활을 시작한 김 R.C는 특유의 성실함으로 성과도 인정받았지만, 오랫동안 꿈꿔왔던 선생님의 꿈을 포기할 수 없었다.

야심 차게 직장인 전문 교육컨설팅 사업을 시작했지만, 경험 부족으로 실패의 쓴잔을 맛보게 된다. 실의에 빠졌을 때 평소 알고 지내던 지인으로부터 우연히 보험업을 접하게 됐다.

김 R.C는 "여러 사회생활 경험과 성실함이면 (보험업을) 천직으로 삼아도 되겠다는 확신이 들었다"고 회상했다.

22년 전 R.C로서의 선택이 그의 인생을 완전히 바꿔 놓을지는 당시에는 알지 못했다. 모든 영업사원이 그랬겠지만, 그도 처음부터 보험 영업이 순탄했던 것은 아니다. 전문성을 아직 못 갖춘 상태여서 지인들에게 보험을 권했다가 퇴짜 맞기 일쑤였고 예전 직장 동료들에게도 숱하게 거절당했다.

심기일전한 그는 보험 상품 공부와 함께 자신의 보험 철학을 담은 책자 3,000부를 발간해 개척 활동을 시작했다. 특히 사고 현장에 출동하는 '명예보상위원' 활동을 13년간 하면서 자연스레 사고를 겪었을 때 고객의 마음과 원활한 사고처리의 중요성을 체득하게 됐다. 이 같은 노력은 온라인 다이렉트 보험시장이 커지는 환경에서도 경쟁력을 갖게 하는 원동력이 됐다.

김 R.C는 "자동차보험에 있어서 중요한 건 물론 보험료도 있겠지만 더 중요한 가치는 종합적인 관리능력이라고 생각한다"며 "고객들이 저의 전문성을 믿어주고 가입한 만큼 더욱 잘 관리해 드리려고 노력한다"고 밝혔다.

그는 인생 2막을 시작하면서 정년 없는 R.C의 길을 걷게 해준 고객들에게 감사함을 보답하기 위해서라도 더욱 힘을 내겠다고 말했다.

2020. 3. 25. 파이낸셜 뉴스

오늘은 내 인생에서 가장 젊고 복된 날

근속 20년, 25년 감사패

누구나 '행복한 삶'을 원하고 꿈을 꾸면서 살아갑니다. 성장하면서 '선택'이라는 갈림길에서 서성대다가 '목표'가 결정되면 그 목표를 달성하기 위하여 행동으로 실천에 옮기기 시작합니다.

실패와 성공을 경험하면서 '미완성'인 내 삶은 '완성'을 위해 열과 성을 다하며 하나씩 하나씩 퍼즐을 맞추어 나갑니다.

그동안 인생길을 걸어오면서 그때, 그 순간의 마음과 행동을 추억으로 담아 놓았다가 한 권의 책 『아침은 희망으로 인생은 긍정으로』를 엮어 보았습니다.

많은 사람과의 인간관계를 사연과 함께 감사의 마음을 더 담고 싶었지만 그렇지 못하고 원고를 마감하게 되어 아쉽기만 합니다.

이 넓은 세상에서 옷깃만 스쳐도 인연이라 하는데 나를 스쳐 간 인연들에 고마움과 사랑을 전하고, 건강과 행복을 기원하며, 언제든 내 청춘의 끓는 피로 그분들의 삶을 응원합니다.

프랑스의 소설가로 노벨문학상을 수상한 앙드레 지드의 '나 자신을 위해 글을 쓴다'와 '행복의 비결은 좋아하는 일을 해야 하는 것이 아니라 하는 일을 좋아하는 것이다'란 말에 공감합니다.

남자로서 아버지로서 내가 속한 사회의 한 구성원으로서 많은 분야에서 경제활동을 하면서 살아갑니다.

'없음(無)'에서 '있음(有)'을 만들어 가는 길이기에 실패와 좌절, 갈등과 고민의 연속일 수 있지만 용기와 배짱, 인내와 끈기, 도전과 희망 속에 강한 에너지로써 극복해 갑니다.

이런 마음으로 지금 내가 하는 일을 좋아하고, 행복을 느끼면서 '길을 모르면 길을 찾고, 길이 없으면 길을 만든다'는 정신으로 '포기의 달콤함은 순간이고, 노력의 성취감은 길다'를 되새기며 긍정과 열정의 삶을 사는 내가 되었습니다.

삶의 가치를 높이기 위하여 나에게 주어진 시간, 하루의 일과, 주어진 과제를 최선을 다하여 일하고, 처리하는 습관이 몸에 뱄습니다.

행복하고 건강한 삶의 원인은 '따뜻하고 의지할 수 있는 인간관계'라는 말에 순응합니다.

인생 2막에서는 건강, 경제적 안정, 외로움 극복 등 3가지가 가장 큰 리스크라고 합니다.

지금까지 와 보니 수많은 직업 중에서 프리랜서 보험인의 길이 이 3대 리스크를 해결하고 활기찬 하루를 열어주기에 적합합니다. 내 삶의 연출자로서 목표를 세우고 실천할 수 있는 것 또한 내 자존감이자 자신감입니다.

이른 아침에 일어나서 희망의 콧노래로 경쾌하게 하루를 열고, 삶에 놓인 숙제를 하나씩 풀어나가는 오늘을 선물 받은 것만으로도 행복입니다.

내 최고의 하루는 아침 눈 뜨는 순간부터 시작이고, 오늘은 내 인생에서 가장 젊고 복된 날임을 인정합니다.

그 주인공은 바로 나입니다.

고맙습니다.

아침은 희망으로 인생은 긍정으로
ⓒ 김상기, 2023

지은이_ 김상기

발행인_ 이도훈
편 집_ 유수진
교 정_ 김미애
펴낸곳_ 도서출판 도훈
초판발행_ 2023년 10월 6일

사무실_ 서울시 서초구 법원로3길 19, 2층 w109호
        (서초동, 양지원빌딩)
전 화_ 02) 595-4621, 010-6722-4621
팩 스_ 050-4227-4621
이메일_ flyhun9@naver.com
홈페이지_ http://dohun.kr

ISBN_ 979-11-92346-59-5 03810
정 가_ 17,000원